她的名字叫乔蕊

郭礼兴 著

河南文艺出版社
·郑州·

目　录

楔子　圆梦

　　一个阴天的上午。后崔庄西头一间薄瓦屋里，已过知天命之年的残疾女农民乔蕊坐在小马扎上，盯着灶台上厚厚的一沓长篇小说《草根女人》的书稿。熊熊燃烧的炉火发出蓝色的光芒，她心如刀绞，泪如泉涌。这个女人早年因病失去了右手，左脚上的两根筋络像蚯蚓一样扭曲着，脚面上鼓起一个核桃大小的疙瘩，如果骑车蹬轮，左脚面就针扎似的疼。十多年来，她凭着一只左手，克服常人难以想象的困难，终于把长篇小说《草根女人》完美杀青。她用左手拿起书稿一页页地投进灼热的火炉里，火炉里的书稿被焚成黑色的屑片，在屋内狼藉飘舞，像一只只张牙舞爪的黑色小鬼，她的心仿佛也被炉火烧焦。炉台上空空如也，她微黄的牙齿使劲咬着下唇，血一滴一滴地落在炉台上。她靠着床沿，历尽沧桑的脸上泛出万念俱灰的神色。

　　二十一岁的小引像一只彩色的蝴蝶。她留着一头短发，月盘似的脸庞展示着乡村少女特有的俊美和朴实。两道柳叶眉斜插入鬓，水汪汪的大眼睛流露出聪慧和坚毅的光芒。她的杨柳腰走路时轻轻摇动，身姿曼妙。她穿着红色的鹅绒大衣，浅黑色的紧身裤子，脚上蹬着蓝色高跟皮鞋。跟在她身后的是一个略

1

显土气、身体粗壮、面色黑红的中年男人，两个人谈笑着走进屋里。乔蕊从愣神中惊醒，她强装出平淡的神色，说："天旺，你在南方打拼一年多了，快回家看看素芹和留根。""哎，乔蕊姐，我从广州回来，先来你家是告诉你，小引瞒着你去南方做事，是她的不对，我已经说她了，你就别吵她了。"乔蕊坐在马扎上边斜眼小引，说："闺女大了，翅膀硬了，眼里哪还有我这个娘。"小引说："娘，我这不是囫囵囵地回来了吗？"乔蕊忍住笑："咋？你还想弄个缺胳膊少腿回来呀。"天旺说："哪能呢。乔蕊姐，我走了。"他转身走了出去。

小引取下挎包挂在墙上，她惊愕地看着满屋狼藉的纸灰，问："妈，你烧什么了？"乔蕊低着头颤抖地说："闺女，我把长篇小说《草根女人》的书稿火葬了。"小引愤怒又惋惜地说："妈，你糊涂。你夏天热、冬天寒，春少睡、秋不眠，点点泪、道道汗拼命创作二十万字的书稿为啥烧成灰？这是你的心血呀！""唉……"乔蕊叹了一口气，"有啥法子呢？"

小引坐在床沿，她的大眼睛含着惋惜的潮气陌生地看着乔蕊痛苦无奈的神态。这是一个坚强、朴实的农村残疾妇女，她中等身材，黑色的头发里夹着杂乱的银丝，消瘦的脸颊泛着风雨沧桑的浅黄，两只聪慧的眸子流露出隐隐的忧伤，忧伤里又闪烁着坚毅的神色，这是一个伟大的母亲，又是一个多灾多难的母亲。这个母亲的心像山底的岩浆，一旦迸发，瞬间天崩地裂。小引为有这样的母亲而忧伤，更为有这样的母亲而骄傲，甚至心潮澎湃。她离开床沿，偎在乔蕊的怀里，紧紧地握着母亲枯树皮似的左手，悲喜交加地说："妈，我把你的梦圆了。"她站起来，从挂着的挎包里拿出三本新书《草根女人》。书的封面醒目地印着三个字——乔蕊著。她把新书放在乔蕊手里，如释重负。

乔蕊瞅了一眼新书，她的心剧烈地震颤了一下，好像心不在焉地把书放在桌子上边，手，又一次情不自禁地抚摸一下新书，她昏花的眸子饱含着惊喜和疑虑，看着小引问道："闺女，你从房地产广告公司跑出来就去广州了，既没有带走书稿，也没有两万元出版费，咋出版的书？"她的脑海里忽然浮现出一种令人耻辱和愤怒的预感，"你是不是在南方做了说不出口的事情？"小引惊愕气愤地跺着脚，她的脸涨红得像涂了一层鸡血。"妈，你写书把脑子写傻了，胡乱糟践自己的闺女。你女儿是池塘里的荷花！"乔蕊叹了一口气，说道："小引，妈是做梦都想出书，可是你在我心里的分量比出书重千斤呀。今天你必须给我说实话。"

天旺端着两碗香喷喷的饺子走进屋。他把饺子放在桌子上，笑嘻嘻地说："乔姐，小引，素琴在家里包饺子，留根在复习功课，他们让我先端两碗饺子给你俩吃。快吃吧，头锅饺子味道鲜。"乔蕊和小引确实饿了，不一会儿就吃完了碗里的饺子。天旺说："乔姐，你刚才说小引的话，我在屋外听得真真的，你冤枉孩子啦。"乔蕊把手里的空碗放在桌子上，说："天旺，你是小引未来的公公，你满心满肺信任她，我这当娘的也不打破砂锅问到底？"小引的小嘴一噘："我就不告诉你。"天旺说："乔姐，年轻人都有小脾气，小引以后会跟你竹筒倒豆子。我想跟你说的是，留根和小引相好半年多了，咱两家择个日子把他们的亲事办了吧。"小引斜了一眼天旺，她绯红着脸，撩起布帘跑进里屋。

乔蕊说："天旺，你先回家吧，这事我会上心的。"天旺走出乔蕊家的屋子。小引从里屋走出来，坐到乔蕊的身边，此时母女俩的心里像打翻了五味瓶。小引问："妈，天旺叔的话你是咋想的？"乔蕊轻轻地抚着小引的头发，意味深长地说："闺女，你天旺叔勤劳朴实，身体强壮，又有木匠和建房手艺，和你爹春来是结拜兄弟。哎，说起你爹呀，谁承想离婚以后，他去北大河洗澡陷入漩涡，早早地去了。"小引说："妈，你这样的身体，很需要我爹照顾，你当初为啥非逼他离婚不中？"乔蕊说："我已经五十多岁了，你爹才四十多岁，他虽然力气小一点儿，可是长得精明帅气，我不想拖累他一辈子。离了婚，他还可以再找一个身体全乎的女人过日子。没想到……"小引说："妈，你身体不好，挂念的还是别人。"

乔蕊说："引，留根比你大两岁，他等你快一年了，我们两家一个庄住着，知根知底。小伙儿长得咋看咋喜欢，还知道上进，准备考研究生。妈看得出来，你也很喜欢他。"小引的脸颊微微泛起红晕，两只眼睛跳动着火焰般的光芒，她把头埋在乔蕊的怀里。突然，乔蕊的怀里传出一阵抽泣声。她问："丫头，你咋哭了？"小引仰起头，满脸泪花地撒娇："妈……你把留根夸得像脚踩风火轮的哪吒，我长得恁俊也没听你夸一句。"乔蕊说："丈母娘夸女婿，越夸越有趣。"小引搂住她的脖子："妈，我不想嫁。我爹走了，你以后咋弄？"乔蕊说："你别说傻话，路多近呀，你以后和留根可以常来看看我和你爷爷奶奶。"

小引伸手拿起一本桌子上的《草根女人》，说："妈，我偎你怀里看书吧？"乔蕊有一些困倦，说："我瞌睡了。"小引说："那你搂着女儿和《草根女人》睡吧。"乔蕊说："我脑子里晕晕沉沉，睡不安稳。"小引说："妈，你别想太多了。"乔蕊左手先轻轻拍着小引的脊背，又哆嗦着抚摸着怀里的《草根女人》，慢慢地闭上了眼睛。女作家的脑子里一会儿朦朦胧胧，一会儿像黄河水翻滚着波浪……

第一章　劳燕分飞

　　深秋，早晨。后崔庄街里，寡妇胖大嫂拎着一篮子白萝卜向家里走去，她看见村里的俊男春来迎面而来，手里的篮子突然掉在地上，白萝卜滚了一地。春来见胖大嫂蹲在地上，一只手揉着脚脖子，急忙走上前，他一边把地上的白萝卜捡到篮子里，一边问："胖嫂，你咋了？"胖大嫂哎哟哎哟地呻吟两声，说："崴脚了。"这时，春花和海生走了过来。春花是一个机灵活泼的姑娘。海生是一个七十多岁的老汉，村民给他起个外号叫"老歪"，因为他心眼不正——如果哪个村民遇到难事，他就幸灾乐祸地说是老天爷报应；如果哪个村民做出了成绩，他就说是投机取巧。海生说："这路平得像木板，能崴脚？净装哩。"春花说："胖婶，让春来叔扶你回家吧。"春来扶着胖大嫂慢慢走进她家里，胖大嫂还是呻吟不止。春来说："要不我背你去医院吧？"胖大嫂说："你帮我揉一揉。"春来迟疑了一会儿，轻轻地给她揉着脚脖子。海生和春花在院子里的窗户下边窥视着，春花掏出手机录着屋里的情景……

　　海生和春花走出胖大嫂家的院子，来到乔蕊家。春花说："乔蕊婶，你看看我手机里的录像。"海生说："乔蕊，春来在外采野花，他嫌你手脚不全乎。他要是提出离婚，你死不松口，让那对狗男女做不成鸳鸯。"春花说："乔蕊婶，你绝不能和春来叔离婚，他是你的手和脚啊。"嘱咐完，这两个"好心人"才先后离开了。屋里，乔蕊低头痛苦地想着：春来心眼好，长得也俊俏，我不能拖累他一辈子，他应该有更幸福的生活。她趴在桌子上，撕心裂肺地哭着。不一会儿，她抬起头，左手抹了一把泪，想，哭什么，没出息！春来离开我照样活得有滋有味，一个作家要多为他人想一想，不能只顾自己……

　　中午。天低云暗，狂风咆哮，田野里的玉米、谷子、高粱和大豆已经收割干净，枯黄的庄稼叶子在空阔的田野里凄惨地摇晃着。路边一排排白杨树，剧烈地摆动着枝叶，烈风呼啸，杂乱的树枝相互撞击着，不时发出咔嚓咔嚓的断裂声，宛如它们无助、挣扎的哀号。片片树叶纷纷脱离枝头，它们像一群群失去母亲的小鸟，在劲风呼啸的空中飞旋着，这些枯叶落在田野，落在渠沟，落在河畔，落在后崔庄农家院里和屋顶上边。屋里，四十多岁的春来抱着头蹲在墙角，他不时闪动着眸子看一眼残疾的媳妇乔蕊。乔蕊坐在小马扎上，她历经沧桑的脸颊上浮现出憔悴和坚毅的神色。两个人沉默着，可以听见他们从鼻孔里发出的细微呼吸声。春来的表情很复杂，他一会儿悲愤，一会儿怜悯，一会儿又无可奈何。忽然，他低声沉重地说："小引她妈，你手脚不全乎，还要一头撞到南墙上和我离婚，我知道你不想连累我，可你以后的日子咋过？你为了出版一本书……"乔蕊说："我已经焦头烂额了，我的事你以后别管了，有合适的女人，你'嫁'了吧。反正我是不跟你过日子了。"

后崔庄大街上，小引靠着一棵槐树潸然泪下。民事调解员李大娘是一位五十多岁的老太婆，别看她年近花甲，却身体健康，精神饱满，思维活泛。村子里东家婆媳不和，西家妯娌反目，只要她的一双大脚迈进门槛，凭着她的三寸不烂之舌，总能让一家人化干戈为玉帛，握手言和，欢声笑语。

李大娘脚步响咚咚地走到小引身边，她迷茫地看着眼前这个花朵似的闺女，摇着她玉葱般的手指，笑容里含着羡慕，说："小引，你个花骨朵孤零零站在槐树下伤哪门子心？落谁家的泪？是不是哪个赖孩子不称你的心，没入你的意，他死皮赖脸地缠着你，像沾在脚上的黄泥巴，甩又甩不尽，不甩又恶心？"小引的脸上泛起一片红晕，她啼笑皆非地看着李大娘说："李奶奶，你那嘴像小刀，不管三七二十一乱砍。我对象留根我中意死了，我看见他，就像一张虎皮膏药贴在我身上，舒经活血，全身舒畅。"李大娘笑得眼睛眯成两道缝，说："如今这女娃娃真开放，说起对象来小嘴吧嗒吧嗒的。你刚才……"小引的脸上又布满愁云，她低着头，咬着嘴唇说："俺家天……"李大娘惊愕地睁大了眼睛，涨红了脸问："你家天……咋了？"她的声音哆嗦着。小引抽泣着揉一揉眼睛，说："塌了。"李大娘说："老辈人传下话，天塌是大事，你家出啥大事了？看我能不能把你家塌下来的天再顶上去。"小引说："李奶奶，我爸妈离婚了。""啊……"李大娘犹如头上被木棒击了一下，有些昏昏沉沉地说："这两口儿本来就艰难，这会儿又作死哩。谁先说这拆庙话的？"小引说："我妈非和我爸离婚不中！"

留根摇晃着脖子，伸展双臂走过来，他像是对小引说，又像自言自语："屋外的空气真新鲜。"他惊喜地看着小引和李大娘，问："小引，你站在槐树下边弄啥哩？"小引瞪他一眼，厉声说："赶紧回屋复习功课，别偷懒！"留根微微恐惧地看一眼小引，转身回家去了。

李大娘看着留根的背影，说："小引，你还没有过门呢，恁强势，以后一个锅里搅稀稠，留根肯定被你捏在手里。人家妈不一定多心疼儿子呢。"小引哀求道："李奶奶，你别说他妈了，快去劝劝我妈吧。"

李大娘扭着微胖的腰肢，迈着小碎步走过两条街，来到乔蕊家。她咚的一声坐在小木床上，床板发出吱吱咛咛的响声。她瞅一瞅乔蕊，觑一下春来，一只手拍着胸膛，说："刚才走得急，喘气也短了。春来大侄子，乔蕊媳妇，你俩是吃饱了撑的，还是好日子烧的？不说三不讲五净闹四（事）了，孩子都长这么大了，好光景刚开头，咋？不想过了？到底有啥解不开的疙瘩，迈不过的坎，非要散伙？你俩一个锅里搅了半辈子稀稠，从来没吵骂过一次，后崔庄的男女老少谁不夸你俩像天上飞的两只鹰。"她把压在左腿上的右腿放下去，把左腿压在右腿上，双手交叉在一起抱着膝盖，又说："你俩就像地上长的两棵树，又像池塘水的泥鳅。"

春来忧伤的脸上泛出一丝笑容，说："婶儿，你乱比啥子？"乔蕊悲苦的心情被李大娘的话冲淡了，她抿嘴笑了笑，说："李大婶，你的知识可真渊博。"李大娘说："乔蕊，我听小引说是你要死要活地和春来离婚？你手脚不全乎，春来就是你的拐杖，你把拐杖扔了，以后的路咋走？"乔蕊咬着牙说："一步一个脚印慢慢走！"李大娘说："中，有志气，你是后崔庄的女强人，也是后崔庄的女状元。逞强话容易说，真到了春来离开你的那一天，想到和想不到的难够你乔蕊受的。你俩也别嫌我上了岁数嘴碎，一个庄住了几十年，谁是啥样的人，谁是啥秉性，我心里明镜似的。春来虽说小你七八岁，他长得俊，个头高，收拾庄稼也是行家里手，重要的是他对你乔蕊掏心掏肺；你乔蕊也不弱，虽说早年因病失去了一只手，左脚又被石头压断两根筋，路走不稳，可是你顶着苦吃，蹚着罪受，写书，当文化人，家里地里的轻活，我没少见你干。你们俩不能散伙，还得手拉手往前走。婚离了，还可以复吗？"乔蕊心如磐石地摇摇头。春来说："李婶，我算没辙了。"李大娘无可奈何地叹了一口气："唉！真是百人百性。"接着她的话像一把尖刀扎中乔蕊的软肋，她说："俺媳妇，你不与春来复婚，你的小棉袄心里会难受的。"乔蕊一震，李大娘和春来把她的反应尽收眼底。一会儿，乔蕊斩钉截铁地说："以后她会习惯的，也会理解的，小引是一个明事理的孩子。"她看着李大娘说："大婶，春来没有找到新媳妇之前，他还在这个家里住，我也不会把他撵到马路上，只不过我俩夜里分床睡。"李大娘摇了摇头："你俩这日子过得真叫我这个老太婆凉心呀。"春来说："凉心的事还在后头哩。虽说眼下庄稼收成不错，打下的粮食吃不完，可是花钱的地方太多了，物价高，买一个白菜萝卜的钱抵一斤小麦还不止。小引上三年高中，硬碰硬交一万七八千学费。俺爹娘年龄都大了，今儿老头子感冒了，明儿老太太头疼了，只要踏入医院的门，没有三五十块别想买药。就这，乔蕊坚持出版她的《草根女人》，出版费两万块，得一分不少交给出版社。俺家现在没镚子（钱）啊。"乔蕊说："我创作的长篇小说不出版,国家不承认,我心拔凉啊。"

　　李大娘为难地拍一拍春来的肩膀,又摸一摸乔蕊的右腕。

她一只手拍着额头走出屋,低声说:"要愁死我啊!"

第二章　书稿风波

中午。狂风翻卷着乌云，摇曳着树林，后崔庄家家户户的屋顶上冒出袅袅炊烟。屋里，小引奶奶躺在床上呻吟："春来，小引她妈，我的心口老不中受，像压了一块石头，一扯一扯地疼。你俩来给我揉揉。"乔蕊歪歪扭扭地走到她的床边，弯着腰看着她满脸的枯皱皮说："妈，心口疼不是小病，我背你去医院吧。"小引奶奶说："媳妇的好意我心领了，你手脚不方便，背不动我。就是春来能背动我，我也不去医院。你们口袋里有几个子儿，我心里有数，现在药贵得吓人，我不想让你俩作难。春来有手劲，叫他给我揉揉我就舒畅了。"

春来走到小引奶奶的身边，眸子里闪烁着泪花，他看着古稀老人痛苦的脸色，心如刀割。他颤抖着双唇说："妈，我用平板车拉你去医院，万一是心脏病，揉不好的。钱的事你不用操心，前街坊后邻居都会借给我的。"小引的爷爷和奶奶不知道春来和乔蕊已经离婚，小两口儿怕老人家生气，对他们守口如瓶。小引奶奶说："儿子，你揉一揉我的心口，要是我觉得不慌了，出气匀和了，咱就不去医院了。要是你揉了半天我还是不中受，咱再合计合计去医院。"春来想了一下，说："那也中。妈，你不用操

12

心钱的事，新农村合作医疗，咱农民看病，国家报销一大半医药费。"

　　小引奶奶一边晃动着脑袋一边说："那小半医药费还不得咱庄户人自己掏。钱是硬头货，一毛就是一毛，一块就是一块，三毛九分当不了四毛花，妈不想让你俩愁得像脖子上抽了两根筋。再说了，俺媳妇还有心事，出版书是正事、好事，更是大喜事。咱后崔庄多少辈才出一个写长篇小说的！交两万块出版费，赶上这坎儿没办法，咱不怕没钱，只要你俩勤扑腾，一定能遂了她的心思。天天日子省着囤尖尖，年底囤底就满满，活人还能让尿憋死？"小引奶奶叹了一口气，又看看春来黑里透红的脸庞，说："儿啊，我和你爹是能说不能行了。小引是一个吃了今天不虑明天的疯丫头，她迟早是人家的人。你媳妇乔蕊手脚不便。一家老少五口人吃饭穿衣看医生，哪儿哪儿都得花钱，这些想到的想不到的都要你这个顶梁柱扛着，妈心疼你老作难呀。"

　　春来一边给小引奶奶揉着胸口，一边说："妈，我心里想好几天了，我想去南方打工。咱庄的秋来、满玉、天才、石头去南方才一年，回来时哪个口袋都装着三四万。"小引奶奶说："人比人气死人，你只看见他们捞着子儿了，你和他们四个人不一样。秋来会瓦工，满玉会木工，天才会电工，石头会开大吊车，人家在南方干的是技术活，挣的是手艺钱，你一样也不会。搬砖摞瓦是力气活，你身体又不如别人瓷实。看见别人挣钱你眼热，但你要知道自己有几斤几两，不然出门在外更作难。我听天才说在城里去茅厕撒一泡尿还要花一块钱，没有那一块钱，只能尿在裤裆里。"

春来说："我是一个不中用的男人。"小引奶奶说："俺春来在妈跟前啥时候都是好儿子。你歇会儿吧，看你这一脸汗。我这会儿好受多了，你可真是神仙一把抓，谁敢说我儿子不中用？你和乔蕊去你们屋歇会儿吧，乔蕊站在我床头半晌了，腿该麻了。"乔蕊说："妈，还是让春来用三轮车拉你去医院吧，心口疼揉不好的。"小引奶奶说："这病呀，就像三轮车下边的弹簧，人骑车的时候它就下去，人起来它就蹦高。刚才春来的两只大手揉了一会儿，我这病就乖乖消停了。"乔蕊苦笑说："妈，你都成哲学家了。"春来一只手抹着脸上和额头上的汗珠，一只手拉着乔蕊的左手回到自己的房间，两个人坐在床沿上面面相觑。矮屋床上，小引奶奶憔悴的身体蜷缩着，蜡黄的脸上冒出小虫爬似的汗珠，枯树皮似的手颤抖地摁着剧烈疼痛的胸口，她低声哆嗦着骂自己："老不中用的东西，你快去那边享福吧，不能动弹，还今儿个这儿疼，明儿个那儿酸，净给儿女们添累赘。阎王爷，你快把我叫走吧，我真受不了啦。"声音微弱而凄惨。她把枕头放在床中间，胸口压在枕头上。

厢房里。春来和乔蕊有一些昏昏沉沉，他们垂首胸前，无声无语。"喵……"屋梁上一只大肥猫叫了一声，两个人从昏沉和蒙眬中清醒了。春来说："小引她妈，咱妈的心口疼没有好，我给她揉了半晌也只是活动皮肉。你应该也能看出来，老太太装着轻松是宽咱俩的心。"乔蕊说："我不瞎不聋，能不知道两点是贰？"她用左手掀开盛衣服的箱子，从箱底的报纸下边拿出一只晶莹剔透的玉镯。她把玉镯塞给春来，深情地说："明天你去县古玩城把这个宝贝卖了，拉咱妈去县医院做心电图。"春来看着手里细腻的玉镯，惊喜地问："咱俩过了大半辈子，我咋不知道你有这宝贝？"乔蕊的眼角流下两滴晶莹的泪珠，她说："这个镯子是我上花轿时俺娘给我的嫁妆。"春来把镯子放在手心里轻轻颠了几下，又目不转睛地看着它晶莹的光泽，说："这宝贝我估计能卖三百多块钱。"乔蕊说："心电图做完以后，妈的病要是不太严重，剩余的钱你去药店买几盒心可舒和心保丸。"春来说："咱给妈在医院做心电图，医院有药。"乔蕊说："一样的药，药店的价格比医院便宜不少钱。"春来感激地看着已经和自己离婚的媳妇，她的心肠还是像炭火一样滚烫，像丝线一样细腻。

春来把镯子装进口袋里。"唉！"他又叹了一口气。乔蕊无奈地问："你的气啥时候能叹完？"春来说："咱爹的大牙掉了，老头子吃硬东西咬不动，我让他去医院镶牙，他硬是不干。他老人家是心疼咱俩口袋里老是瘪瘪的，医院里镶一颗大牙要七八十块钱哩。"乔蕊说："你这一说，我也想起来了，吃饭的时候，我看见咱爹不吃菜，只吃面条。老头的嘴嚼动的时候，像跳舞一样。""唉！"春来又叹一口气。乔蕊说："小引她爹，你是叹气专家？"春来说："小引天天哼唧我，她要住新楼房。在咱后崔庄，像咱一样还住旧瓦屋的只有三户，盖新楼房至少要二十万块钱。"乔蕊的嘴像小刀似的飞快地说："我知道我知道我知道……"春来说："我叹了三声气，你说了三声'我知道'。小引快出阁了，看来她只能去婆家住新楼房了，咱当爹妈的对不起闺女。小引今年也二十一岁了，留根那小伙子没的说。素芹催我好几回了，她想叫小引早些嫁过去，当娘的为儿子不都是这个心思。咱没多有少，没好有次，给小引准备几件嫁妆吧。"乔蕊用左手捂住脸，说："春来，你说得都对，不过，眼下我想，一是治好妈的心口疼，二是给爹安一排假牙，三是慢慢攒够我出书的费用。小引的嫁妆嘛，我还没想好陪送她啥。素芹要是嫌咱穷，可以不娶小引。"春来瞪着眼睛说："你不是抬杠吗？咱就是让小引两手空空走去婆家，素芹和天旺也不会说啥。"

乔蕊默不作声一会儿。春来问："你在想啥？"乔蕊说："我要是不写长篇小说《草根女人》，咱俩头顶上的乌云不就散了吗？"春来看她一眼，欲言又止。一会儿，春来说："刚才我给妈揉了半晌胸脯，有点饿了，晌午咱吃啥饭？"乔蕊沉浸在迷茫里，如痴如醉地说："我知道……"春来压住心头的怒火，声音沉沉地说："你就会说那仨字，'我知道'不能当钱花，还不如放声轻屁，放声轻屁还臭臭的哩。"乔蕊忍着满心的委屈，狠狠地瞪了一眼春来，心里想，我已与你离婚了，可是我心里装的还是你的爹娘，你作为一个大男人，没有能耐，挣不到锔子，竟然还训斥我。她本想大哭一场，再大骂他一顿，但想到自己是一个作家，文人的修养使她没有朝着眼前这个自己深爱却又无能的男人歇斯底里。但是，她还是恨他的软弱和平庸，她心里有一团烈火冲到了头顶，恨不得咬烂他的黑脸，掐烂他的肌肉。她忍住了，她用左手使劲拧了拧自己的小腿，脸上显出坚毅的神色，说道："疼，只要还有这个知觉，我就能坚强地活下去。"

三天后的一个早晨，乔蕊拎着篮子去西洼地里捡黄豆。不一会儿，一个戴着墨镜衣着笔挺的中年男子走进他们家。春来急忙像接财神一样递烟让茶，招呼道："一扁担抢不着的海清哥你咋才来，我想死你了。大舅把长篇小说《草根女人》书稿的事跟你说了吧？"

赵海清坐在马扎上，他一边喝着茶水抽着烟，一边笑眯眯地盯着春来，他戴着金戒指的手指轻轻抚着八字胡，操着广东口音说："春来老弟，我屁股下边坐的小马扎是你的，如果我出三十块钱把小马扎买走，你说这个马扎是谁的？"春来说："三岁孩子也知道的事情，马扎当然是你的了。"赵海清又问："这个小马扎和你春来还有什么关系没有。"春来说："一星半点的关系都没有了。"赵海清说："好！春来兄弟是个爽快人，咱们的生意好说。"他抿了口茶，继续说："春来兄弟，现在出版社出版一本正版书打折以后卖七八块钱，你媳妇乔蕊创作的长篇小说《草根女人》还是钢笔写的，那就更便宜了。"春来的脸上下了一层霜，他惊愕里含着一丝恐惧，说："你不会只给我两三块钱吧？"赵海清说："书稿要是出版不成书，时间长了，那就是一堆废纸，你说废纸多少钱一斤？"春来像泄了气的皮球，声音颤抖地说："也就七八毛钱吧。"赵海清说："一部二十万字的书稿撑天也就是两斤不够一斤半靠上的重量，你算算值多少钱？"春来说："反正是一沓书稿，你看着给，几个子儿都中。"

赵海清狠狠地抽了两口烟，然后说道："现在社会是市场经济，人们把钱看得比他爹都亲，有些人为了钱，亲戚朋友都敢蒙骗，现在的情谊比纸都薄，有钱是亲朋，没钱是路人，社会风气长久这样下去，咱中国还能是文明国家？还怎样巍然屹立在世界的东方？"春来说："你说得太好了，不过太大了，太远了，咱俩都管不了这些事。"赵海清说："我赵海清偏偏是鹤立鸡群，我是做书商生意，是搞精神文明建设的，我视金钱如粪土，视朋友情意如黄金。"春来竖起大拇指："海清哥真是仙人。"赵海清说："春来兄弟，我看在咱俩是拐了七个弯的亲戚分上，给你一个天价。"春来说："咱俩平常也不认识，更没有交情呀，你出手咋恁大方？"赵海清说："我和你大舅子的小姨子的二妹夫有可以互换媳妇的情谊，我能亏你吗？这会儿你让我看一下你媳妇乔蕊写的书稿，要是书稿吸引了我，我保证让你发个小财。我听你亲戚说了，你家里七股八杂的事情都急等用钱，十块八块你都抓挠不到。"春来感激地看着赵海清，说："赵哥的话真真是说到我心坎里去了，你稍等一下。"他转身走进屋里。海清吸着手里的纸烟，又抿一下碗里淡黄色的茶水，两只玉米粒似的眼睛环视着屋里几件陈旧的家具，鄙视地从嘴角吐出三个字："贫民窟。"

　　春来撩起布帘从里屋走出来，他手里拿着五页写满钢笔字的16开稿纸，说："海清哥，这是《草根女人》的楔子手稿，我翻遍了内室，只找到这几张手稿。我听乔蕊说过，楔子是豹头，内文是熊腰，后边是凤凰的尾巴，可能是乔蕊把那两个'禽兽'借给乡亲们提意见了，这会儿我只能让你看看豹头。"他把五页书稿递给赵海清，说："我媳妇去地里捡豆了，她回来后我让她去乡亲们那里要回熊腰和凤尾，再一起给你。"赵海清看完楔子，脸上掠过一丝惊喜，不过瞬间被他隐藏。他皱着眉头，露出苦涩与无奈，摇摇头说："我常年买书稿，看书稿，精彩的、平庸的我见多了。这个楔子太一般了，窥一斑而知全豹，我已经知道《草根女人》全文的水平了。"春来说："海清哥，好赖你买了吧，不行咱再落落价。"赵海清两臂交叉于胸前，说："这样吧，现在党和政府提倡扶贫，我权当是高价买废纸，给你三百块钱，你找齐书稿后卖给我。咱们一口唾沫一颗钉，一手交钱，一手交书稿，以后没有一丝秧可扯。""中中中。"春来像捡到一个大元宝似的脸上笑开了花。赵海清把五页书稿递到春来手里。春来说："美死了，一本新书才卖七八块钱，俺家的书稿能卖三百块钱，这是老天爷可怜我老作难。"赵海清说："是我可怜你。"春来挠一下鼻尖上的痒："我得大便宜了。等我媳妇从地里回来，我就命令她把全部书稿归到一起。后天你接到我的电话再来拿书稿，不，来买书稿。"春来站在屋门口看着院子，又仰望着蔚蓝的天空，像是自言自语，又像是对赵海清说："树影儿都正了，这个败家娘儿们还不回来，捡黄豆又不是捡金豆。"赵海清说："兴许乔蕊正往家赶哩，我听说她一只脚有毛病，走得慢。再说了，女人们见人话稠，家长里短扯起来没个完。春来兄弟，咱俩都是站着尿的男子汉，我买书稿的事，钉子钉在木板上了，我走了。"春来说："天塌地陷也不会变，你把心装到肚里吧。"

赵海清迈着八字步走在后崔庄的大街上，他打了一个指响，兴高采烈地说："我既是书商，又是作家了，一步登天了。"忽然，他转身风风火火地又跑进春来屋里。春来看着他额上滚动着亮晶晶的小汗珠，问："你咋又回来了？"他从口袋里掏出一张烫金名片放到春来手里，说："我刚才忘给你电话号码了，名片上有。"春来看着金光闪闪的名片，惊喜地说："海清哥，你是书商公司的大经理呀。"赵海清扬扬得意地说："小喽啰能做大买卖？"他向右甩了一下刘海，"我后天等你的电话。"然后大摇大摆地走了。

屋里。春来低头看了半天名片上的电话号码。不一会儿，乔蕊拎着半篮黄豆走进屋里。春来笑眯眯地接住她手里的篮子，说："小引她妈，你去地里拾半天黄豆，肚里不饿？"乔蕊说："早饭吃了一碗红薯疙瘩粥，不饿。你今天对我客客气气的，有啥喜事？"春来对她一阵耳语。乔蕊问："书商走了？"春来亲昵地挽着她的左手，说："天上掉下个馅饼砸到你头上了。这次你同意了吧，我可是在赵海清面前拍着胸脯答应了。"乔蕊说："天上不会掉馅饼，掉的是苦果。我不同意卖书稿给他。"

春来急了，他的话像一颗颗机关枪的子弹射了出来："乔蕊奶奶，一本新书才卖七八块，一部钢笔写的书稿七揉八皱卖三百，你去哪找这好事？这就好比一件新棉袄卖七八块，一块布料卖三百块钱。"乔蕊说："你这个比喻贴切。"春来说："人家海清一呢是看在七拐八弯的亲戚面子上，二呢是响应政府扶贫的号召，才掏三百块钱买一堆废纸的。""啪！"乔蕊破天荒重重地打了春来一巴掌："你可以侮辱我，我不在乎，但是，你不能侮辱我的《草根女人》。"

春来摸着发红的脸，说："我看着你是个残疾人不跟你计较，男人的脸皮厚，经打。你到底卖不卖书稿？"乔蕊说："小引她爹，我知道咱家急需要钱，但是你不读哪家书，不识哪家字。卖书稿这事你就是白痴，人家把你卖了，你还帮人家数钱哩。赚大发的是他赵海清，亏老鼻子的是咱们。"春来眯一眯眼皮："你把我说糊涂了。"乔蕊说："你要是明白人就不会干这傻事了！你答应赵海清买走书稿，书稿就和我乔蕊没有丝毫关系了，你说我的心是不是在滴血？那就意味着《草根女人》是赵海清创作的。"春来说："现在有一百块钱进咱家，你我出气都匀和了，谁创作的还重要吗？你别讲名气，别清高了。"乔蕊说："这关系到知识产权问题，关系到赵海清的道德品质和他屎壳郎上秤盘——硬装大黑枣的问题。"

春来气得蹲在地上，双手抱着头，一筹莫展。一会儿，乔蕊说："赵海清买走书稿，他肯定有钱出版，如果他在书上印的是乔蕊著，咱就把书稿卖给他。"春来从地上跳起来："他肯定不同意在书上印你的名字。你把我气得肚子里直咕噜，我去厕所屙一泡。咱说好了，卖不卖书稿你当家，我眼不见心不烦，你把它扔在炉火里烧了，咱也不为两万块钱发愁了。"他双手捂着肚子弯着腰走出屋门。

乔蕊自言自语："家有一辆旧三轮，明天我去拉脚挣钱出书。"她从床边一个旧铁筒里拿出用破布包着的厚厚的书稿，将它们放在胸口上捂了好一阵儿。她亲了一下书稿，几滴泪从眼角滴落，浸湿了书稿一个角。她哽咽着说："孩子，娘为你遭罪受气没啥，只希望你能早日见天日，满世界地跑。"她忽然解开破布，把桌上的五页楔子夹在书稿里，再用破布包起来。接着她站在床上，踮着脚把书稿塞进一个墙洞里。躺在床上盖着被子的小引露出俊美的面容，她屏住呼吸把妈妈的动作尽收眼底。她忽然从床上跳到地上，从墙角捡起自己上小学时的作业扔到火炉里。乔蕊感激地拍一拍小引的肩膀。

春来走进屋，脸上浮现出愤怒，说："我身上热，心里躁，我去北河洗澡了。"他瞪一眼乔蕊，转身一溜烟似的向北河奔去。他跳进波涛汹涌的浪涛里，再也没有上岸。

第三章　送鸡蛋的路上

太阳在天空中时隐时现地移动着，地上刮起了阴冷的狂风。后崔庄街道上空空荡荡的，没有一个人影，没有一声鸡啼，没有一声狗吠，只有树上的枝叶在狂风里挣扎着，发出沙沙的声响。

乔蕊在村头一个胡同里一拐一拐地走着，她低着头想着去哪儿找一个拉脚的活儿。忽然她听见不远处传来一阵小孩惊恐的啼哭声："爸爸，快来救我，我快掉下去了……"她忍着左脚筋骨扭曲的疼痛快步向哭声走去，只见一堵烂砖头垒的高墙上颤抖地站着一个七八岁的小男孩，他苍白的脸上挂着一道道泪痕。她惊恐地跑到墙根，声音沙哑地喊道："小合，你上墙头作死哩，这道墙是破砖烂泥垒的，大风都能吹倒。恁高的墙，你咋爬上去的？"小合抖着身子哭着说："乔婶，坏孩子欺负我。"乔蕊说："你站稳别动，千万别动。"小合抽泣着，脏了吧唧的小手不停揉着脸蛋和眼睛，不一会儿就糊成了大花猫。他哆哆嗦嗦地说："乔婶，长太和短太俩兄弟害我。刚才俺三人在墙根耍石头剪刀布，贼娃短太叫我骑在他的肩膀上，他又骑在长太的肩上，长太扶着墙慢慢地站起来，我扒着墙头就上来了。墙上有几

22

块砖头活动了，我的腿直打战，让他们把我接下去，长太说：'小合，你爸陈树明在云川大学食堂当科长，很有钱，你叫你爸给俺俩买两部儿童手机我就救你下来。'"

乔蕊气愤地说："长太这个小龟孙就是讹诈你，你答应他了？"小合说："我不想答应他，可是我怕摔死，就说有儿童手表，没有儿童手机。短太说：'有老人手机就有儿童手机。儿童是祖国的花朵，是上午八九点钟的太阳，商店里有国家造的儿童手机。'我说：'就是有我爸也不给你们买，我也没有向你爸要东西。'他俩挤挤眼睛跑了。"乔蕊说："小合，你站在墙上别动，我找不来梯子，回家把三轮车骑来救你。"她一拐一拐地向家里走去，由于心急如焚，脚步快了，身子更加趔趄，左脚上面的疙瘩里一会儿像丝线揪着痛，一会儿像钢针扎着痛，痛得她全身冒汗，衣服湿答答地贴在身上。

好不容易回到家，她没有一丝停歇，赶紧骑着三轮车来到墙根下边。她站在车厢里的小木凳上边，伸展双臂，仰着脸说："小合，你往下跳。"忽然，小合蹬掉一块砖头，祸不单行，那块砖头不偏不斜地砸在乔蕊的左脚面上。霎时，她伤残的左脚像是被利刃割裂了骨肉一样，她忍着剧痛，仍一动不动地看着高墙上脸色惨白的小合。小合闭上双眼，低着头跳下高墙，他被乔蕊稳当当地接在怀里，两个人倒在三轮车车厢里。小合安然无恙，乔蕊颤抖的左手抚摸着左脚面上渗血的疙瘩，痛，剜心的痛，她大口喘着粗气。缓了一会儿，她气喘吁吁地问："小合，长太和短太让你上高墙，你可以不骑他们的肩膀，转身回家，你为啥像老鼠见了猫似的听从他们呢？"小合说："长太说站在高墙上可以看见天上的卫星，卫星上放电影，看电影的都是火星人，火星人都是红头发绿眼睛，屁股上还长一条蓝尾巴。短太说我只要看见火星人，门门功课能考100分，因为火星人可以把仙气传到我身上。"乔蕊说："你咋不问他俩咋不上高墙看火星人？"小合说："我没想起来问他俩。"乔蕊说："小合，你是一个老实孩子，以后别信坏孩子的胡论。"小合说："乔婶，我站在高墙上和站在地上一样，除了看见天上只有白云乱跑，啥也没有。长太和短太真孬！以后我再也不信俩赖种的鬼话了。乔婶，谢谢你，今儿你救了我，我让我爸煮十个鸡蛋给你吃。"乔蕊爱怜地抚摸着小合的头，苦笑着说："乔婶不要鸡蛋。"她把小合抱下车，然后推着车一瘸一拐地回家了。

屋里。电话叮铃铃地响起来，乔蕊拿起话筒："喂，哪位？"电话那头："你是乔蕊大嫂吗？我是小合爸爸陈树明。"乔蕊问："陈科长有什么事吗？"话音还没落，就听见一阵敲门声。开门一看，竟是穿着蓝色西装的陈树明。他把手机装进口袋，走进屋，说道："乔嫂，我不知道你在不在家，就在院门口给你打了个电话。"他从口袋里掏出一张百元大钞放在桌子上，说："乔嫂，谢谢你救了小合。"乔蕊连忙塞给他，说："孩子有危险，任何人看见都会伸出援手的，你不用这样。"陈树明感动地说："到底是女作家，思想就是比普通农民高。"乔蕊淡淡一笑："我和后崔庄的泥腿子们都一样，地里泥里水里忙庄稼，家里灶前锅里煮粥饭，只不过我喜欢在稿纸上写几行小字罢了。"陈树明说："哪有你说的那么轻松。乔蕊嫂，我听人说你眼下正犯着大愁哩，你写的长篇小说《草根女人》想出版，可是出版社问你要两万元出书费。咱庄户人没生意，没买卖，去哪儿弄这两万元哩？"停了一会儿，他看着乔蕊说："你需要兄弟我帮忙的时候，咳嗽一声，只要我能办到的，一定两肋插刀！"

乔蕊抿嘴一笑，说："谢谢你的仗义。"她转而一想，问："我能去你的食堂打工吗？"乔蕊的请求让陈树明有些猝不及防，他答应帮助乔蕊，虽然不是客气话，但还是为她的手脚残疾而发愁。他看一眼她的右腕和左脚，皱着眉头说："食堂打工得在面案上揉馍，你只有一只左手，不行。"乔蕊说："我左撇子都写小说了，就是写得有点歪歪扭扭，揉馍比写字简单，没问题的。"陈树明严肃道："你左撇子写书可以慢慢写，没人给你定时定量。食堂的话一个萝卜一个坑，一个半小时一个炊事员必须揉出二百个馍。员工们揉馍时两只手快得像电扇上的风叶，揉完馍一个个脸上像水洗过一样。"乔蕊叹了一口气，说："去面案看来我没戏了。"陈树明深深地思索了一会儿，他像是自言自语又像是对乔蕊说："上菜案切菜炒菜更不行。"乔蕊的脸憋得通红："你挖苦我！"陈树明摆摆手说："不是……对不起……我说话出马一杆枪……我在想食堂哪样活你能干。"忽然，他眼睛一亮，像是发现新大陆似的说："红星养鸡场离食堂二里半，你每天骑三轮车给食堂送两筐鸡蛋，一筐鸡蛋三十斤，运费给你十二元，你如果能天天送，一个月能挣三百六十块钱，这活我估摸着你受点累也能干。"乔蕊的脸色多云转晴，高兴地说："能干，能干。"

早晨。东方天际升起一轮火红的旭日，斑驳陆离的五彩光线照耀着大地上的万物生灵。无边的原野花红叶绿，摇曳的枝头鸟雀欢啼，一条弯弯曲曲的小河荡着清波，哗哗啦啦地流过田园，流过村庄，流过树林，流过山冈，不见首尾，欢歌流淌。河底游鱼隐隐，岸上青草叠翠。

乔蕊骑着装有两筐鸡蛋的三轮车向云川大学食堂驶去。她左手使劲地抓住左车把，右腕顶着右车把，右脚一上一下地蹬着半圈，蹬得很慌忙。她的左脚尖颤巍巍地点着脚蹬，本就扭曲伤残的左脚，前天被小合踩落的砖头砸了后，一点儿劲也使不上，而且还针扎似的痛。她的身体笨拙地一左一右扭动着，蜡黄的脸上冒出的汗珠滴湿了裤子，额头上的汗水流进眸子里，眼睛又涩又痛，闭又不能闭，睁开更难受。她的左手离开车把迅速地擦了一下汗水，慌神之中，车把失控，三轮车向路边的沟里驶去。说时迟那时快，她身边一位放羊的老大爷急忙扔下手里的鞭子，一个箭步冲到欲翻的三轮车跟前，粗糙有力的大手抓住了车把，把三轮车稳稳当当地拉住了。

乔蕊慢慢地下了车，欲给老大爷磕头，老大爷急忙扶住她，不让她下跪。乔蕊感激涕零："谢谢老人家，谢谢老人家！"老大爷说："你家人咋这么狠心叫你残疾人拉鸡蛋？你慢点儿骑车，路走稳妥，要是车栽进沟里，车坏蛋打是小事，人会摔伤的。"乔蕊骑上车，老大爷看着她的左脚面，说："你手脚不全乎，不能做的事千万别勉强。"乔蕊说："老人家，骑车送鸡蛋是我唯一能干的活。刚才我是想用左手擦一下汗，一不留神才差点儿栽到沟里。"老大爷拾起鞭子，赶着羊慢慢地向前走去。他的嘴里嘟囔着："这个女人真可怜，我这个生人不便问，估摸着是缺钱，还有事，不然她不会一个半拉人出来拉脚。唉！家家都有一本难念的经。"他转回头看见乔蕊又骑上车费力地向前驶去，啧啧道："这个女人还真有一股犟劲。"

天上的太阳不知道什么时候移到了乔蕊的头顶，树影儿正了。云川大学校里的学生下课了，一队队的学生走出教室，潮水般涌向食堂。大路上，乔蕊使出吃奶的力气蹬着车轮，她的右脚很酸很累。她弯着麻木里有一些痛的腰肢，微黄的牙齿咬着下唇，眼睛里射出凶狠的光芒，向前骑着三轮车。忽然，她觉得身后的车厢像放进了一块大石头一样沉了许多，车轮像糊上了胶水原地不动。她回头看见车帮上坐着两个十一二岁的男孩子，他们嘻嘻地笑着，肩上都挎着打着补丁的书包，脖子上戴着红领巾。她刹住车，转身抽出车厢里一根细长的木棍，一边打一边骂："你们两个有娘没爹的小杂种，好好的来压我这半废人拉的车干啥！"

她又气又急，忘记了一个作家应有的理智和文雅。两个小男孩跳下车，龇牙咧嘴地跑走了，乔蕊摇摇头，说："这半大孩儿们真是鬼难拿！"她把木棍放进车厢里，骑上车又向大学食堂驶去。忽然，她感到自己的身体和车子一起往后倒，她扭头看见刚才那两个小男孩抓住两边的车帮子咬牙瞪眼地往后拽，她摇摇晃晃地跳下车，抓起筐里的一个鸡蛋扔在左边小男孩的脸上。右边的小男孩看着小伙伴的脸，嬉皮笑脸地说："白蛋，你脸上像被屙了一泡稀黄的屄屄。"白蛋伸出肉乎乎的小手擦着脸上稀黄的蛋液："老婆娘，你不拿鸡蛋砸黑蛋不公平！"啼笑皆非的乔蕊从蛋筐里又抓起一个鸡蛋，黑蛋看着她手里的鸡蛋像一个深红色快要爆炸的小手雷，急忙和白蛋一起跑了。黑蛋一边跑一边骂："白蛋，你是一个好臣。"白蛋说："咱俩是好朋友，弄啥事都得一样嘛。"他又说："黑蛋，你要是跑得慢，脸上也得挨鸡蛋砸。我妈在家给我炒的鸡蛋可香了，我脸上咋有一股腥臭味儿？"黑蛋说："鸡蛋和鸡屎从哪里来的？"白蛋说："从鸡屁股眼里蹦出来的，俺家老母鸡下蛋屙屎我看得清清楚楚。"黑蛋说："你知道你脸上的蛋液为啥有腥臭味儿了吧。"

乔蕊把三轮车上的鸡蛋拉进大学食堂的时候已经是下午一点了，餐厅里就餐的学生摩肩接踵，售饭卖菜的炊事员们忙得不可开交。乔蕊的右腕使劲顶着鸡蛋筐的帮，左手抓住鸡蛋筐的手孔，她稳稳当当地把两筐鸡蛋搬到菜板上，用左手抹着脸上豆粒似的汗珠，累得气喘吁吁。

陈树明的脸上像落了一层霜，他强压也没压住的满腔怒火爆发了："乔蕊，第一天送鸡蛋你迟到了六十五分钟。"他看一下腕上的手表，说："炒菜的李师傅往校园里迎了你三次也没见着人，锅里的油冒烟了还看不见你送来的鸡蛋。你玩得怪不赖，咋，给食堂一个下马威？卖饭的高潮是十一点四十到十二点四十，今天一个小时食堂少卖了二百七十多块钱。"乔蕊喘着气，说："学生总不会光吃鸡蛋吧？"陈树明瞪着两只像小鸡蛋似的眼睛看着她，压低声音吼着："你还强词夺理！"他指着面板上一堆细长的面条："没有鸡蛋，西红柿卖不动，没有西红柿炒鸡蛋，捞面条也没有人买，三缺一，连环扣，赔大了。学生们都去别的食堂和校外的小饭店买西红柿鸡蛋捞面条吃了。"乔蕊急忙道歉："对不起陈科长，半路上有两个赖孩子往后边拽我的三轮车，我打骂他们误事了。"

　　陈树明说："虽然说你我关系不错，可是你给食堂送鸡蛋，咱们是有协议的。每天中午十一点三十分之前你必须把两筐鸡蛋送到食堂，中午你参加高潮卖饭，卖饭以后你把盛放鸡蛋的仓库打扫干净。"乔蕊低声自言自语："这一天十二块钱可真不好挣。可是我手足残疾别的活也干不了，两万元的出书费猴年马月才能挣够。"陈树明说："就这我还是看你簸箕大的面子。外边餐厅里卖饭像赶庙会一样，营业员来回跑，他们一个个恨不能长出三只手来，你……"他看着她的左手说："卖馍能行，快去吧。"

　　乔蕊含泪走进餐厅，她站在馍笼跟前看着两边的两个炊事员拿着不锈钢馍夹迅速地夹起一个个大白馍卖给拥挤排队的学生。她的左手很累，还有一些酸麻和疼痛，她拿起馍夹夹起一个馍又掉在筐里，她又夹起一个馍。一个男学生欲给她三毛钱，她看一看右腕，心如针扎地说："孩子，你把钱放到旁边的钱盒子里吧，我看着哩。"那个男学生把手里的钱丢进了钱盒，忽然，她的左手颤抖一下，馍夹里的馍又掉了，身边的年轻炊事员小钢看着她痛苦无奈的神情，善意地说："乔蕊婶，你卖馍稍微快一点儿。排长队买馍的学生等不耐烦，会去别的食堂买的，陈科长一会儿过来，他又会说你影响主食的收入了。"乔蕊索性放下手里的馍夹，急忙用左手拿起一个馍递给那个男学生。那个男学生斜她一眼，没有接她手里的馍，也没有从钱盒里拿走那三毛钱，气哼哼地走出了餐厅。一会儿，陈树明像鞋里着了火般跑到乔蕊身边，他双手合在一起给她作了一个揖，说："姑奶奶，刚才校长给我来电话，说你用手拿馍，不卫生，这样会影响学生们的身体健康。你别卖馋了，赶快去把仓库的卫生打扫干净，一会儿后勤处卫生组的人要来检查。"

乔蕊像一个屡犯错误的仆人忍着胸口一阵阵的疼痛走出餐厅，她迈进食堂一个大房间里，一只手抖动着举起绑着鸡毛毯子的长竹竿把屋顶和墙壁上的蜘蛛网和浮尘打扫得干干净净，她把竹竿靠在旮旯，走出屋门，在操作间水池上拿起一块抹布，把它洗干净然后走进仓库。她一丝不苟地擦着门窗，忽然她的头嗡嗡响，眼睛昏昏沉沉的，屋顶、墙壁、称满鸡蛋的塑料筐和一扇扇门窗仿佛都在旋转，在互相撞击，不过，她虽然有一些慌乱，还是不停地擦着已经锃亮的玻璃。陈树明走过来，他看一看洁净的仓库，点点头说："仓库的卫生搞得还不错。"

白白胖胖的卫生组副组长李月秀走进屋，忽然一只老鼠从鸡蛋筐后面窜到李月秀的脚边，咬了一口，又像箭一样跑出仓库，钻进操作间的白菜堆里了。李月秀弯着腰捂住脚上流血的伤口，气急败坏地吼着："陈科长，几个科室的卫生，食堂科是第一名。"陈树明满脸红光道："谢谢李副组长。"李月秀狠狠地瞥了他一眼："倒数！罚款50元。"她开了一张罚款50元的票据塞进陈树明的手里。李月秀一双丹凤眼里闪烁着盛气凌人的神色，狠狠地剜了一眼乔蕊，哼了一声，扭着肥胖的腰肢走了。

陈树明看着乔蕊，从口袋里掏出两块钱塞到乔蕊手里，摇摇头说："女作家同志，看在你救小合的分上，把送鸡蛋的费用给你。"乔蕊看着手里两张一元币，自嘲地笑着说："这是我今天劳动的丰硕成果。"她看着陈树明说："你说给食堂送六十斤鸡蛋，运费给我十二块的。"陈树明说："你把罚食堂的五十块钱拿出来,我就给你十二块。"乔蕊用颤抖的左手把两块钱装进口袋里,她捂着心口,潸然泪下地走出仓库,走出学校的大门,骑着空空如也的三轮车驶进自己的院子里。

屋里。她坐在小马扎上,看着墙上春来的遗像,咬牙切齿地骂着:"老龟孙,狠心贼,你自己去龙王爷那里吃鱼吞虾享清福,把我一个人留在这里忍气受辱。"她趴在灶台上,呜呜痛哭。她累得闭上了眼睛,像是睡着了,又像是蒙眬地醒着,她的眼前晃悠着陈树明和李月秀的嘴脸,晃悠着老大爷抓住车把的大手,晃悠着两个小男孩把她的三轮车往后拽的情景……

第四章 一张百元币

　　之后，陈树明不叫乔蕊卖饭了，打扫仓库的卫生也由年轻的炊事员小钢负责。近期有三千名新生入校，就餐人数增加两倍。乔蕊每天给食堂送两趟鸡蛋，每一趟还是六十斤，运费是二十四块钱。工作量虽然多了一趟，但是一个月来，她强忍着身体的不适和脚面的疼痛，每天都能按时按量地把鸡蛋送到食堂。

　　上午，餐厅里，食堂科召开炊管人员会议，十二名穿戴着白衣白帽的炊事员坐在两侧的长椅上面面相觑。陈树明站在炊事员中间，他看一眼站在旁边的李月秀，又看一眼乔蕊，大声地说："为了就餐学生的身体健康，采购员不得采购腐烂变质的食品……"李月秀竖起大拇指，说："陈科长心里装的是五千名大学生的一日三餐。"陈树明兴高采烈地说："这是我的职责。"一个五十多岁的老炊事员说："但愿不是卖狗皮膏药。"

　　养鸡场里，乔蕊走进宽敞的蛋房，环视着一排排装满鲜亮鸡蛋的蓝色塑料筐快叠到了房梁，心里想，老板的生意真红火。她听见一阵哒哒的脚步声，已经不惑之年仍容光焕发的养鸡场场长李水清笑眯眯地走到她身边，乔蕊急忙说："李场长，三轮车停在场门口，我装鸡蛋吧。"李水清说："好嘞。你手脚不方便，今天让养鸡场工人赵小强给你装车。"乔蕊坐在一个石磴上，说："谢谢了，我也正想歇一会儿，一会儿还要蹬几里路的重车哩。"

一个穿蓝色工作衣的小伙子走到墙旮旯儿，他弯腰搬起一筐鸡蛋又急忙放在地上，一只手在鼻子前边扇了几下风，两只眼睛看着李水清阴沉的黑色的脸庞，欲言又止。李水清的眼睛闪了一个向外搬筐的神色。乔蕊看见这俩人今日眉来眼去打哑谜，心里疑惑这里面是不是有什么猫腻，她看见赵小强麻利地搬起墙角的两筐鸡蛋走到屋外，稳稳当当地放在三轮车车厢里。乔蕊一拐一拐地走到三轮车旁，拿起一个鸡蛋放在鼻尖上嗅一嗅，一股馊臭味冲进鼻孔，她把鸡蛋磕烂在一个小白碗里，发现里面是一片青灰色的黏液，她又拿起一个鸡蛋磕在另一只白碗里，里面是一片黄水，两只碗里散发出刺鼻熏眼的浓烈的馊臭味，令人作呕。乔蕊和蔼的脸上瞬间浮现出拒人千里之外般的冷峻，她全身好像充满了无穷的力气，左手抓住车厢里鸡蛋筐的手孔，右腕使劲顶住鸡蛋筐的帮，稳稳当当地把两筐鸡蛋又搬进蛋房。她和颜悦色地说："李场长，咱们都是关系户，共事共心，让赵小强再搬两筐鲜鸡蛋放进三轮车车厢里吧。"李水清的脸色一会儿黄一会儿青，一会儿红一会儿蓝，他尴尬地说："赵小强，去把鸡笼里的鸡粪清理干净！"赵小强走出蛋房。李水清像看一个女妖似的看着乔蕊，说："你本事大呀，一只手也能把两筐鸡蛋搬下来。"

乔蕊的额上和脸上已经冒出滚滚的汗珠，她一只手干了两只手才能干的事情，又累又危险。累她不怕，一个农民，干繁重的体力活是常有的事。怕的是万一右腕稍有松动,筐里三十斤鸡蛋就会掉到地上,摔成一片黄液。李水清会将经济损失压在她身上,因为她是一个装运工,没权没势,与他也没多少交情。她气喘吁吁地说:"李场长,我太累了,你让赵小强再搬两筐新鲜的鸡蛋吧。"她不敢让李水清弯腰去干这种力气活。

李水清不理睬她,好像他身边没有这么一个残疾又倔强的女民工。他把一肚子的怒气撒在赵小强身上,他的两只铃铛眼睛瞪出血似的吼着:"赵小强,我叫你清扫完笼里鸡粪以后,把三只淘汰的老母鸡卖给集上惠民饭店,你咋还不去抓鸡?你是成心和我对着干的吧?你耳朵里塞驴毛啦?"乔蕊知道后两句话是说给她听的。赵小强惊恐地扔下手里的扫帚,抓起铁笼里三只脱毛的土黄色老母鸡,向外走去。

李水清双手背在身后,嘴里哼着:"女人笑了,男人醉了,啊,都在炕上……太阳暖了,月亮圆了,啊,都在天上……"他不时冷冷地瞟一眼累得上气不接下气的乔蕊,心里说,你一只手从车厢里搬下两筐鸡蛋,还能再搬两筐鸡蛋放进车厢里吗?

乔蕊心里说,我宁可得罪这个黑心场长,宁可累得手脚酸痛,也要把两筐新鲜鸡蛋搬到车厢里,不能让就餐的学生吃坏鸡蛋。她咬着牙,使出全身力气,又一次左手和右腕配合着,稳稳当当地把两筐新鲜鸡蛋搬到三轮车车厢里。她长长地吁了一口气,骑着车子缓缓地驶出养鸡场的大门。扑面而来凉爽的风,她解开布衫的扣子,行驶在平坦的大路上……

鸡场里。李水清走到门口,看着乔蕊渐渐模糊的身影,狠声嘟哝着:"我没见过这种女人。"

云川大学食堂科，办公桌上的电话叮铃铃地响起来，陈树明拿起话筒："喂，是水清老弟呀，你这个大企业家有啥指示请开金口，只要我能办到的，一定赴汤蹈火，在所不辞。"电话里传出来李水清阴阳怪气的声音："树明兄，你找了一个好送蛋工呀，乔蕊全心全意为你食堂打算，人才难得呀。"陈树明听出李水清话里有话，而且有很大意见。他有些着急，有些莫名其妙，说："水清老弟，云川大学食堂科采购你十多年鸡蛋了，咱俩也是棒打不散、火烧不焦、水淹不死的交情，有啥事你尽管说，是我的错，我头拱地也改。"

李水清觉得陈树明还算诚恳，声音低沉地说："我的蛋房里有两筐不太新鲜的鸡蛋，这些鸡蛋在热锅里炒熟照样黄亮喷香，吃着照样津津有味。可是，乔蕊硬是把装好车的鸡蛋又搬下来。"陈树明说："水清老弟，我插一句，她一只手咋搬的鸡蛋筐？每次她把鸡蛋拉进食堂里，我都是派年轻的炊事员帮她搬。"

李水清说："我今天大开眼界了，乔蕊的本事大着哩，她左手抓住鸡蛋筐的手孔，肉棍似的右腕使劲顶着鸡蛋筐的右帮竟然搬起来了。她把两筐鸡蛋搬进蛋房后，又用同样的姿势把两筐鸡子当天下的鸡蛋搬上三轮车。树明兄，三天前你来养鸡场给你小姨子拿鸡蛋，我跟你说过，鸡子当天下的鸡蛋都是给县城糕点公司制作鸡蛋糕和面包用的，价格比售给你们食堂的高。现在市场上除了地上的落叶外啥都贵了，你们大学食堂买我场的鸡蛋多少年都是一斤三块八毛，从今天起，每一斤鸡蛋……"他犹豫了一下，"看在你我多年的老关系上，每斤四块八毛。还有，我那个在县教育局当副局长的内弟跟我说，你儿子小合上重点中学的事得慢慢来，急不得。"陈树明还想说些什么，可是电话那头已经挂了。

陈树明放下话筒，脑子里嗡嗡响。他隐隐约约地看见自己的左边站着炊事员和云，右边站着一位大学生，那个大学生说："陈科长，你用乔蕊阿姨给食堂采购的鸡蛋，我们放心。她坚持原则，拒收腐烂变质的鸡蛋，保证了就餐大学生的身心健康，是一位品德高尚、意志坚定的送蛋工。"和云说："陈科长，这年头，一个人要想办成事，没有朋友寸步难行。一个饲养三千只鸡子的大型鸡场，库存的鸡蛋数千斤，不可能筐筐鸡蛋都是鸡子当天下的，有几筐陈鸡蛋很正常。一根筋的乔蕊假清高，她把你前边的路堵死了，以后你想办啥事，朋友很难帮你了。"陈树明双手抱着头，自言自语哼唧着："你们说得都有道理。"他想辞去乔蕊，又犹豫了：一是她救过儿子小合；二是近期找不到送蛋工；三是从学生身心健康考虑，乔蕊的做法是对的。他冷笑一声："乔蕊啊乔蕊，你就是我身边的扫帚星……"

夜里。陈树明的办公室灯光如昼，十几个炊事员坐在长椅上疲倦地长吁短叹，小钢说："都这个点了，还不叫累死累活的咱们喘口气，陈科长把咱们圈到他屋里开什么鸟会？"

中年女炊事员王娟说："小钢，别看你'钢'，陈科长用小拇指头弹你一下，你立马就变成软蛋了，怪话惹祸。"小钢斜她一眼，欲言又止，他好像有心事，一会儿从椅子上站起来，焦急地看着窗外，一会儿又很不情愿地坐在椅子上，焦躁无奈地摇晃着身体。王娟扯了扯他散发着油呛味的头发，问："你坐的椅子上有钉子？你不想开会是不是急着和女朋友小英去钻玉米地？"小钢的脸红得像抹了一层鸡血，他不敢再摇晃身体了，低着头说："王婶，我和小英还没有登记，不会出格的。"和云说："是不能出轨。"

陈树明迈着四方步子走进办公室，两只阴森森的眼睛环视着大家，盛气凌人地说："坐要有个坐相，看看你们一个个东倒西歪、摇头晃脑的，这是在我办公室开会，不是在你们家里，也不是在候车室等火车。"炊事员们一个个难受地坐正了姿势。

陈树明说："各位蒸馍的、煮稀饭的、炒白菜萝卜丝的、煎鸡蛋的，都竖起耳朵听好了，近两个月咱们食堂科出现了不少好人好事，大家每天任劳任怨，踏实苦干，粗粮细做，细粮精制，把饭菜做得色香味俱美，得到了学校领导和广大就餐学生的好评。特别是面组的和云和菜组的天亮，两个小家伙，干活不怕脏不怕累，抬馍笼一溜儿小跑，端菜盆脚下生风。还有送鸡蛋的乔蕊，身残心红，只拉好鸡蛋不拉坏鸡蛋。"有几个炊事员低着头哧哧地笑着，数李小钢笑得最起劲。陈树明脸若冰霜："李小钢，你笑什么笑，站起来！"李小钢吓得满脸通红，低着头从椅子上站起来。王娟斜他一眼，低声说："不长眼的东西，笑领导，有你苦果子吃的。"

陈树明拍一下头，像是自言自语，又像是问大伙儿："我刚才说到哪儿了？"王娟急忙站起来，笑眯眯地看着他说："陈科长说到表扬咱们食堂的好人好事了。"陈树明微笑着，右手朝下压了压，说："王师傅请坐下。"王娟得意扬扬地坐在椅子上，看了一眼李小钢。李小钢敢怒不敢言地看着她端端正正的坐姿，低着头颤抖地站着，心里骂道：你王娟专干脸面活！

陈树明说："现在科委会决定，奖励三等奖获得者和云人民币十元。"和云走上前，陈树明从口袋里掏出十元钱，递给和云。和云搓着十元钱说："买五斤甜梨用不完。"陈树明说："奖励二等奖获得者天亮五十元。"天亮领了钱，看着手里的一张五十元钱，说："买十斤香蕉用不完。"陈树明说："奖励一等奖获得者乔蕊一百元。"他从口袋里掏出一张一百的递给乔蕊。王娟嫉妒地瞪一眼乔蕊，小声道："拐子当上女模范了。"

小钢低声嘟嘟哝哝："食堂累死人的活都是我干的，我下的力气比他们仨都大，我流的汗珠穿在线上能绕食堂三圈，八等奖我也没有评上。"王娟拧一下他肚子上的肉，说："你狗改不了吃屎，就你那碟子似的嘴，姓陈的少不了治你，还想得奖，梦里得吧。"小钢说："王娟，你巧嘴八哥，陈科长听见你夸他，心里扇子扇似的，评奖咋也没有你的份？"王娟斜他一眼："站没站相，说你呢，说我弄啥？"陈树明心烦意乱地说："散会。"大家鱼贯而出，陈树明孤零零地坐在椅子上，眼前浮现出昨天发生的一幕幕……

昨天中午，养鸡场。一位衣着笔挺、举止端庄的中年男人站在蛋房的墙旮旯儿。他看着地上散发着馊臭味的两筐鸡蛋，一只手捂着鼻子，一只手指着站在他身边的李水清的脸，表情严肃，声音沉沉重重地说："李哥，你是怎么管理的？"他又指着地上的两筐鸡蛋，说："这两筐鸡蛋少说也有六十斤。"他看一下房顶和墙壁，说："蛋房的通风设施不完善，馊臭味呛得人脑袋疼。这变质的鸡蛋人吃了肯定泻肚子，贱卖也没人要。"李水清气愤地说:"赵局长,我老爹血压高在县城住了五天医院,我去医院照顾他老人家。养鸡场里的大事小情我千叮咛万嘱咐给我的儿子小堂料理,谁知道这个兔崽子上网上了瘾,这五天他整夜不回家,白天他闭门,在屋里像死猪一样睡大觉。来养鸡场购买鸡蛋的客户见不到人,都骑着空车走了。那两筐鸡蛋本来新鲜,天热蛋房又闷,又多放了两天,就稍微有点儿味了。"

这个中年男人是食品卫生局局长,叫赵波。他狠声说:"你说得怪轻巧,稍微有点儿味?人离它八丈远就得捂鼻子。现在的年轻人不说叫他艰苦奋斗,正常的工作他都做不到。"李水清说:"小堂这个人,看见他我头都大了,卖废品也没人要啊。昨天云川大学食堂科残疾女乔蕊来场里拉鸡蛋,我命令一个小工人把这两筐鸡蛋搬到她的三轮车里,她硬是咬着牙搬下来,换了两筐新鲜的鸡蛋拉走了。其实这两筐鸡蛋在大食堂热油锅里炒熟,一点儿事也没有。"赵波瞪他一眼,说:"有事就晚了。"他忽然眼睛一亮,脸上浮现出喜色,说:"你说的是后崔庄写长篇小说《草根女人》的残疾女农民乔蕊?"李水清阴阳怪气地说:"不是她是谁?一点人情也不讲,写书也是白写。"

食堂科科长办公室。陈树明坐在椅子上绞尽脑汁地想着这一个月食堂盈利多少,他拨拉着桌子上的算盘珠,说:"主食亏五百元,副食亏八百元。"他的脸上浮现出惊恐的神色。桌子上的电话又叮铃铃地响起来,他抓起话筒急忙哀求道:"水清老弟,我一定把乔蕊辞掉,你的鸡蛋价格别涨得太猛了,这个月我们食堂亏大了。"电话里传来女人嘻嘻的笑声:"陈科长,你嘟哝些啥子,我听不懂,我是李月秀。卫生局局长赵波给张校长打来电话，他要求学校奖励乔蕊三百块钱。我给后勤处财务组说过了，你去领钱吧。"

陈树明心里像打翻了五味瓶，他一边向财务室走，一边嘀咕："这不是给一根筋的乔蕊脸上贴金吗？"他走着想着，脑子里像一团乱麻一样走进财务室。女出纳张玉芬递给他六张绿色的五十元币，说："陈科长，今天我抽屉里没有百元币了，只能给你五十的，反正够三百块就行了。""谢谢小张。"陈树明把钱装入口袋，心里弥漫着一层云雾……

陈树明停止了回忆，从椅子上站起来，他眨一眨眼皮，看着窗外篮球场上几个男学生龙腾虎跃地打篮球。他走出屋，摇摇晃晃地走进球场，在球员中间摇来摇去。球员们一边拍打篮球，一边小心不能碰着他，一个球员瞪他一眼："神经病……"

马路旁。一个老汉蹲在一只装着苹果的竹篮旁。乔蕊走过来，她憔悴的脸上浮现出一丝喜悦。她想用自己的奖金买两斤苹果吃，那会从嘴里一直甜到心里。残疾女也能获得奖金，那不是比手脚全乎的人还有能耐吗？她递给老汉一张红色的百元币，说："大叔，我今天得了一百块奖金，心里高兴，买两斤苹果尝尝鲜。多少钱一斤？"老汉看着她歪歪趔趔的走姿，左脚面上鼓起一个布满血丝的疙瘩，没有手的右臂像一根从肩膀垂下来的肉棍，不禁怜悯地说："你这个女人，手脚咋恁不全乎？岁数有这个了吧？"他伸出五个手指头。乔蕊不禁伤感地说："大叔呀，我也想过好几次去找阎王爷，后来我决定在这个世上干成一件大事再去敲他的门。你比画的岁数，我早过了。"老汉说："我这竹篮里是正宗天水产的花花牛苹果，吃着面甜，好咬。卖给别人四块钱一斤，卖给你，我打掉牙齿往肚里咽，三块钱一斤。为啥呢，我要是赚你的钱，夜里睡觉鬼掐我。"乔蕊说："谢谢大叔。"

老汉摸了摸自己的口袋，里面空空如也。他又把百元币放在乔蕊的手里，双手向两边一摊，无可奈何地说："我刚到这里，腿还没有蹲麻，还没发市。那些市场巡查员老轰我，不准占道经营。"说着，他惊惧地四下看看，仿佛一个窃盗者甩脱了失主的视线，又怕失主追过来。他说："这会儿我口袋里没有一分钱，你这一张百元币我找不开。"他转回头看见一家银行，说："你去银行换下零钱再买我的苹果。"

乔蕊拿着一张百元币走进银行，一会儿，她心如针扎地流着眼泪从银行里走出来。和云和天亮不知道什么时候来到路边卖甜瓜和卖梨的小商贩跟前，这两个小商贩，距离卖苹果的老汉十来米远。卖苹果的老汉抽出系在腰上的长杆烟袋，吧嗒吧嗒地吸着闷烟，两只昏花的眼睛时不时瞅着银行的铁门。

和云看着乔蕊脸上的泪珠，说："天亮，我得十块钱奖金，你得五十块钱奖金，咱俩打算过过水果瘾。乔蕊得了一百块钱奖金，她去银行弄啥？会不会把一百块钱存了？"天亮也看见乔蕊脸上的泪水，说："她肯定把钱存银行了，一点一点攒够出书费。太苦自己了。"和云说："也许是，女人们仔细，她们把一毛钱看得像金豆。一百块钱她才舍不得买嘴吃。"

卖梨的小伙依着老汉蹲了下来，他一边摸着装着鸭梨的竹篮，一边甜言蜜语地说："大爷，晚辈给你撑撑场子。"老汉看着他篮子里硕大鲜黄的鸭梨，怕他抢了自己的生意，烦气地说："马路横着宽，竖着长，你哪不能蹲，哪不能卖，非挨着我这个穷老汉不中？滚一边去！同行是冤家，你听没听过？"小伙子恼了，他的眸子像要瞪出眶似的瞪着老汉，狠声地吼道："你这个杂面老头，溜出话来一套一套的，还要赶我走。你卖苹果我卖梨，买主百姓百口味，咱俩谁也不碍谁的生意。"他把梨篮子又往苹果篮子跟前挪了挪。老汉斜了他一眼，无可奈何地说："今儿你个臭小子是沾上我了。我身上又没有仙气，挤我怎紧弄啥哩？"

一个十四五岁的小闺女提着一篮甜瓜蹲在小伙身边，她说："小哥，大爷，我跟你们搭搭帮。"老汉斜一眼小闺女，欲言又止。小伙斜一眼老汉满是皱纹的脸，故意气他说："小妹妹，你搭帮吗？小哥我宰相肚里能撑船，不像有些人，活得年头不少，小肚鸡肠。"老汉瞪着小伙子，气得嘴张了几下，又合了几下，他心里骂：我今天咋遇上这么个小杂种，比鸡骂狗地数落我。

小闺女说："大爷，小哥，做生意宣传太重要了。"小伙说："你宣传宣传。"老头子斜视着闺女，说："客人们花钱买水果吃，不是买你的吆喝听。"小闺女的声音在空中脆生生地回响着："大爷的苹果甜，小哥的鸭梨脆，美女的甜瓜吃一个甜掉牙，吃两个润心肺，吃了三个到五个，能活一百岁。"一个老太婆走到小闺女跟前，买了三个甜瓜。小伙问："老奶奶，你咋不买我的梨？"老太太笑嘻嘻地说："我想活一百岁。"老太太津津有味地吃着走远了。

老汉斜了一眼小闺女，说："看不出你小小年纪还是个生意精。"小伙子说："小妹妹，你吆喝前两句我和老汉都爱听，但是真有生意的还是后边几句。"和云拿着十块钱走到小伙子跟前，天亮拿着五十块钱走到小闺女身边。老汉把手里的烟管插在腰里的草绳上，叹了一口气："人老了，苹果也枯皱了，谁也不待见。年轻人喜欢年轻人，年轻人篮子里的梨和瓜也招人。"

和云的两只三角眼闪着贼光，瞅着小伙子篮里黄中带亮的大鸭梨，不禁咽了一口唾沫，他拿起一个大鸭梨放在鼻子上闻一闻，张着大嘴咔嚓咔嚓吃了起来。小伙子气愤地说："这位先生，我还没有称，你也没有付钱，咋拿梨就吃？"和云已经狼吞虎咽吃完了，他又拿起两个梨放在秤盘里，阴阳怪气地说："称称。"小伙子看着秤星说："三个梨一斤八两，两块钱一斤，一共三块六毛钱。"和云看着秤星说："明明是一斤一两，盘子里明明是两个梨。你……"天亮在一边说："和云别说了，小伙子没有多收你的钱。"和云看一眼天亮，递给小伙子十块钱，小伙子找给他六块钱。和云说："尝尝鲜也要钱，卖梨人不长后心，只长前（钱）心。"小伙子也是火暴脾气："你走到梨篮子跟前，不管三七二十一，抓起梨就吃，土匪呀？"

和云本想占个便宜，没占着，心里窝着火，又遭到卖梨人一阵数落，他把手里的两个梨装入口袋，两只手抓住小伙子黑亮的头发："爷就这样买梨！"小伙子伸手抓住和云的衣襟，一场撕打箭在弦上。

天亮的两只大手硬将他们扯开，吼道："都少说一句，没有人把你们当哑巴，都能耐了，还动起手了，有力气没处使，去南墙根砸砖头！"小伙子与和云松了手，四只眼睛还是恶狠狠地对视着。

老汉看着天亮，说："你这个后生有教养，说话多有礼数。"他又看看和云和小伙子，说："你俩呀，多向他学习。"小闺女从手指缝里看到和云与小伙子停止了撕拽，将捂着脸的双手放下来，颤抖地说："吓死我了，真要打起来，头破血流少不了。"

天亮买了两个甜瓜，他把一个甜瓜装入口袋，吃着另一个甜瓜，他扯一扯和云的襟角，两个人向前走去。和云一边吃着鸭梨，一边凶声恶气地说："天亮，要不是你拦着，我非把卖梨的那龟孙变成秃子不行。"天亮一边吃着甜瓜一边说："你俩针尖对麦芒，真打起来，谁输谁赢还不一定呢。"

忽然，他们看见乔蕊站在路边一棵槐树下，她看着老汉篮子里的苹果，露出垂涎欲滴的模样。和云说："刚才咱俩只是猜测，天亮，咱问一问乔蕊，她得的一百元奖金，要是没有存银行，让她买二斤苹果请咱俩的客。你嘴里有甜瓜味，我嘴里有鸭梨味，咱俩再尝尝苹果味，滋润不滋润？"

天亮说："咱俩刚才不是说女人小气，她自己舍不得花钱买苹果，会花钱买水果给咱俩吃？"和云说："问一问她本人，咱心里才踏实。万一这会儿她开始学雷锋呢。"天亮问："乔蕊婶，我们刚才看见你从银行走出来，是不是卖苹果的老头找不开你的一百块钱，你去银行换零钱了？"和云说："乔蕊，你换了零钱赶紧买二斤苹果请我和天亮的客，咱仨就数你的奖金多。"乔蕊说："你们想吃苹果，吃屎去吧。"和云说："你是把那一百元存银行定期了？两年以后连本带息就是二百元。"天亮疑虑地说："我看见乔蕊的眼角还有泪珠。"和云说："她是发愁两万元的出书费猴年马月才能攒够。"

乔蕊垂头丧气地一瘸一拐地向家里走去，卖苹果的老汉看着她的背影，说："她肯定是换到零钱又舍不得花了。这女人呀，一辈子就知道苦自己。"和云说："一个手脚不全乎的女农民瞎折腾，写什么书，还想花天价出版。即使省吃俭用揭皮剐肉把书出版了，又能咋的？她还能变成女状元？还不是一个残废的农民婆。"天亮说："农民和农民可不一样，乔蕊虽然身残，但是她有梦想，有毅力。这样的人活着才有滋有味，她是一个新型的女农民。你呢？"和云低下头，半晌没说一句话。

第五章　地摊文学

乔蕊自从得了一百元奖金以后，天天心里像堵了一块砖，她隐隐约约地感到食堂科和养鸡场都有一张黑色的网，这张网正在悄悄地吞食阳光下盛开的花朵。她不去食堂送鸡蛋了，她一分钟也不愿看见陈树明和李水清官商勾结，侵害就餐大学生的利益，中饱私囊的丑恶嘴脸。她作为一个残疾的女农民，面对这种邪恶势力，她虽然气愤，却回天乏术。她静静地想着陈树明在大庭广众之下慷慨陈词的都是冠冕堂皇的话：炊管人员要把学校食堂办成学生之家，采购员拒收腐烂变质的食物，保证就餐学生的身体健康。在这一层华丽的外衣掩遮之下，他们反其道而行之，对坚持原则、实实在在拒购腐烂变质食品的同志实行丧心病狂的打击报复。她躺在床上，隐隐作痛的脑袋里不由自主想了很多，她不愿与坏人同流合污，好人又很难做，自己得罪了李水清，牵扯陈树明也跳动了神经。

桌子上的电话叮铃铃地响起来，乔蕊拿起话筒，其实她知道是谁打来的电话，但还是用陌生的口吻问："哪位？"电话里传来陈树明粗暴的声音："乔蕊，你在家背床也不能背到这会儿呀。太阳都照到你的屁股上了，食堂还没见你送来一个鸡蛋，你想把食堂的炒锅吊起来呀，还是想叫学生吃不成西红柿炒鸡蛋闹事呀？你是一个作家，对待工作更应该有责任心，你连一点儿责任心都没有又怎能写好你的长篇小说？"乔蕊烦他的絮絮叨叨，她说："陈科长，这两天我不舒服，食堂的鸡蛋我不送了。"电话里陈树明吼声如雷："你不想干提前两天给我打招呼呀。这时候锅里的油冒烟等你送鸡蛋，你冷不丁地撂挑子了，一时三刻我去哪儿找人送鸡蛋。乔蕊，你出书需要给出版社交两万块钱，后崔庄的蚂蚁都知道，你赶紧头拱地腚朝天拉脚挣钱呀。以前你给食堂一天送两趟鸡蛋是二十四元运费，从今天开始，给你加三块钱，运费涨得不少了，你赶紧骑上三轮车去养鸡场。"

乔蕊说："陈科长，你就是给我一个金元宝，我也不给云川大学食堂科送鸡蛋了。"电话里传来陈树明歇斯底里的声音："姓乔的，我告诉你，你少牵着不走，打着后退。你难为不住我，我陈树明吃的盐比你吃的饭都多，过的桥比你走的路都多，我这个大活人不会被你这泡尿憋死。县城人才市场找活干的农民工排成队堆成山，我一个电话打过去，不知道有多少人往食堂奔哩。"乔蕊对着电话筒说："祝陈科长工作顺利。"她放下电话。

素芹住在后崔庄东头第二家。她今年四十六岁，年龄不算大，可是显得很苍老，不过她身体健康，做农活总有使不完的力气。她有一个二十一岁的儿子叫留根，小伙儿身材苗条，脸庞白净细腻，脑筋聪明伶俐，大学毕业以后在家复习功课准备考研究生，半年前他与乔蕊的独生女儿小引订了婚。素芹是后崔庄有名的热心肠，不论前街后院，还是东户西门，谁家有了事情即使与她没有一点儿关系，她也跑得像脚底抹了油似的，问长问短，能帮上忙的时候，她安慰的话能说一簸箕，让当事人心里舒坦得像熨斗烫过一样。

早晨，她在大街上听小合说未来的亲家母乔蕊拖着残疾的身子给云川大学食堂送鸡蛋挣运费，她大吃一惊，急忙向乔蕊家跑去。她要问乔蕊受得了受不了，要是太累了，可以辞去拉脚活，她给乔蕊找个轻巧活做，虽然轻巧活挣钱不一定太多，但是对一个残疾而且上了岁数的女农民来说还是非常合适的。她爱帮助别人还有一个原因，每当庄里男女老少的喜怒哀乐走进她脑子里，她会觉得有做不完的事情，想不完的问题，说不尽的家长里短，会觉得自己很充实，也觉得自己年轻了一些。否则，她觉得三抓两挠做完了自家事以后，无所事事，很空虚，也觉得自己好像有些痴呆。比如有时候找抹布擦菜刀上的水珠，她找了半响找不到抹布，后来看见抹布在自己手里拿着。

她三步并作两步走进乔蕊屋里，声音柔和又响亮："乔蕊姐，我听人说你给云川大学食堂送鸡蛋，我知道你是为了挣出版费用，可是你也不能不爱惜自己身体呀。蹬车提货是老爷们干的营生，你一个手脚不全乎的老女人逞这种强能吃得消？"乔蕊从床上坐起来，无精打采地说："素芹来了。"她欲下床搬一个竹椅子让素芹坐，素芹轻轻拍一下她摁在床上的左手背，说："看样子你累得不轻，别下床了。"她说着已经坐到竹椅上了。素芹看着乔蕊有气无力的模样，说："我看见你有气无力的难受劲，真不敢想你是怎样抓的车把、踏的脚蹬送鸡蛋的。"乔蕊说："她婶子，吃苦受累我不怕。我这个人你是知道的，最看不惯昧着良心干损人利己的人，我和这些人共事，一天也处不下去。"

素芹说："咱两家一个庄住着，你是啥秉性，我能不知道？听你的话意，你不想给食堂送鸡蛋了？"乔蕊说："天天看陈树明的脸色，听不完他的混账话，不去了。"素芹想了一会儿，说："不干也好，咱不受他的窝囊气了。我给你找个轻巧活你干不干？"乔蕊说："你说说看。"

素芹说："我娘家兄弟小呕原来开了一个小书店，平常生意马马虎虎。改革开放以后，他去南方办了一个旅游公司，他把一麻袋书扛到我家里，让留根读。留根整天做作业，那些书他摸也没有摸一下。我想在村口的大马路旁边摆一个书摊，过往行人流水似的，你坐在小马扎上卖书，卖多卖少钱都归你，我不要那仨核桃俩枣。"乔蕊问："都是啥书？"素芹说："我解开麻袋翻了几本，有治病的书，有种庄家的书，还有小伙子大围女亲嘴的书，也有大厚本的文学书，反正杂七杂八啥书都有，可全乎了。"乔蕊走下床，高兴地说："谢谢亲家给我找了一件好活。卖书的钱咱俩二一添作五。"素芹眼睛一瞪："你敢给我一毛钱，咱断亲。"两个女人相视一笑。

夜里。村外小河旁的白杨树林里，小引和留根在轻轻漫步。天上的月亮像一个银色的盘子，显得格外美丽光亮，缕缕银辉洒在树枝上，也洒在两个年轻人的身上。小引是个中等个子，身材微胖的姑娘，她的脸似月盘，两只水汪汪的大眼睛闪烁着机灵和深情的光芒，乌黑的短发齐齐整整。此时她看着纯朴善良的留根，心里没有一丝一毫怀春的女孩向男友倾吐爱慕的情绪，而是像打翻了五味瓶。沉浸在爱河里的留根深情地问："小引，你好像有不浅的心事，老不吭声，说出来心里不就敞亮了？"小引说："我可怜我妈。你是不知道，夜里她用左手写《草根女人》的时候，眼睛倦得睁不开，屋外淡黄色的月牙已经移到了西天，她的手一直抖，还在写。天上的黄月牙落入西山，她打了几声哈欠，在水盆里用湿毛巾洗洗脸，又坐在桌旁边拿起笔。我是在小床上睡醒了两觉看见的。"

留根说："我给你说一个消息，上个月我参加研究生考试……"小引急忙问："考多少分？"留根说："没法给你说。"小引说："考多少分你不敢说，我估计过不了线。"留根从口袋里掏出一张纸，说："你看不看？"小引说："你没有考上研究生，我不看一张没用的纸。"留根叹了一口气："学习可真难呀。"小引说："别灰心，今年你铆足劲儿复习，明年再考。"留根说："我最崇拜婶子刻苦自学的精神，她在艰难困苦的环境里奋力拼搏。我能有今天的成绩，是在婶子的感召下努力学习取得的。"小引在他肩上打了一拳，说："你的脸红不红？"留根说："红是不红，就是容光焕发。"小引感到他话里有话，说："我看一看你手里那张纸。"留根说："过这个村没这个店了。"小引的拳头在他跟前晃了晃："给我看不？"留根说："真打起来，我这个白面书生还真不是你这个粗野村姑的对手。"小引自豪地仰着头，笑着说："那是。"留根把那张纸放在她手里，小引迎着银色的月光看见纸上五个黑亮的大字：录取通知书。她疯狂地搂住留根的脖子，咬着他的鼻子，轻轻地呜咽着。留根说："好疼呀，我的鼻子快掉了。"小引咯咯咯地笑着说："叫你卖关子！"

屋里。素芹说："乔蕊姐，我脑子里忽然又拐了一个弯，不论怎样说你也是砖头落地砸个坑的作家，能写出一沓厚厚的书稿,让你像一个小商人一样坐在大马路边卖书,失身份。"乔蕊说:"亲家,我不失身份。咱们农民有句俗话,到什么山唱什么歌。我这个样子去一个大公司给老板当秘书,人家要吗?再说我不送鸡蛋了,在家里干坐一天没人给一分钱。只要出摊,大路上南来北往、走东去西的人络绎不绝,总会有人拿几本书翻一翻,看一看,什么书对什么人的眼,说不定还能卖几本。即使卖不了几本书,我也可以和人们说说话,聊聊天,精神可以得到安慰。自从《草根女人》杀青之后,我在屋里寂寞了很长时间。"素芹大惊失色:"你杀谁啊?"乔蕊淡淡一笑:"看把你吓的。杀青就是写完了。"素芹摸一下忐忑的胸口:"我的魂都飞了。"

隔天。后崔庄东马路旁长着一排枝繁叶茂的柳树,柳树柔软的枝叶在轻风里舞动婆娑,乔蕊在一棵粗壮的柳树下抻一块四方塑料布,她用左手把布袋里五花八门的书一本一本地掏出来摆在塑料布上。她坐在小马扎上,揉了揉昏昏沉沉的眼睛,看着熙熙攘攘的人群,沙哑着声音吆喝着:"过往行走的大哥大嫂们,东来西去的兄弟姐妹们,此摊售书均打五折,大半新的古今中外名著,还有医学、种植、建筑的书,都是有志之士和百姓人家必读之书,比书店卖的书价格便宜多了。一次买两本以上价格更优惠。"

一对情侣走过来,名叫方英的姑娘挽着小伙子的左臂,满含秋波的秀眸看着小伙子英俊的脸庞,问:"袁峰,最近你们新华书店生意咋样?"袁峰叹了一口气:"唉!平常稀稀拉拉的,顾客去书店看书的多,买书的少。因为正版书按定价出售,不少顾客摇头而去,偶尔有一名大作家出版一部畅销书也是在书店里风火一阵就冷清了。那些书商和盗版者的眼睛贼得很,他们用次质纸不分昼夜印刷很多这样的书,打七折、六折甚至五折出售。购书者看到他们卖的书便宜,咋还会买贵的呢!"方英说:"看来你们书店的日子也不好过,要是没有这些扰乱社会的书商,正版书一定好卖。"袁峰说:"你喜欢读什么书?"方英说:"保尔·柯察金写的《钢铁是怎样炼成的》,我读得热血沸腾,心潮澎湃。"袁峰说:"保尔是一个双目失明的残疾人,他以坚强的意志、超人的毅力写完这部鼓舞千百万人努力奋斗、勇敢拼搏的鸿篇巨制,可以想象得到他遇到的困难有多大。"方英说:"他太值得我们敬畏了。"乔蕊的吆喝声传入他们的耳畔:"买书了,买书了,打五折,打五折……"袁峰问:"你们工商所最近没查盗版的书商?"方英说:"他们贼得很,我们查时他们溜,我们下了班他们卖。"

两个人说着话不知不觉走到乔蕊的书摊旁。乔蕊看着站在自己身边的俊男美女,又低头看一看自己的手足,脸上浮现出自卑的神色,她小心翼翼地说:"小兄弟、大妹子,二位含情脉脉,正热恋吧?买书吧,书里描写的爱情可精彩了,打五折。"袁峰拿起一本纸质粗糙的《水浒传》,问:"这本书多少钱?"乔蕊说:"九块钱。"袁峰看见书后边的定价是二十五元,他把书放在塑料布上,用阴沉的眼神看着乔蕊,这种眼神令乔蕊心里发怵。方英亮出工商局的证件,冷峻地说:"大嫂,你卖的是盗版书,并且占道经营,影响交通,给行路的人车造成了安全隐患,罚款二十元。"乔蕊惊恐地站起来,歪歪扭扭地来回走动着,说:"我没有盗谁的版,我一个残疾人坐在路边卖几本旧书招谁惹谁了,犯哪家王法了?"

　　袁峰看着乔蕊的手足和走姿,顿生怜悯,他轻轻扯一下方英的襟角,低声说:"这位大嫂是个残疾人。"方英从口袋里掏出票据,在票据上写了罚款十元,递到乔蕊手里,说:"我看在你手脚不全乎的分上,从轻处罚。"乔蕊把票据撕成碎片扔在地上,含着泪掏出十块钱递给方英,这十块钱是由一张五元、二张一元和六张五角凑齐的。方英说:"这位大嫂,你赶紧收摊走人,明天我再看见你占道售书,罚款票据十元后边得加个零。"这对情侣向前走去,方英说:"不是你扯一下我的襟角,票据上就写二十元了。"袁峰说:"我看那位残疾大嫂的生活一定很困难。"方英斜他一眼,冷冷地说:"我们容易吗?"

　　乔蕊眼前天旋地转,她赶紧扶着大柳树慢慢地坐在小马扎上。素芹拿着三个用布包着的热包子一溜儿小跑来到书摊跟前,她看着地摊上的一片书,问:"卖了几本?"乔蕊斜了她一眼说:"不知道。"缓了一会儿,乔蕊潸然泪下,说:"一本也没有卖出去。钱难挣,屎难吃。"素芹把热包子放在她手里,怜悯地看着她憔悴的神色,说:"大半天了,你水米未打牙,刚出锅的萝卜大葱猪肉馅包子,快吃吧。"乔蕊忽然把包子扔进路沟里,她两只红肿的眼睛瞪着素芹,说:"包子是气呀,咱农民都知道。我刚才花了十块钱买一肚子气吃饱了,你又来气我。"

　　素芹莫名其妙地看着眼前这个悲愤不已的残疾姐姐,她忍住好心被当作驴肝肺的委屈,心想乔蕊一定遇到倒霉的事了,她又不愿也不敢深究。她收起塑料布包起书,又把小马扎也折叠好放在塑料布里。她一只手拉着乔蕊的左手,一只手提着塑料包袂，说："乔蕊姐，咱回庄里，这公路上风水不好。明儿个你在咱庄里横头街卖书，都是低头不见抬头见的街坊，谁要是可怜你，他就买几本书回家读。"她眺望着伸向远方的大公路，继续说："这前不见头后不见尾的大公路上，来来往往的都是生人脸，肯定有二百五、汪汪叫的狗性人、有娘没爹的杂种欺负你。"

　　她们正准备回庄里，养鸡场的工人赵小强提着一只黑色的塑料袋走过来，他站在乔蕊跟前，问："你不是给云川大学送鸡蛋的乔蕊吗？虽说咱们只见过一面，你给我的印象可深了。"乔蕊想了一会儿，说："你就是搬两筐变质鸡蛋放在我三轮车里的赵小强呀。"赵小强说："我是个小工人，当官的叫我咋干我就得咋干。"乔蕊说："我理解。"赵小强说："陈树明又找了一个老实巴交的小伙子送鸡蛋，那两筐变质鸡蛋又卖给了云川大学食堂，价格是四元八角一斤。"乔蕊的牙齿把下唇咬烂了。素芹看见乔蕊和熟人说话，她走到一旁等待着。赵小强从黑塑料袋里拿出两根一尺长的肉条甩动着。乔蕊问："小强，你手里甩的什么东西，像两条死蛇。"赵小强说："乔师傅，陈树明使用各种手段侵占就餐学生的利益，他的钱多得三天两头去泡姐，他为了强壮他的身体，叫李水清在屠宰场买牛鞭给他吃，李水清又派我去办这事。"乔蕊说："陈树明该天打雷劈！"

　　正巧陈树明走了过来。他斜一眼乔蕊，又看看赵小强。赵小强把牛鞭装进黑色塑料袋里递给他，说："陈科长，你要的牛鞭。"陈树明狠狠地说："你回去告诉李水清，一个月给我买三根，否则我不买他的鸡蛋！"他又瞪了一眼乔蕊，提着黑色塑料袋走了。赵小强摇摇头，看着乔蕊，说："乔师傅，你保重。"乔蕊问："这个陈树明也不知道干了多少年食堂科科长?"赵小强说："我听李水清说他才当一年多。以前他当过兵,还是个不太小的官,好像是个副连长。"他一边疾步向养鸡场走,一边说："鸡圈里的鸡粪还等着我清扫哩。"

　　翌日上午,乔蕊在后崔庄横头街摆上书摊,坐在小马扎上。素芹端来一碗香喷喷的西红柿鸡蛋捞面条放在她手里,乔蕊呼呼噜噜地把碗里的面条吃完了,把空碗递给素芹,用手抹了一下嘴,说："我肚里正赶大车,你就送来了美味佳肴,香死我了。"素芹说："乔蕊姐,咸淡咋样?"乔蕊说："不咸不淡,好吃!"素芹说："乔蕊姐,卖书和你写书一样,不能性急,要耐心,老辈人常说'性急不能做生意,军马犁不了庄稼地'。你在这儿坐一天是卖书,在家里坐一天是孤独,只能和墙头说话。"乔蕊惊喜地看着素芹,说："别看俺老妹文化浅,语言像金子似的。"

　　忽然天低云暗,卷着漫天黄尘的狂风咆哮着刮起来,塑料布上的书一页一页地掀动着,有几本书哗哗啦啦跳舞似的在地上跳转。素芹急忙把手里的空碗放在地上,和乔蕊手忙脚乱地把狼藉的书本捡在一起,用塑料布包起来。素芹两只手拎着塑料袋,把小马扎夹在腋下,乔蕊捡起地上的碗筷,俩人低着头,狼狈地走进薄瓦屋里。

　　素芹把包书的塑料布放在墙角两双沾着黄泥的旧布鞋上边。乔蕊看着墙角的塑料布,心里像被针扎了一下,她走过去,用左手提起塑料布放在正门桌上。素芹笑着说："乔蕊姐,一包破书,你还当神敬呀。"乔蕊说："咱不能亵渎文化。唉……"素芹说："你叹啥气,不就是老天爷这个龟孙不叫你卖书,我不信它能天天刮大风。"乔蕊说:"天灾易躲,人气难忍。昨天在马路上卖书,我被那工商局的小妮讹走十块钱,又听见赵小强说陈树明做那些猪狗事,简直气晕了。"素芹说:"算卦先生说了,一个人坏事做多了,对儿女不好。那一次小合在高墙上有危险,要不是你救他,陈树明肯定断子绝孙。咱不说那个畜生了。"

忽然,素芹说了一句连她自己也觉得是胡思乱想的话:"乔蕊姐,我虽说是小学毕业,十三岁起就和土坷垃打交道,可是简单的字也认得,你写的《草根女人》能让我看看吗?咱们都是农民,我总觉得你是一座山,我是一堆土。"乔蕊看着素芹真诚的眼神,苦闷和绝望的心里又冒出来希望和欣慰的火花。她说:"大妹子,你可不要这么说,折煞我了。今天你就是《草根女人》的第一位读者。按理说,书稿在出版之前是不能给别人看的,但是,你例外,我放心你。"她颤巍巍地站在小木板床上,伸出左手从墙洞里拿出书稿,放在素芹的手里,说:"揣在你怀里回家看吧,不要让别人看见。"

素芹慢慢翻动着手里写满工工整整钢笔字的书稿,惊叹道:"我的娘呀,那一天我试着左手缝衣服上的扣子,老是扎到右手的指头。你用左手写这么厚的书稿,比留根那个大学生写的字都好看。不咬牙拼命下死劲,神仙也弄不成这!"她把书稿在手里掂了掂,说:"足有二斤重。我全部读完,得半个多月,会头疼眼昏的。"她抽出几页书稿,继续说:"我看这第三章,得吃俩窝窝头配半疙瘩咸菜的工夫。"乔蕊说:"我躺床上歇一会儿。"她慢慢躺在床上伸展双腿,两臂搭在床沿上,长呼一声:"好得劲。"

素芹看了会儿小说的第三章——《伊洛河上的小舢板》，扭头对躺在床上似睡非睡的乔蕊说："乔蕊姐，你睡吧，我看完这一章就走。"乔蕊说："没事儿，我没有睡着，你看完第三章，我听一听你的意见。"素芹说："看完以后，我一定咋想咋说，竹筒倒豆子。"素芹认真地看着手里的书稿——

上午。太阳在云层里时隐时现，大地上刮起抖人的风，时令虽说是三月，料峭的春寒依然袭人。田野绿油油的麦苗已经一筷子高了，麦苗在风里摇摆着，远远望去，像是一望无际的绿色海洋。麦田旁边有一条约五十米宽的河流，滚滚流淌的波浪在太阳光的照耀下闪烁着熠熠的银辉。这条河叫伊洛河。

二十多岁的小伙子立成在麦垄里小心翼翼地迈动着脚步，他不时弯腰拔起几根面条菜放在左臂挎着的竹篮里。（面条菜是豫北麦田里长的一种小苗青菜，当地农民在青黄不接的春季里拔这种菜洗干净放入面条锅里煮熟食用，异常鲜嫩爽口，故称面条菜。）

伊洛河的上游漂过来一只小舢板（小船），舢板中间坐着一位端庄秀丽的姑娘，她的右臂上挎着一个青灰色的小包袱，两只杏儿眼含着陌生和恐惧的神色看一看慢悠悠划船的老汉、河里的波涛，又眺望着两岸绿色的田野。

舢板行驶到一块麦田旁，姑娘鬼使神差地说："大爷，我下船。"撑船的老汉用篙顶在岸上，舢板停住了。姑娘跳下船，走到岸上，她从包袱里拿出一个黑色的窝窝头，凄惨地说："大爷，我没有钱给你，给你一个窝窝头吃吧？"老汉没有接她的窝窝头，他揉揉枯皱的眼睛，说："孩子，我是岸上的庄户人，窝窝头你自己留着吃吧。"他把篙横放在舢板上，摇起桨划船走了。

老汉划着船不禁回头看看站在岸上的姑娘，姑娘也正望着老汉，她看见老汉的眼睛里盈着薄薄的潮气。老汉把舢板划到一个草庵旁，停下船，用一根细绳把船拴在一个木桩上，向着不远处的小村走去。

姑娘站在麦田旁边茫然四顾，她抖动的腿脚不知道迈向何方。忽然，她看见不远处有一个草庵，心想，眼下我没有去处，暂去草庵里坐一会儿，也能遮挡风寒。她舟车劳顿，腹饥口渴，身上发麻，这时候好像有一股股冷气侵袭，她自言自语："我先去草庵里歇一会儿再做打算。"

她走到草庵跟前看见木桩上拴着一只小船，不禁惊喜地说："这不是那位好心的老汉的小船吗？"她走到草庵里，坐在一块砖头上，看着外边的碧空绿野，感到前途迷茫。

老汉走到村头，立成挎着半篮子面条菜叶叫他："四爷爷，今儿个我在麦垄里拔了不少面条菜，我一个人吃不完。"他走到老汉身边，从篮里抓了一大把面条菜装进四爷爷前襟的口袋里。

四爷爷看着立成朴实黑红的脸庞，中等微胖的身材，想着只有他自己知道的心事，说："小立成，四爷爷也是一个人度饥荒，有一把青菜吃就够了。你给我多了，吃不了，叶子放黄了，扔了浪费。"他又问："你和张店村的秀梅姑娘谈得咋样了？""唉！"立成叹了一口气，说，"吹了。"四爷爷又问："她凭啥？你壮壮实实，品行好，爱劳动，还有一个独院，三间瓦房。"立成说："人家秀梅是大队支书的闺女，家里殷实着哩。她嫌我家只有三间薄瓦房，屋里只有一张窄床、一张桌子、一个凳子、一副碗筷，只有一件布衫、一条裤子、一双鞋、一双袜子，就和我拜拜了。"四爷爷高兴地说："她和你拜天地了，好事呀。"立成啼笑皆非地说："四爷爷取笑我，拜拜就是她转身走了。"

四爷爷说："她还是嫌你穷呀。"他想了一会儿，说："上午我在伊洛河上游捕鱼，碰见一个从四川逃荒过来的闺女，她长得朴实，年龄和你差不多。刚刚她坐我的小舢板往咱这地方来了，在前边麦田旁边下了船。她上船的时候我问过她的身世和住址，说是四川山窝里人，父母去世早，跟着叔叔婶婶挨打受气生活了五年，婶子要把她嫁给邻村一个傻子，因为婶子花了傻子的爹二百块钱，精明伶俐的姑娘自然不愿意跳这个火坑，就坐着运煤的火车来咱这一片了。"

立成说："四川离咱们这里可老远了，三千里开外。"立成的心眼很机灵，他知道四爷爷的开场白说过之后，就要切入正题了，抢先说："四爷爷，你的好意我心领了。外地的闺女咱不把底，你说的那个闺女不知道是不是骗子。"

四爷爷说："这个证我不能给你保，啥地方都有好人和孬人，林子大了，什么鸟没有。咱们本乡本土的闺女，也有嫁给男方一年半载离婚的，还要分男方一半家产。外地的姑娘也不全是见利忘义的妖精吧，她是啥子人，只有相处一段日子才能看得真。就你这家业，屋子里又没啥，你就是和她拜了天地以后，她变心了，还能把你那三间薄瓦房背走呀。再说了，咱本地的闺女一个个牛气得不得了，你的眼光不往远处看，打一辈子光棍呀，学你四爷爷呀？"

立成想了一会儿说："四爷爷，那个四川闺女这会儿在哪儿？"四爷爷说："刚才她下了船，好像也没个准地方去，可能就在附近的麦田里转悠。"立成眺望着远方的麦田，绿浪翻滚，没有一个人影儿。他带着一些被嘲弄的气愤说："四爷爷，你不是耍我吧？别说人了，连一只麻雀也没有。"四爷爷也生气了："小东西，我胡子一大把的人了，哄你弄啥？刚才我还看见她在河边走动哩。咱俩去那边草庵里坐着好好合计合计，这会儿站得我腿直麻。"

两个人来到草庵门口，看见那个四川姑娘坐在砖头上，两只手抱着双膝打盹。四爷爷进去问："闺女，你打算去哪？"那个姑娘抬起头，满面愁容地说："是大爷你呀，谢谢你，我坐了你一路的船。这地方我连一个拐弯的亲戚也没有，我脚下连四指宽的路也没有了。"四爷爷说："闺女，你叫啥名字？"那个姑娘说："大爷，我叫翠珠。"

立成提着竹篮站在草庵门口，目不转睛地看着翠珠，心里想：人长得麻利俊俏，比秀梅耐看多了。他走进草庵，把菜篮子放在地上，摸一摸沿子，捏一捏蒲草，他偷偷地看一眼翠珠，翠珠的目光正巧射了过来，他急忙扭脸看向草庵外边伊洛河里的滚滚波涛。他想，翠珠是个落难之人，能有一个安身之处，对她是大幸，但她不会嫌我屋里都是"个个一"吧？

四爷爷说："翠珠，你来一下。"翠珠跟着四爷爷走到草庵外边的木桩跟前，四爷爷和她低语了一阵子。然后四爷爷问："你同意吗？"翠珠低头不语，一会儿，她又扭脸看着立成，没有点头，也没有摇头。四爷爷说："立成，咱们回村吧。"立成左臂挎着菜篮,右手挽着四爷爷,两个光棍汉一步一步地向雾气弥漫的小村走去。忽然,四爷爷停下脚步,他转身看着翠珠说:"闺女,你要是有难事,找爷爷,爷爷还帮你。"他转过身和立成继续向前走。

"大爷,您等一等……"翠珠挎着小包袱跑过来,她又瞄一眼立成,说:"我愿意……"两个人停下脚步。四爷爷说:"翠珠,你想通了?不要勉强自己。"翠珠再一次打量着立成,她用四川话说:"他人长得还算帅,我刚才就是有点羞。"四爷爷说:"你俩可以先处一段日子,要是你觉得不得劲,可以和立成好聚好散;要是你二人能在一个锅里搅一辈子稀稠,更好。翠珠,立成不光人长得讨女孩喜欢,心地也善良,就是家境贫寒一些。八抬大轿明媒正娶咱允不起,以后你们过日子互敬互爱勤劳致富,厚实了家底,立成不带你去旅游,只要我还活着,准不依他。"立成说:"四爷爷,你是一颗菩萨心肠,会长命百岁的。"三个人走着说着,进了村。翠珠说:"四爷爷,你老一大把岁数了,为我忙活了半天,回家歇息吧。"四爷爷看看立成,又看看翠珠,他枯树皮似的手揉一揉昏花潮红的眼睛,说:"唉!人这一张皮老难披呀!"他低着头走进自己两间低矮的旧瓦屋里。立成一只手拉着翠珠,另一只手提着菜篮子往家走。悲喜交集的两个人没有说一句话。

夜里,立成的三间薄瓦屋里。立成在南间屋的竹板床上铺开整齐的被褥,走到中间屋里,见翠珠抱住小包袱坐在椅子上一动不动,她略显惊恐的两只眼睛直直地盯着他。立成说:"一会儿吃过晚饭你去南间屋竹床上睡,我睡在北间屋三块木板趁底的草铺上边。"这时候翠珠惊恐的心情平静了许多,她轻轻点了点头。

人们常说男子汉心宽,这话一点不错。北屋里的立成倒在铺上呼呼入睡，就好像这屋里还是他一人。南屋的翠珠躺在竹床上辗转反侧，她想到自己悲苦的身世，远离家园，漂泊异地他乡，不禁潸然泪下。她低声抽泣了一会儿，又感到自己很幸运，在她走投无路的时候，上苍指引她遇到了好心的四爷爷，四爷爷又帮助她找了一个安稳的归宿。悲喜交加使她的脑子里像黄河水翻滚着波浪。

金鸡啼叫三遍，北斗稳过屋顶，她迷迷糊糊进入梦乡。忽然她听见北屋里踢踢踏踏的脚步声，可能是刚到一个陌生的地方，她的听觉非常灵敏。她一个鲤鱼打挺从床上跳下来，走到中间屋里，她看见立成穿着露出脚趾的黑布鞋踩在锄板上搓土。立成说："翠珠，我去西洼地里锄草了。瓮里有玉米面，罐里有白萝卜，炉火正旺，你蒸一锅菜团子，饿了你先吃，不用等我一块儿。"翠珠说："两个人的家常饭我三抓两挠就做成了，整时整晌的工夫我也下地干活挣工分。"立成说："俺这地方有个规矩，新媳妇三天不下地。"翠珠的脸上掠过一片红云，她低下头摆弄着衣角，嗔他一眼："谁是你新媳妇，臭美！"立成打了一个指响，扛着锄头走了。

翠珠麻利地和面、切萝卜。等菜团子蒸熟了，她走到北屋，看见草铺上狼藉地放着几件散发着馊臭味儿的裤衩和一条床单。她捂着鼻子走到南屋，解开自己的小包袱，包袱里有两个白馍，她把两个白馍放在面板上，拿一个盆扣在白馍上。她拿着包袱走到北屋，把草铺上的脏裤衩和床单包在自己的小包袱里，抬头看看屋外蔚蓝的天空，还有天空上飘荡的淡淡的云，她的脸上浮现出一丝笑容。她抱着包袱走出屋，转身锁紧屋门，迈着轻快的脚步向村外的伊洛河走去。

小水踢着石头在街上玩,他今年九岁,是立成的邻居,忽然看见抱着包袱走向远方的翠珠,他急忙一脚把石头踢进路沟里,跑着叫着:"立成叔娶的暖脚媳妇掂一兜东西跑了,大家快来看呀!"门楼里走出三三两两的人四下张望着。

一个胖乎乎的中年妇女拧住小水的耳朵骂:"小兔崽子,立成啥时候娶媳妇了?俺咋没听见噼里啪啦的鞭炮声。"她看着远方,远方的大路上没有一个人影。

一个中年男人走到小水身边,他拉开胖女人的手说:"月桂嫂,小孩的尿治百病,小孩的话是铁疙瘩。你看,小水的耳朵都红了。"胖女人气哼哼地说:"我生他养他,这小王八羔子一肚子瞎话,谁信他的话谁得心口疼。"中年男子叫种义,他轻轻地摇着小水的手,和颜悦色地说:"小水,跟叔说说,你咋知道你立成叔娶媳妇了?"

小水疼得流出眼泪,他捂住耳朵,说:"妈,你要是把我的耳朵拧掉一只,我变成了丑八怪,长大娶不上媳妇。"胖女人说:"你个蛋孩,娶媳妇还早哩,先说说你咋知道立成娶媳妇了?三天前四爷爷还托我给立成说媒哩。立成那个家业让我头疼,白磨鞋底白费口舌不说,就怕张罗来张罗去张罗个一场空。两天的光景,天上给他掉下个媳妇?"

小水的小手还在揉着又红又疼的耳朵,他龇牙咧嘴地说:"妈,种义叔,夜儿个四爷爷在村西头的大槐树底下对一堆人说,立成没花一分钱白拾了个四川俊妞,我在一边听得真真的。刚才我又看见那个俊妞提着小包袱跑了。"种义轻轻地拍一下他的头："小水，你奶味还没消，看女人眼老细了，还知道丑俊。"小水狠狠地瞪着种义，咬牙切齿地说："俺妈拧我耳朵，你打我头，你们这些大人咋一点修养也没有？"种义说："月桂嫂，不花钱的媳妇靠不住。"胖女人说："我咋跟做梦似的。"四爷爷拿着木桨正要去划船，听见他们的谈话，心里沉重得像压了一块石头。

不知不觉日头移到了中天，立成扛着锄头向村里走，正巧和四爷爷打个照面。四爷爷连忙问："立成，夜儿个你和翠珠闹别扭了？"立成停下脚步，惊愕地说："四爷爷，没有啊，早晨她跟我说去地里干活挣工分，我没让她去。"四爷爷说："刚才我听见街坊们叽叽喳喳地说翠珠跑了，你快回去看看家里有没有人。"立成说："她想跑，我就是在家也拦不住，腿在人家身上长着哩。"四爷爷说："你后晌别去锄草了。"立成说："后晌锄头换扁担，队长小砖派我给荣园担茅粪。"四爷爷说："我给小砖说一说，这两天你别干活了。刚才我听小水说翠珠提着一个兜走了。你回家看看少啥东西没有？"他拍一下自己的头，接着说，"叫你老不死的管闲事！"立成说："四爷爷，你别打自己了，你也是一片好心为我呀。"立成嘴上这么说，心里却像十五个吊桶打水——七上八下，不知不觉松开了握着锄头的手，锄头咣当一声砸在他的脚面上，他疼得另一只脚在地上颤抖地踩着。立成蹲在地上轻轻地揉着脚面，四爷爷着急地说："别揉了，七两半的锄头砸一下脚面能有多疼，火上房了你赶紧回家找水盆吧。"说完，四爷爷拿着桨向草庵门前的木桩走去。

立成急得心突突地跳，像要从嗓子里蹦出来似的。他垂头跑进屋里，屋里已经没有了翠珠的影子，他看一看家具和北屋的草铺，又着急慌忙地跑到大街上。一个六十多岁的老奶奶走出挤眉弄眼的人堆，颤巍巍地走到立成的身边，说："苦命的娃，女骗子偷走你屋里啥东西没有？"立成蹲在地上，双手抱着头，将脸沮丧地埋在膝盖上，说："我的床单和几条短裤没有了。"老奶奶说："几件衣服是小事，钱没有少吧？"立成恍然大悟，说："我昨天拿着三百块钱去银行存定期，忘记带身份证没有存成，回到家我把钱装在短裤的口袋里忘了掏出来……这下妥了……"小砖走过来说："立成，后晌你不用去担茅粪了，在家歇半天。"

立成垂着脑袋走进屋里，他忽然看见院子里扯的绳子上搭着几件洗干净的短裤和一条床单，他转身又看见正屋桌子上放着一沓钱。翠珠坐在凳子上一边吃着菜团子一边说："晌午了，别的人早下工回家，你咋才回来，是不是在田里多锄了两锄头？"立成红着脸说："是，是。"翠珠说："我实在饿了，先吃菜团子了。"立成说："你吃，你吃。"翠珠又说："我在河边洗你的短裤，多长了个心眼，摸一摸口袋，要不然……"她看了看桌子上的一沓钱。

立成看着翠珠，忽然感觉她比昨天漂亮多了，说："谢谢你。""俗气。"翠珠说。立成拿起笼上的一个菜团子欲往嘴里送，翠珠急忙夺下来，她从面板的盆下面拿出两个白馍放在他手里，立成也不问白馍的来历，狼吞虎咽地吃着，感叹道："真好吃。"他把两个白馍吃完了，才想起问一句："你咋不吃白馍？盆里全是玉米面，你会变魔术？"翠珠说："在四川我偷了婶子俩白馍，路上我饿得头晕眼花也没舍得吃。"立成听了，抱着翠珠，两个人的心里像压着一块石头。

转眼一年过去了，翠珠的身子不方便了。村里的女医生王芬坐在屋里的椅子上，看着肚子上像放着一个枕头的翠珠，说："立成屋里的，这几天你不能下地干活了，快生了。"翠珠说："谢谢王芬医生关心我。"王芬背着药箱走出屋门。

晌午了，立成翻地还没有回家，翠珠也在地里割青草，她看看天上的日头，自言自语："我该回家做午饭了，立成快下工了。"她背着一捆青草拿着镰刀一步一步地走进院子里，她把青草抖散，撒进猪圈里，两头半大的黑猪争抢着吃起青草。她说："这俩东西吃劲真莽，喂俩月能卖二百多块钱。"立成从地里回到家，把钢锨靠放在墙角，看着翠珠，埋怨道："都啥时候了，还去地里割草，猪再能卖钱也没有人金贵。"翠珠笑着说："你天天在地里干重活，我割一捆青草喂猪累不着，咱农民没有恁娇气。"

翌晨。蔚蓝的天空飘着几片淡淡的白云，林间的鸟雀啼声清脆。原野上，花红叶绿，碧草茸茸。一轮血红的朝阳从东方的天际冉冉升起，刹那间，光彩乍放，原野如画。"哇——"立成的屋里传出一阵阵婴儿的啼哭，翠珠生了一个女孩。四爷爷和几个中年妇女提着鸡蛋走进屋里。他们把鸡蛋放在桌子上边，笑眯眯地看着坐在床上额头勒着毛巾的翠珠，她怀里抱着白胖的女儿。胖大嫂说："翠珠，你没来的时候，立成屋里像座庙堂，你来这一年多，这屋里像戏园子。"四爷爷摇着女婴的小手，说："这妞长得多秀气，小眼睛看看这、看看那，立成有福气。"翠珠说："四爷爷，你说这妞长得秀气，就叫她秀秀吧。"四爷爷捋着胡子笑着说："这名字好听。"翠珠说："四爷爷，秀秀长大给你做干孙女。"翠珠抹了一下潮湿的眼角。四爷爷说："翠珠，你不要心事太重。我现在一天攒一毛钱，天天攒，等秀秀活蹦乱跳的时候，我给她买一双红皮鞋。"胖大嫂说："四爷爷，你就待你孙女亲。"四爷爷捋着胡子笑眯眯道："那当然。"人们说着笑着鱼贯而出。

光阴似箭，日月如梭，翠珠已经迈进立成屋里九个年头了，他们的女儿秀秀也长成一个乖巧秀丽的小姑娘，在村里小学读二年级。翠珠操劳完地里的活又忙家务，一年四季，风里来，雨里去，水里蹚，土里爬，她的容颜已渐憔悴，脸上已经爬满了蚯蚓似的皱纹，黑色的头发里已经夹着过半的银丝。她已经很长时间看不到立成一个灿烂的笑脸，听不见他对她说一句关爱的话。有时候，她战战兢兢地看着立成烦气的神色，觉得自己矮了半截，因为秀秀不是男孩子。在农村，一对夫妇没有儿子是大缺陷，特别是媳妇，经常会遭丈夫白眼。

晌午，热毒的阳光火辣辣地照着田园、树林和村庄。伊洛河畔的红薯地里长着一棵大柿树，立成头枕着锄把躺在柿树下无精打采。队长小砖走过来，抬脚踢一踢立成的腿："喂，树影儿都正了，别的村民都吃过饭又来地里干活了，你咋不回家吃饭？"立成一只手盖在眼睛上，说："小砖，你这个队长不但管社员干活还管社员吃不吃饭呀？我不饿。"小砖说："不吃饭就没有力气，没有力气就干不了庄稼活，干不了庄稼活耽误地里打粮食，打不了粮食影响祖国建设。这是一个连环扣，我是队长能不管吗？"立成坐起来，斜一眼小砖，说："我不想回家看见一老一小俩女人。"小砖忽然恶毒地说："立成，你就是咱村里的绝户头。不过，饭还是要吃的。"立成一个鲤鱼打挺从地上跳起来，抓起锄把向小砖打去，嘴里骂着："我日你妈，村里人谁不知道你儿子的小鸡鸡像乌龟壳里伸出来的头那么短，哪个姑娘也不会嫁你儿子，你和绝户头没啥两样。"小砖看见这个不要命的家伙两眼冒火，眼瞅立成手里的锄把就要打在自己身上了，他双手抱住头，弓着腰，像一条被猎人追赶的狼似的跑远了。立成垂头丧气地回到家里。翠珠说："秀她爹，你吃饭吧。"立成斜她一眼，匆匆吃了两个馍和一碗白菜炖豆腐。翠珠又说："秀她爹，孩子早上胃酸没吃饭上学去了。这会儿都晌午歪了，我怕她饿得走不动路，你去路上迎迎她，背她回家吃饭。"

立成躺在床上伸展着四肢，冷冷地看着翠珠，觉得她像一个黄脸婆，厌烦地说："我也饿得腿直打战，没有一点劲儿，背不动她。她一会儿放学会回来的。"一会儿，立成起床，扛着锄头欲出门，翠珠乞求说："你先别去地里，地里的活啥时候也干不完，你还是去接接咱闺女吧。"立成一边向门外走一边说："三张嘴等着我劳动养活呢，你去接秀秀吧。"翠珠说："我的血压又上来了，头老晕。"立成说："现在患高血压的人多了，出去活动活动病好得快，别老闷在屋里。"说完他大步流星地向田间走去。

翠珠忧念女儿，没有心思吃饭，她忍着头痛，昏昏沉沉地锁紧屋门，向学校走去。路上，翠珠一边走一边叫着："秀秀，妈妈来接你了，你在哪儿？"这时候，血红的夕阳缓缓告别大地，渐渐隐在朦胧的西山坳里，沉沉的暮霭笼罩着苍茫无际的大地。八岁的小学生黑胜走到翠珠身边，这个小男孩是小砖的儿子，他的小手扯着翠珠的衣襟，急得小脸上冒出汗珠，说："婶儿，你家秀秀饿得走不动路了，趴在路边一口土井旁边直喘气儿，她让我先回村叫立成叔来背她。"翠珠两腿生风地跑到土井旁，黑胜也急着跟来了。她看着趴在井口、浑身颤抖的秀秀，哭叫着："秀秀，妈来背你了。"秀秀喘着说："妈，你有高血压，我爸呢？"她准备站起身，一不留神，腿一软，掉到土井里。秀秀呼救的声音像一根绳子拽着翠珠，她欲往井里跳，黑胜紧紧地抱住她的腿，劝道："婶儿，你不能跳下去，你身子弱，跳下井也救不了秀秀，还得搭上自己。咱俩快回村叫我爹派大男人来救秀秀。""我不！我要跳下去救秀秀。"翠珠几近疯狂。

四爷爷和小砖向这里跑过来，他们身后还跟着四个男人，他们有的拿着绳子有的扛着梯子，他们是听到翠珠呼唤秀秀的悲声赶来的。当人们把秀秀从土井里捞上来的时候，她已经是一具冰凉的尸体了。在以后的日子里，翠珠经常呆坐着，渐渐地她像一个木头人一样了。立成骂她："要你这个黄脸婆有啥用，生个妞也保不住！"她诚惶诚恐地跪在立成脚下，说："对不起，立成，我就是个废人！""啪！"她打了自己一巴掌。立成说："这可是你自己打的，我可没打你。你这个丧门星听好了，好好守着这个家，我去哈尔滨打工了。"翠珠一件一件地给立成包着洗得干干净净的衣服和鞋袜。立成挎着背包头也不回地走出这座生他养他又令他生厌的院子。十五年立成杳无音信，像个遗孀的翠珠勤劳节俭，她在院子里又盖了两间小瓦房。她住在两间小瓦房里，原来的三间瓦屋里放着一些柴草和简单的农具。翠珠弓腰驼背，走路缓慢，她已经摔打成一个历尽沧桑的老妇人。

夏日的一个上午，容光焕发的立成领着一个四十多岁的妖艳女人和一个十三四岁的男孩儿走进院里。翠珠弓着腰从里屋出来，她站在院子里看看天上的太阳，又揉了揉昏花的眼睛看着三个陌生的人。立成说："翠珠，十几年没见面，你不认识我了？仔细看看我是谁？"翠珠的手指翻着眼皮看着眼前这个风流倜傥的男人，说："你是哪里来的干部？我老眼昏花了。"立成说："我是立成。你老多了。"他不禁抹一下眼睛里流出的薄薄的泪水。他转身看着自己亲手建筑的三间旧瓦房，又看看院门旁那棵小杨树已经长成了水桶粗的大杨树了。他见大杨树旁边有两间旧砖薄瓦盖的小屋子，说："翠珠你很能干。"一会儿，翠珠朦朦胧胧地认出了立成，她没有哭天号地，没有捶胸顿足，没有撕他咬他，她平静地说："你们仨人进屋吧。"

四个人走进屋里。立成看着妖艳的女人，说："美娟，这是你姐姐翠珠。"名叫美娟的女人看着翠珠，她的脸上浮现出厌恶和鄙视的神色，勉强地笑着说："珠姐好。"她没有说出"翠"字，只说一个"珠"字，珠的谐音是猪，她是讥讽站在她面前的这个土里土气的老太太就是一头猪。立成狠狠地瞪了她一眼。立成又对那个男孩子说："爱林，这是你大妈。"爱林亲昵地拉着翠珠枯树皮似的手，他和翠珠本能地亲近，他说："大妈，我是爱林，你有什么事情需要我做吗？"美娟瞪一眼儿子。翠珠抚摸着爱林黑亮的头发，说："小脸水嫩嫩的，还有香粉味儿。爱林好孩子，大妈没啥事情累你。"她看着立成说："你的儿子长这么大了，真好。"立成说："你是爱林的大妈，他也是你儿子。"美娟鼻子里哼了一声，爱林啵着嘴看着美娟，说："妈，看你那样。"翠珠拉着爱林的手，说："孩子，你秀秀姐要是活着，今年该十六岁半了。她看见你这个弟弟，不定多高兴哩。"她从口袋里掏出两块钱放在爱林的手里，说："孩子，大妈穷，给你两块钱，别嫌少。"爱林把手里的钱又装进翠珠的口袋里，说："大妈，你不要给我钱，我不缺钱。"翠珠从盆里拿出一个白面和高粱面蒸的油卷放在爱林手里，笑着说："吃吧，油卷可香了，里面有葱花、豆油、花椒粉。"

美娟夺过爱林手里的花卷放在面板上，说："爱林他大妈，我们来的时候在县城饭馆吃过了。"爱林看见翠珠欲哭的神态，拿起油卷津津有味地吃着，感叹道："香！"翠珠看着爱林吃完了油卷，哭丧的脸又笑了。美娟和爱林向屋外走着。立成在屋里塞给翠珠一百块钱，翠珠又把钱塞进他的口袋里，说："你们在外头吞吞晃晃都用钱，我在家好凑合。再说了，这几年的日子也好过多了，你不用操我的心，攒钱让爱林上大学吧。"立成抹一下眼角的泪水，说："我对不起秀秀。""唉！也许是命吧。"翠珠说，"每逢清明、十月一，我都去那个土井台旁边烧一沓锡箔，让孩子在那边有钱花。"立成忍着呜咽，说："你别说了。"他紧走几步，追上美娟和爱林，三个人走出这座空荡荡的院子，再也没有回来。

四爷爷已经去世多年，老年的翠珠仍旧过着孤独节俭的日子。已是满头华发，走路迟缓的小砖说："立成家的，有两间瓦房足够你一个孤老婆子住，你把那三间瓦房卖了吧。卖几千块钱天天买鸡鱼肉蛋吃，你这后半辈子不能再苦了。你别把心思放在立成身上了，人家在哈尔滨吃香的喝辣的，早就把你忘到脚趾缝里了。你要是还是苦自己，真有一天你去那边，阎王爷也看不起你。"翠珠的腰弯得像一个弓，她说："小砖队长，我不卖那三间瓦房，那是立成的家业。爱林要是回来，我这个当大妈的给儿子留个宽敞的窝，不能叫他们住在当院。一个人粗茶淡饭也是过嗓子，鸡鸭鱼肉也是过嗓子，这些东西过了嗓子都是一个味。我这个丧门星的老骨头吃好东西都是糟蹋，得留给立成和爱林一个敞敞亮亮的房院。"小砖说："你这脑子啥时候能开放？"翠珠说："你不用翻闲话捣疙瘩，我不卖三间房上的一片瓦，立成和爱林一定会回来看我的。"

五年过去了，立成和爱林没有一口热气哈进这三间热切盼望他们回来居住的旧瓦房，没有走进这所死气沉沉的小院子，也没有再回伊洛河畔的这个小村子。已经老态龙钟的翠珠含着满腔的期盼空落落地走了。她像一片淡淡的白云漫无边际地飘荡着，一阵狂风刮过，又消失在茫茫苍穹；她像河里一朵小小的浪花，无声无息地随着波涛汇入大海；她像一个凄惨的幽灵徘徊在伊洛河畔的上空；她像一片干枯的落叶，战栗着融进泥土，没有留下一点痕迹。蜘蛛结的网把那个小院子缠绕得密密实实。小院子里仿佛传来翠珠撕心裂肺的呜咽声，一会儿，呜咽声又消失了……

屋里。素芹的泪水滴湿了稿纸的一个角，她急忙用小指头轻轻地擦掉稿纸上边的泪水，一只手对着稿纸轻轻地扇风。乔蕊接过她手里的稿纸，说："你不要扇风了，稿纸那个角一会儿会干的。我写的书稿能使你潸然泪下，我很欣慰。"素芹擦去脸上的泪花，说："立成该杀，翠珠真苦！"乔蕊说："我就是要把女人的苦难写出来。现在家暴多数是男人虐待女人，如果这些男人看了《草根女人》，我叫他们张开嘴骂不出声音，抬起手打不下去。"素芹说："咱们就是勒紧裤腰带也要出版这部书稿，明天去庄稼地里摆摊卖书。"乔蕊感动地搂住她的脖子，说："谢谢素芹大妹子。"

翌日上午。田野里，一尺多高的肥嫩的玉米苗在微风里翻动着绿色的波浪，一群村民弓着腰在田间锄草。乔蕊坐在一棵大柳树的树荫下，旁边抻一块塑料布，塑料布上整齐地摆着各类书籍。她拿着《水浒传》默读着字里行间的精彩描写，她的耳边仿佛响起了令人荡气回肠的《好汉歌》。后崔庄的村民们都很崇敬这位身残志坚的女作家，他们耳闻目睹乔蕊的贫穷，都愿意直接或间接地帮助她。人们都知道乔蕊不愿意接受他人的怜悯，所以平日里不识字或不喜欢看书的人也买了她的几本书，即使买回去就束之高阁。日头不知道什么时候就移到了中天，树影正了。锄禾的村民扛着锄头小心翼翼地迈出田垄，他们生怕踩倒一棵自己用血汗浇灌的玉米苗。稀稀落落的男男女女走到书摊跟前，老汉李十三往书摊上丢两元硬币，继续向前走去。乔蕊放下手里的《水浒传》，站起来紧走几步，问："李叔，你买书，咋不吭声就走了？"

李十三站着说："侄媳妇，我斗大字不识一个，书于我就跟白纸上爬满了黑苍蝇一样，读不懂。"乔蕊转身拿起塑料布上的两元钱塞到李十三的手里，说："李叔，我知道你想帮我，可是这两块钱里有您多少汗珠子呀。"李十三知道如果他不买书，乔蕊是不会收他的钱的，他转身走到书摊前，弯腰拿起一本医学杂志装进口袋里，说："我儿子是医生，让他看看。"他把手里的两元钱又放在塑料布上。乔蕊说："李叔，你不认字，咋知道你拿的是医学杂志？"李十三笑着说："书皮上画有针管和药瓶。"乔蕊啼笑皆非地说："这本是20世纪60年代出版的婴儿保健杂志，纸都泛黄了，最多值八毛钱。"李十三一边向大路上走一边说："保障娃们的身体健康重要啊，我说它值两块钱还不止哩。"乔蕊看见他穿的旧布鞋，一只鞋露出脚指头，一只鞋露出脚后跟，她的眼睛潮湿了。

一个名叫菊花的女孩挎着一篮青草走过来，她中等个子，身材微胖，圆圆的脸颊白里透红，两只明亮的眼睛闪烁着亦羞亦喜的光芒。她走到书摊前，从口袋里掏出五元钱放在《水浒传》上，声音里含着微微的羞涩，说："春来嫂（当地习俗，称呼已婚女性的时候，将其丈夫的名字叫在前），我买一本织毛衣的书。"乔蕊的左手在书摊里翻寻了一会儿，抱歉地说："菊花妹子，摊上没有织毛衣的书。"她拿起五元钱塞到菊花手里。名叫山羊的小伙子走过来，菊花给他递过去一个眼色。山羊忽然蹲在地上呻吟着："哎哟，我崴脚脖子啦。春来嫂，你过来给我揉一揉。"乔蕊转身走到他身边，说："山羊，你走路老是不小心，田里老是坑坑洼洼的。"她蹲下来，帮山羊揉着脚脖子。菊花把五块钱夹在《红楼梦》里，露出一个钱角。过了一会儿，山羊说："不疼了，春来婶，你真是神仙一把抓。"菊花说："春来嫂，我扶山羊走几步，他的脚就不疼了。"她拉着山羊的手，慢慢向前走着，她斜他一眼："你还真叫乔蕊给你揉脚脖子，就你神煞（方言，指无病呻吟）。"山羊说："我哼几声就神煞了？不神煞她能离开书摊去我身边？"两个人大步向村里走去。乔蕊走到书摊前，她从《红楼梦》里拿出五块钱，看着走到远方的山羊和菊花，她的眼睛潮湿了。

一个叫坷垃的五十多岁的男人，拿着四块鸡蛋糕走到乔蕊身边，说："春来家的，刚才我出嫁的闺女小静来看我，提了一篮鸡蛋糕，我也吃不完，给你几块尝尝。"乔蕊这时候也饿了，她接住鸡蛋糕吃得香香甜甜。坷垃看着乔蕊的唇上沾着几粒蛋糕的细末，笑嘻嘻地转身走了。

一个五十多岁的老妇人穿着崭新的衣裤和鞋袜，头戴一顶草帽，手里拿着一把镰刀，背着一捆青草走过来。她的耳朵上戴着金光闪闪的耳环，涂成蓝色的眉毛斜插入鬓。她在书摊前停下脚步，操着南方口音说："你不是乔蕊大姐吗？在地里卖书呀？"乔蕊揉一揉昏花的眼睛看着站在自己跟前这个半土半洋的女人，问："你是……"这个女人说："乔蕊姐，我是娜娜，当年插队到后崔庄的上海知青。"乔蕊想了一小会儿，惊喜地看着老妇人，说："娜娜大妹子，你故地重游来了？"她伸开两臂抱住娜娜的脖子，两个人禁不住热泪盈眶。娜娜松开乔蕊的肩膀，戴着金戒指的手抹了一下脸上的泪花，说："乔蕊姐，你还是这么美，像个姑娘。"乔蕊说："老了，岁月如梭，一脸枯皱皮了。"娜娜目不转睛地看着她的脸，说："你不老，在我心里，你永远都是年轻漂亮的姑娘。"乔蕊说："你就会夸人。"娜娜思绪万千地说："那年也是一个秋天的中午，也是这块地里，我割完一垄谷子，坐在这棵柳树下喘气儿，我饿得头昏眼花，你从家里拿来两个玉米面饼给我吃了，我的心才稳住，不慌了。后来我知道，那两个饼是你的口粮，你饿了整整一天。乔蕊姐，我在上海这些年，好几次夜里梦见你和老生产队长。"乔蕊抹了一把脸上的泪珠，说："娜娜，人这一辈子真不容易。"

娜娜从书摊上拿起一本《红楼梦》，翻了几页，又放在塑料布上，问："乔蕊姐，你一定读过这本书吧，感想如何？"乔蕊说："我读过两遍《红楼梦》，这是一部鸿篇巨制，我理解的还很肤浅。感想是，同样的女人，境遇却是云泥之别。书中女主子终日鱼肉果腹，锦缎加身，却暴虐女仆人；而那些婢女终日操劳，侍奉主子，却倍受欺凌，命如草芥。我吟一首小诗，请你听后雅正。"

娜娜说："不敢，我洗耳恭听。"乔蕊低吟："鸿篇光耀荣宁府，巨制败落锦豪家。宝黛悲情泣鬼神，封建礼教如刀杀。巨匠擎起如椽笔，绘出多少妖媚花。几朵高傲享富贵，几朵卑贱风雨打。"

娜娜说："乔蕊姐，我听了你这首诗，心里酸酸的。"一会儿，她又说："你当年是农村姑娘，我是知青，可是你现在的文学水平比我高多了，我听后崔庄人说了你的事迹后，我就四处瞅着。"乔蕊问："你瞅啥子？""地缝，有个地缝我就钻进去。"娜娜说。乔蕊说："娜娜妹子，你快别这么说。我也是白纸上画黑道，画对了是小说，画错了是废纸，打发时间罢了。"娜娜说："在拼搏创新方面你已经有了成果，你是富翁，我是乞丐。"乔蕊扯开了话题："这一捆青草你还背得动？"

娜娜说："我当年在后崔庄插队的时候是一个如花似玉，接受贫下中农再教育的上海知青，如今是人老珠黄，土快埋到脖子的老太婆了。我再次来到后崔庄，看见这儿的房屋、树木、禾苗、水渠的时候，就像离别多年的女儿又看到母亲的容颜一样感慨万分。当年后崔庄的人都可怜我们这些千里之外而来的年轻人，你们在生活方面照顾我们，在农活方面帮助我们。我们这些四体不勤、五谷不分的姑娘、小伙子在这里学会了轧场放磙、摇耧撒籽、锄禾浇苗。我们把青春留给了后崔庄，但是我们依然庆幸自己有了第二故乡。今天早晨，老队长天喜把我当年的草帽和镰刀给我，我去地里找找当年割黄豆的感觉。可是现在秋庄稼还是绿油油的一片，不到成熟的时候，我就去渠边割了一捆青草喂喂牛。走的时候，我要带一把青草回上海，让后崔庄的绿色芳香飘荡在大城市的上空。"乔蕊激动地问："娜娜，你现在在上海做什么工作？"娜娜说："我是一名退休医生。回沪以后，我要以你的精神和毅力为动力，写一部医学专著出版，为祖国的医疗卫生事业做出自己应有的贡献。再见了，后崔庄的乡亲们；再见了，亲爱的乔蕊姐姐。"娜娜走了。乔蕊忽然看见书摊的边角上有一张红色的百元币。她拿起这张百元币，心情犹如无际的东海掀起万顷波涛。田间劳作的村民陆陆续续走进了村庄。乔蕊看一看玉米地和高粱地中间可以过牛车的土路，不见来来往往的行人，有的只是路两边高矮不齐的鬼拍手（杨树）。

　　一个三十多岁的男人走到乔蕊身边，他弯腰看了看摊上的书，好像没有看中一本。乔蕊说："这不是后崔庄的诗人立国吗？大晌午头上，你不在家喂肚子，跑来这漫天野地弄啥哩？是不是来找写诗的灵感了？"名叫立国的年轻人说："啥灵感不灵感的，以前写过几首精品诗，都是习作。后崔庄的女作家，你在庄稼地里卖这些杂七杂八的书报杂志，是卖给高粱老大哥，卖给玉米小兄弟，还是卖给黄豆小妹子？"乔蕊说："立国兄弟可真会说笑话，我把书卖给谁了，你咸吃萝卜淡操心。你写多少诗了，发表过没有？"立国说："忘记的和没忘记的有一百多首，我懒得投稿。会推磨就该会推碾，你这小说家也吟一首诗我听听。"乔蕊低头看了一会儿地，仰首看了一会儿天，说："我不会作诗，你作一首。"立国说："那好吧。"乔蕊说："我洗耳恭听。"立国说："遍野玉米绿叶稠，叶上小刺扎我肉。天上一片薄白云，地上小鸟叫喳喳。你给多少分？"乔蕊说："一百分。不过在一百分前边画一横杠。"立国说："画不画横杠都是一百分，你不嫌麻烦就画吧。"乔蕊说："立国兄弟，你帮我看一会儿书摊，我去趟厕所。"立国说："你去方便吧，交给我你放一百二十个心，一个字也丢不了。"他摆一摆手，乔蕊歪歪扭扭地向不远处一个厕所走去。

立国贼眉鼠眼地盯着《水浒传》，他的眼前忽然闪现出老爹用指头点着他的额头，狠狠地说"立国儿啊，你记牢靠了，老不看三国，少不看水浒"的情景，他愈发奇怪，为什么年轻人不能看《水浒传》。立国想，今天我非要看看这书里有妖还是有怪，有鬼还是有神。他打开书，看见一段西门庆与潘金莲的描写，不禁吐出舌尖舔着嘴唇，说："写得怪美哩，一时半会儿我也读不完。"他又看看书后边定价二十八元，说："有二十八块钱我都能买一瓶二锅头、一盘花生米过嘴瘾哩。怪不得老爹不叫我看《水浒传》，他怕我看见潘金莲，心里起花花肠子。我偏要看，还不花钱看。"他把书装进口袋里，扭脸看一看不远处的厕所，又从口袋里掏出书，解开裤带，把书塞进裤裆里，然后急忙系紧裤带。他一只脚点地，摇着腿，嘴里轻轻地吟着："天上一片薄白云啊……那个……地上小鸟叫喳喳。"乔蕊从厕所里走出来，她一拐一拐地来在书摊前，看见塑料布上的四大名著少了一本，问："立国，《水浒传》那本书哩？"立国仍然摇腿看天，说："我没见摊上有《水浒传》"。乔蕊说："《水浒传》是你偷走的？"立国两只手啪啪啪地拍着，他的眼睛瞪得像铃铛似的看着乔蕊，说："我给你看了半天书摊，你不谢我，还血口喷人。我张立国对天发誓，我要是偷你的《水浒传》，我是万人儿。"乔蕊慌忙蹲下用左手在书堆里翻寻，她惊疑地自言自语："出鬼了。书会长翅膀飞走了？"她越想越不对，上厕所前她明明还看了一眼《水浒传》，立国硬说没有，这里头一定有鬼。她站起来盯着立国，立国说："我压根就没看见塑料布上有《水浒传》这本书。"乔蕊的眼里冒着火，骂道："你放屁！"

她用左手摸了摸立国的前胸和后背，又弯腰捏了捏他的两只裤筒。立国嬉皮笑脸地说："没有书吧？"乔蕊摆一摆手，说："你这个丧门星。刚才村民们下工回村，成群结队从书摊前经过，我的书摊上连个字也没少。你来屁大一会儿，我就丢了一本名著。滚！"立国说："我再也不做好人好事了。"他夹着双腿，小步小步地向村里走去。乔蕊看见他走路异常的模样，雷吼一声："你站住！"立国站在路边色厉内荏地说："你搜过我的身了，还不让我走。我身上没有你一个纸片儿。"乔蕊一拐一拐地走到他身边，伸手在他的裤裆里抓摸着。立国说："你把我的'本钱'抓伤了，我会断子绝孙的！"乔蕊的手碰到了硬邦邦的书，她咬牙切齿地说："贼，解开裤带把书拿出来！"立国笑嘻嘻地说："乔蕊，我逗你玩儿哩。"他解开裤带，从裤裆里拿出《水浒传》递给乔蕊。乔蕊看见封面上湿了一小片，问："你咋把我的书弄湿了？"立国沮丧地说："你使劲抓我的裤裆，里边的小水壶转动了，流出一股子就把《水浒传》浸湿了。"乔蕊燃起了怒火，说："你真不要脸！"

乔蕊懒得理立国，她转身回到书摊旁，坐到小马扎上整书。立国也跑回去，在她身边席地而坐。乔蕊说："你滚！"立国笑着说："你没话要问我？告诉你，我是个人才。"乔蕊说："贼才，你啥时候学会偷术的？"立国一点儿也不觉得脸红，而且理直气壮道："乔蕊，你也不是别人，咱们都在后崔庄住着，我今天头一次栽在你手里，算我倒霉。看样子你不打算把我送到局子里去，那我就给你讲讲我的偷术。鄙人父母早亡，无兄弟姐妹，家里有六间蓝瓦红墙的屋子，四合院宽宽敞敞。按理说我这条件大闺女小寡妇都会踢烂俺家门槛，可是我今年36岁了，还赤光棍。虽然说我天天吃香的喝辣的，但是我却打不起精神。"

乔蕊说："你知不知道你为啥娶不上媳妇？"立国说："三只手咋了？其实做贼也不是人人都会的，贼有贼经，学不会这种经就做不了贼，做不了贼就过不上好日子。"乔蕊说："原来你吃香喝辣都是偷来的。"立国说："可是这种好日子也挺难受的，娶不上媳妇，这好日子就不算全面。"乔蕊说："你的聪明没有用在正道上边，哪个闺女愿意当贼婆？"立国啧啧嘴："白天我打光棍全身冒火，夜里睡觉我做美梦，因为夜里睡在床上，只要想着白天的事，梦就来了。"乔蕊问："你做的啥美梦？"立国说："梦里我娶了媳妇，她给我生了一个白胖儿子。"乔蕊低头抿嘴一笑说："你要珍惜你的媳妇和儿子。"立国说："在梦里眨眼十六年过去了，我媳妇变成了黄脸婆，我看见她土了吧唧的样子，真烦气她，天天夜里我在外边泡妞。"乔蕊狠声道："梦里你也在作死！"

立国说："泡妞那滋味美死人啦。有一天夜里，我三点钟没回家，黄脸婆媳妇问我弄啥去了，我说在外边就干那一件事。我媳妇咬着牙，骂：'你咋不去死！'我说：'死就死，美女床上死，做鬼也风流。'后来我儿子长到了十七岁，我说：'儿子，你娶了媳妇以后可别吊死在一棵树上，要经常在外边泡各种各样的妞,才有新鲜的感觉,那是一种美的享受。'我儿子说:'爸,泡妞需要钱,那是一个无底洞。'我说:'爹给你钱。泡妞是咱的传家宝,到你这辈子不能失传。'我儿子问我:'哪里来的恁多钱?'"

乔蕊冷笑一声,说:"你又偷又嫖,门门精通。你还没说你的偷术呢。"立国说:"在七省八县我不敢说,十里八村我是一个能人。我跟我儿子说你爹有偷术。偷术就是当贼的经验,简称贼经。我今天给你讲一讲贼经。想当一名优秀的贼可是很难的,特别是到了我这个高度,要花大力气的。首先眼光要明,脑子要机灵,还要有判断能力;另外贼的手里最好有一把万能钥匙,重要的是判断要准,打亲戚朋友的主意容易得手,因为他们对我没有防备。比如说白天去他们家里称兄道弟,家长里短喷空话,眼睛要装着不在意地观察屋里的旮旮旯旯,观察他们的箱柜是明锁还是暗锁;夜里,当亲朋们呼呼大睡的时候,飞檐走壁,行走如燕的我又一次悄悄地光顾他们屋里,多次都是钱财满载而归。有时候进城,在车站、商场、影剧院,看见小伙子大闺女走路或是坐在台阶上入迷地玩手机,也可以把手伸进他们的口袋里边。特别是夜行的火车上,当乘客熟睡的时候,也是我打胜仗的好机会。"

乔蕊说:"你的偷术可以写一篇文章在报纸上发表,名字就叫《张立国经验之谈》。"立国说:"我不想臭名远扬,熏一熏后崔庄就行了。"

乔蕊问:"你有没有失手的时候?"立国说:"没有。在偷术的级别和档次里,我虽说不是高手,也是一把好手,从来都是贼不走空!"乔蕊问:"你刚才偷我的《水浒传》……"立国的脸红到了耳朵根,说:"你哪壶不开提哪壶,我这个做贼的好手碰到你这个捉贼的高手了。"乔蕊严肃地说:"立国,你本质不算太坏,脑子也灵活,赶紧改邪归正。你这么年轻,浪子回头……"立国说:"金不换。"乔蕊说:"你什么都懂呀。"立国说:"我也是一个诗人。"

第六章　朋友

　　上午。屋里，乔蕊坐在小马扎上择马齿苋。虽然她只有一只左手在忙碌，但是她择得很娴熟，每一根都择得干干净净。小引坐在里间的床上织毛衣，她的双手灵巧地跳动着，竹针一上一下地扎进毛线的小孔里。这件咖啡色的毛衣是给她的未婚夫留根织的，她不时地把毛衣捂在脸上羞涩地笑笑。忽然，她的眼睛瞅见一个墙洞，那个墙洞里有什么宝贝呢？

　　一个穿着时尚、戴着墨镜的中年妇女走进屋里。乔蕊迷茫地看着这位不速之客，心里想，我没有这种阔亲戚，她从哪里来的？那个女人就像到了自己家一样随便，取下挎在肩上的精美的小红皮包，放在桌子上，她弯腰看看一尘不染的小木凳，从口袋里掏出一张手帕纸擦了擦小木凳，然后把纸扔在桌下。乔蕊蔑视地看她一眼，心里说，假干净！那女人坐在木凳上，摘下墨镜装入口袋，笑着看向乔蕊，说："咋，老同学不认识了？想装傻充愣呀？"她笑得很轻浮。乔蕊恍然大悟，她轻轻地打那个女人一拳："原来是你呀，我以为是华侨呢。"

　　这个女人叫李春玉，和乔蕊是中学同学。两个人三十多年未谋面了，在这漫长的岁月里，两个人过着谁也不知道对方的日子。李春玉说："乔蕊，看见你，往日的情景历历在目，上初一的时候，你语文成绩好，我算术成绩刚及格。"乔蕊的左手拿着水壶倒了一碗开水，李春玉端起水碗，滋溜滋溜地喝着水。乔蕊问："老同学，这几十年你在哪里高就？我一点儿也不知道你的消息。"李春玉的脑子飞快运转，她笑着说："我在南方一家报社当记者。"乔蕊说："如果方便的话让我看一看你的记者证呗。"李春玉的脸上露出一丝不易被人察觉的惶恐："不好意思，近期我没去采访，记者证搁在家里了，怕丢。"乔蕊问："你结婚了没有？"她问完这一句话觉得自己有点儿失神，因为李春玉的年龄和她差不多。

李春玉微微笑着说："乔姐真逗，你多大了，我比你小两岁，不结婚不成老剩女了？"乔蕊看着她红润光泽的面容，满身的珠光宝气，说："生人看见你肯定说你只有三十多岁。" 李春玉扬扬得意地说："好多人都说我是妙龄女郎。"她抚摸着乔蕊的右腕叹了一口气："唉！老天爷对你太不公道了。"

乔蕊眼里含着薄薄的泪水说："那一年我给生产队擩草，春来按铡刀。我的手不小心伸进草下面的铡刀口，春来没有看见，按下铡刀……我当时疼得都昏了过去，醒来的时候我躺在县医院的病床上，春来坐在我身边直掉眼泪。派出所的人要抓走春来，我苦苦哀求他们才没让春来进班房。没有想到春来还是撇下我这个伤残人，自己去河神爷那里享福了。"

春玉掏出粉红色的丝绸手绢擦一下潮红的眼角，说："乔姐你别太伤感了，人的命，天注定，好在你没有消沉，有头悬梁锥刺股的拼搏精神，坚持写作。"乔蕊说："谢谢。老同学这么多

年杳无音信，今天能见你，我真的很高兴。你不是仅仅找我叙旧
的吧？"李春玉说："我在报纸和电视上看见你的事迹，又感动
又惭愧。我一个生活比你优越、身体比你健康的人，至今事业平
平，没有什么起色。我今天来就想拜读老同学的大作，如果我读
了你写的书，就能看见你的精神世界。我想写一篇关于你自学成
才、刻苦创作的文章在《南方日报》上发表。"

此时，乔蕊完全沉浸在与老同学重逢的喜悦中。她说："春
玉，你稍等，我去里屋给你拿书稿。"她一拐一拐地撩起房门帘
走进内屋。

小引放下手里的毛线，警惕地劝乔蕊："妈，你和你同学在
外屋的谈话我都听得真真的。我有一种预感，你的这位老同学
不简单。"乔蕊说："她就是想看看书稿，看过之后还会给我的，
丢不了。"小引说："知人知面不知心，不少人为了自己的利益，不
择手段欺朋骗友。"

乔蕊深深地吸一口凉气，说："上中学的时候，她是校花，脑
子特别灵活，可会来事了。这会儿她要看我的书稿，我让她提一
提意见会出什么问题？"小引说："如果她把你的整个书稿拿走
以后，用手机一页一页拍下来，打出来写上李春玉著再出版，你
可就惨了。到时候打官司，即使你能赢，你的身心要受多大的刺
激呀。"乔蕊说："那就不把书稿给她看了？"小引附在乔蕊耳边
一阵低语。乔蕊笑着用手指戳一下她的额头："就你鬼点子多，
坏丫头！"小引站在床头上，踮着脚从墙洞的一沓书稿里抽出五
页稿纸递在乔蕊的手里，说："妈，只能给她看一个章节。咱既
给她面子，又不会出大事。"

乔蕊的手里拿着五页稿纸，她看是第三章，又犹豫了，说："没头没尾的，你春玉婶也看不出个子丑寅卯来。"小引说："你还想让她大碗吃肉呀，让她喝一碗肉汤就不错了。妈，你好好想一想，你和李春玉中学毕业三十年了，她咋不来找你叙旧？现在听说你写了一部很有影响力的长篇小说，就来找你叙旧了？"乔蕊说："那倒也是。我听闺女的。"小引笑着说："闺女啥时候都是妈的保护神。"

乔蕊拿着五页稿纸走到外屋，把稿纸递给李春玉。李春玉说："你拿一部书稿……你是在里屋临时构思，眼下创作的吧？"乔蕊说："我上了岁数，忘性大，多找了一会儿，让你久等了。"李春玉说："我要的是全书，不是一篇文章。"乔蕊说："我闺女把书稿借给她的三个姐妹分开看了，家里只有第三章。"李春玉把五页书稿装进她的小皮包里，有些遗憾地说："乔姐，我今儿夜里就能看完，明天还给你。"她提着皮包走出屋门。乔蕊送她到院门外，说："不急不急，你慢慢看。"李春玉说："老同学，别送了，你腿脚不方便。""你慢走。"乔蕊说了一句，转身回到屋内。李春玉走在后崔庄空无一人的大街上，自言自语："书稿被女儿的同学拿走了，鬼才相信。"

翌晨。李春玉拎着两斤鸡蛋糕走进屋。她把鸡蛋糕放在桌子上，说："乔姐，第三章的书稿我昨天夜里看完了。"她从口袋里掏出书稿放在乔蕊手里。乔蕊看着桌上的鸡蛋糕，不好意思地说："来就来呗，花那闲钱弄啥？"李春玉说："小意思，不值钱。"乔蕊说："敬请雅正。"李春玉说："我可以这么说，真是妙语连珠，看了第三章，我仿佛看到了整部书的辉煌。昨天我来的时候有些匆忙，也没有带礼物。"乔蕊说："人来啥都有了。"

李春玉问："你女儿的三个姐妹把书稿还了吗？"乔蕊摇一摇头，说："她们可能还要看一段时间。不过，有一个姐妹昨夜把楔子送来了。"李春玉喜上眉梢："给我看看楔子。"乔蕊说："你来晚了一步，今晨小引的男朋友又把楔子拿走了。"李春玉说："你让我一把抓个猪尿脬。"乔蕊说："书稿的开头很重要，也很费神。"李春玉说："万事开头难。我相信，你这个楔子写得也很漂亮。"乔蕊说："著名话剧导演焦菊隐先生说过，一部好的作品应该是豹头、熊腰、凤尾。"李春玉摆一摆手，说："你不要迷信大家名人，文学是高雅的精神产品，怎么能和畜生连起来呢。"乔蕊啼笑皆非。

李春玉环视着屋里简陋的家具，又看看乔蕊憔悴的神色和她身上打着补丁的衣裤，叹了一口气，说："老同学，我看得出来，你当下急需用钱。"乔蕊说："出版《草根女人》需要两万元，这两万元就像石头压在我头顶上，不知啥时候能搬掉，我天天都喘不过气来。不出版吧，书写到这个程度了，国家不认可，就是一堆废纸。"李春玉眨一眨眼睛，说："乔姐，你放心，我一定实打实拉你一把。谁叫咱俩是比亲姐妹还要亲的老同学哩。"乔蕊说："谁的钱都是一滴汗珠摔八瓣挣来的。我宁肯不出书，也不要你的资助。"李春玉冷笑一声，心里想，我有那么高尚吗？

三天后的上午，李春玉又来到乔蕊家。她坐在小马扎上，笑眯眯地看着乔蕊，说："乔姐，我的那一位在《都江时报》当主任编辑。你把《草根女人》的书稿全部给我，我让他在报纸上连载之后，给你两万元稿酬。连载过的书稿再出版新书，出版社不但不问你要出版费，至少还给你五千元稿酬。两头的盈利你都占了，两头的名气你都有了，事成之后，你必须请我下馆子！"

乔蕊不惊不喜，心里说，李春玉老同学，你真急了，才绞尽脑汁想出一个点子向我要书稿，透过现象看本质，你是人是妖我会甄别清楚的。她说："谢谢老同学。不过，我闺女的朋友还没有把拿走的书稿送过来，你别急着要。"李春玉阴沉着脸，一边往外走一边说："乔蕊，时间拖久了，人家就会连载别的长篇小说。你要是散漫着不当回事儿，过了这村可就没这店了。我是为你两万元出书费着急呀，你要是错过了这个机会，就是把脸打肿也迟了。"乔蕊笑着说："我不会打脸的！"李春玉惊疑的神色里夹杂着一丝气愤，她看了眼乔蕊，转身疾步向街心走去。

五天后的上午。《都江时报》编辑部里，一位三十多岁的女编辑安静地坐在桌子前，聚精会神地读着新出版的长篇小说《屋檐下的小燕子》。忽然，桌上的电话叮铃铃地响起来，她抓起话筒："喂，哪位？"那边传来乔蕊的声音："麻烦找一下《都江时报》的主任编辑。""同志，您贵姓？"女编辑把书扣放在桌子上，说，"我叫赵文英，是《都江时报》的主任编辑。"

屋里。乔蕊握着话筒的左手颤抖着，心想，咋是个女的，莫非李春玉是同性恋？她对着话筒大声说："赵编辑，我是豫北平原上后崔庄的村民乔蕊。我问一下，贵报连载长篇小说的书稿吗？"赵文英亲切地说："您是乔蕊老师呀，我在电视上看到过您的事迹。很抱歉，我们报社只连载已经出版过的书，不连载书稿。"乔蕊说："谢谢赵老师。"乔蕊放下电话，抹一下额头上的汗珠，像走到悬崖边上又退回来似的说："好险呀！"

　　乔蕊坐在小马扎上想李春玉已经不是当年中学时代那个纯朴善良的女孩子了，三十多年来，她去过哪些地方，做了一些什么事情，她现在到底是一个什么样的人。这一切的一切，自己一点儿也不知道，现在还完全沉浸在与她往日的友谊里，多么危险呀。多亏小引提醒，我才理智一些。如今，世态炎凉，人心不古，有些人为了钱财，不择手段，亲朋的情谊已经淡薄如纸了。万物在变化，人也在变化，有的人由愚昧变得聪明，有的人由善良变得邪恶，也有人由纯真变得虚伪。

　　十天后的傍晚，李春玉再一次走进乔蕊家。她的一身肥肉咚的一声坐在床板上，两只妩媚的眼睛射出火般瞪着乔蕊，说："老同学，我油煎似的等了你十天，小引的姐妹把书稿还给你了吗？我今天可以把全部书稿拿走了吗？《都江时报》等着连载你的书稿呢。"乔蕊只笑不语，过了一会儿她说："春玉，我联系过《都江时报》了，他们说只连载出版过的小说，不连载未出版的书稿。"李春玉说："你走正门办不成事的，我走后门你又不相信。事情全被你捅出去了。"乔蕊又问："你的那一位是个女的？"李春玉说："是个大小伙子，患暴病死他娘的蛋了，上级又调来一个女主任编辑。"乔蕊忍俊不禁："原来是这样……"李春玉的心像被驴踢了似的走出乔蕊家。

　　过了十天，李春玉满面春风地又来了。她风趣地说："乔姐，你这门槛该换新的了。"乔蕊的左手指一指小马扎，说："春玉，你坐。我这门槛结实得很，你踩不坏的。"李春玉坐在小马扎上，说："我今天有一个天大的惊喜要对你说。"

　　乔蕊爱答不理，缓了一会儿，她问："啥惊喜？"李春玉说：

"西藏有一家出版社，少数民族很少写长篇小说，内地的作家都不愿意把书稿投给西藏的出版社出版。但是，西藏的出版社也是省一级出版社，级别和档次也不低。这个出版社对书稿的要求是思想性和艺术性达到一定的高度可以公费出版，也就是说作者不用给出版社钱了，出版社还要给作者稿酬。我在那个出版社又找了一个当编辑的新男朋友。"

乔蕊强忍笑意，说："你找男朋友就像买萝卜白菜。"李春玉说："什么呀，我们是旧情复燃，还是《都江时报》那个，他调到西藏的出版社了。"乔蕊说："你不是说他暴病去世了吗？"李春玉说："谁知道他没有死利索又活过来了。你把《草根女人》的全部书稿给我，我坐四天四夜的火车去拉萨。"乔蕊说："我不想麻烦你。"李春玉说："为朋友两肋插刀算个啥。这样吧，你把书稿全部给我，我去邮局给死而复生的那口子寄去，也省事，你不用担心我破费了。"乔蕊说："我去寄吧。"李春玉说："你不认识我那口子，他接到你寄去的书稿会扔进废纸篓的。这年头，办啥事不是有熟人多吃四两黄瓜。"乔蕊笑而不语。李春玉说："办啥事情不都是近水楼台先得月。"乔蕊说："老同学，小引的姐妹们还没有把书稿还给我，你就不用为我两肋插刀了。"

李春玉怔怔地看着乔蕊的眼睛，她从乔蕊的神色里知道自己的心计已经暴露，色厉内荏地说："乔蕊，你不相信老同学的一片苦心，我看你的书稿猴年马月也出版不了。"说完，李春玉像一只斗败的公鸡垂着头，空落落地走了。乔蕊坐在屋里，心猿意马，她没有一丝一毫胜利者的愉悦，她的胸膛像压了一块石头渐渐沉重起来。

　　阳光明媚的早晨，乔蕊坐在屋里，她看了一会儿书稿，思考着通篇的框架结构，眉毛渐渐拧成了一字形。她想起一位文学评论家曾说，一部人物鲜活、情节生动、环境广阔的长篇小说，如果没有精巧的结构艺术是绝不能成功的。她自言自语："《草根女人》的第六章与通篇的衔接有些生硬，需要再斟酌，再梳理。"忽然，街上传来一阵阵吵闹声，乔蕊把书稿塞进墙洞里，走出屋，一拐一拐地来到大街上。她惊愕地看见一群人围着留根，大家指指戳戳、七嘴八舌。一个胖大娘说："我眼看着留根长了二十一年，平日里腼腆得像个闺女，今儿个会弄这事？"一个老头说："说留根是女人迷打死我也不信。"一个尖嘴猴腮的中年人说："现在的年轻人变化快，异性相吸。"

　　一个戴着墨镜、穿着艳丽又有些怪异的女人从一间早餐店里凶巴巴地走过来，她的唇上抹着鸡血似的口红，脸上涂的脂粉一小块一小块地往下掉，两只手啪啪地拍得响亮，她操着广东口音嘶叫着："后崔庄的大人小孩听清楚看仔细了，刚才我在早餐店排队买油条，这个小流氓抓我的手。"她骂骂咧咧地抬起涂着绿色指甲的手一上一下地戳着留根的额头。留根气恨交加，心里像一团乱麻，委屈得说不出话，他流着眼泪看着那个女人，说："我……你……"一个光头老汉留着长长的花白胡子，他时不时捋一捋胡子，觉得很神气，他说："留根大孙子，爷爷有几回在路上看见你瞅见女孩就脸红。今儿咋了，看见美女你手痒痒了？"一个少女恶毒地撇撇嘴，说："我看留根平日里装得像一个和尚，谁知道也是一只吃腥的猫！"留根气得脸红脖子粗，吼道："你……你们……血……血口喷人……"小引冲到妖艳女人的身边怒冲冲地叫着："你是哪里来的狐狸精？俺留根不是那样的人，你满嘴喷粪！"乔蕊站在人堆的外边，惊恐地看着里边的情景。她不能往里边挤，因为她的左脚站不平稳，她又着急又无奈，脑子里乱极了，就像一堆碎麻绳。

当上后崔庄治保副主任的立国走到留根身边——以前的跳梁小丑今天变成擒贼大侠，难不成是他改邪归正了？也许吧。更主要的是他有一个本家二叔在县委组织部当副部长。前段时间，他二叔从县里回村把他叫到家里狠狠批评了一顿，之后经村主任推荐，让他当上了后崔庄治安保卫副主任，并且接受干部群众的监督——摆出一副领导的姿态严厉地问："留根，你跟政府说实话，你抓没抓这位大姐的手？"留根的脸气得煞白，一会儿又变成紫红。立国见了，说："抓了！"

人群里一片哗然。小引的眼睛像小刀似的瞅一下留根，捂着脸哭着跑走了。尖嘴猴腮的男人说："不打自招！"立国说："大家都散了吧，这不是咱后崔庄光彩的事。你二人随我去村治安室，我要详细询问案情再作处理！"胖大嫂斜眼看一下立国，低声说："这会儿他人模狗样地数落别人，他不当三只手才几天哩！"一个老汉说："立国说话也不知道脸红。"

留根和那个女人跟在立国身后，走进村委会的一间小屋里。那个女人忽然和颜悦色地看着立国说："你是这庄上的头头？"立国说："后崔庄的上边天、下边地我都管，苍蝇、蚂蚁也不许它乱说乱动。"那个女人说："政府，我和他私了，不告状了！"她看着蹲在地上双手抱头的留根，说："他要是给我三十块钱就各走各的！"立国想这样他也能少费很多口舌，就问："留根，你同意吗？要是公了，说不定你得进乡派出所待几天。"留根站起来，走到办公桌旁，从口袋里掏出两张十块的和两张五块的甩在桌子上。

这时候乔蕊一拐一拐地走进治安室，她看一眼那个女人，那个女人急忙低头看着脚尖。就在这个时候，立国的一只手飞快地在桌子上晃了一下。那个女人看也没看抓起桌上的钱急匆匆地走出治安室。乔蕊抹去留根脸上的泪珠说："孩子，别生气，婶儿相信你。你说一说咋回事？"留根搂着乔蕊的肩膀，气得颤抖地说："今儿早晨我在早餐店排队买油条，我身后站着刚才讹我三十块钱的那个女人。她的手，她的一只手，一只手……"立国急得两只眼睛瞪得跟铃铛一样，问："她的一只手怎么了？"留根说："她的一只手伸进了我装钱的口袋里。"乔蕊的左手指着立国的脸，斥责道："你对贼经恁精通，如今当了治保主任咋断的糊涂案？"立国如堕五里雾中，半晌没有回过神来。

留根扶着乔蕊慢慢地走出治安室。立国从右臂的袖筒里抽出了一张十元币，脸上露出浅浅的微笑，说："今儿中午我要去村头李高的饭店吃一碗羊肉烩面外带一瓶啤酒。"戴着墨镜的妖艳女人一溜小跑来到公路上，掏出口袋里的钱仔细地数着："十元、五元、五元，没了？三十元咋变成二十元？"她又摸一摸口袋，还是没有。她想回治安室报案，又一想，算了，十块八块的不值当，混二十是二十。她哼着小曲儿，大摇大摆地走了……

后崔庄退休教授季景明义愤填膺地走进治安室。他六十多岁，满头华发。他说："立国，我是后崔庄的老门户。我在大城市教了一辈子书，因为喜欢农村安谧的气氛和清新的空气，所以退休以后回故乡居住。我老伴去世早，儿女们长大成人都有自己的家，我一个人未免有一些寂寞孤独之感……"

立国烦气地摆一摆手，说："季老师你找我有啥事，拣关紧的说，家长里短就甭提了。"季景明说："昨天下午，一个打扮得妖里妖气的中年女人走进我家里，她一定了解我的情况，花言巧语地说她愿意在生活方面照顾我的后半生。我看了她的身份证，知道她是城南李庄人。我考虑了一会儿，看她还算精明利索，答应与她先处一段日子。今天早晨我去县高中给学生们辅导英语，让她在家做饭……"

立国斜他一眼，说："妖女做的饭香不香？"季景明气愤里含着沮丧说："中午我回家，已经人去室空，柜里的一幅高档字画和箱子里的两条金项链不翼而飞。"立国说："你应该找派出所。"季景明说："我上了年纪，经不起折腾。你是咱村的治保主任，我请你帮助找到这个人。"立国懒洋洋地拿起电话，说："我试试看吧。"

电话接通了，立国对着话筒说："喂，城南李庄治安室吗？……我是谁？你听不出我的声音了？三天一瓶猫尿把你灌迷糊了吧？我是后崔庄治保副主任张立国。我向你打听个人，你们村有没有一个中年女人……"他一只手捂着话筒，看着季景明，问："那个女人叫啥名字？"季景明说："李春玉。"立国对着话筒，说："秋丰老弟，那个女人叫李春玉。"

电话里传来对方的声音："李春玉是李庄一个嫁不出去的老姑娘。她家只有两间破草房，父母被她气死了，村民们不理她，她常年不在家住，在外边流窜诈骗。我们李庄人对这个人也没有办法。立国，这个女人又在外边犯事了?"立国说:"你能帮我找到这个女人吗?夜儿个她偷了我们庄里季教授家里的财宝。"赵秋丰:"她就像水里的泥鳅，不知道又钻进哪个泥池里去了，咋找?"立国放下电话，两手一摊，说:"季教授，你都听见了吧，这个女人就是一个鬼难捉，你明天去派出所报案吧。"季景明叹了一口气，说:"唉!我有高血压，生不得气，不行的话也只能找上边了。"他气愤地走出治安室，嘴里嘟嘟哝哝:"治安室是聋子的耳朵。"

到饭点了。立国双手别在身后，嘴里哼着不伦不类的小调走进村西头的李高烩面馆。过了一会儿，他从烩面馆出来的时候，打着饱嗝儿，嘴里喷着酒味，一只手抹着油乎乎的双唇。他摇摇晃晃地走进乔蕊家。

屋里。乔蕊坐在小马扎上如痴如醉地想着心事，立国坐在木凳上看着她的脸，说:"乔蕊，刚才季教授跟我汇报，有一个妖艳女人偷了他家的字画和金项链跑了。"乔蕊说:"刚才我在治安室看见那个戴墨镜的女人有点儿面熟，但是不敢确定讹留根三十块钱和偷季老财宝的会不会是一个人。"立国说:"我哪知道?"乔蕊说:"内行抓内行你应该有经验!"立国的脸红得像鸡冠，说:"你哪壶不开提哪壶!"忽然乔蕊惊悚地说:"难道是她……"

龙瑞县庙王村是豫东一个文学之乡，这个村的人们都有文学天赋，他们吟诗作文出口成章，虽然有些词语不太规范，但生活气息十分浓郁，又极富地域特色。庙王村坐落在龙瑞县的西边，后崔庄坐落在豫城县的东边，两个村庄东西交接，实际距离也只有七八里。

上午。庙王村委会的院子中间放着一张三斗桌,桌子旁有一把椅子,桌子上放着一个没有盖子的小纸箱,李春玉坐在椅子上边,环视着坐在院里的小伙子和姑娘们,俨然一副女博士的神态,说:"女士们,先生们,我叫李春玉,去年我从美国哈鲁大学毕业,现在是后崔庄季景明教授的爱人,也是后崔庄女作家乔蕊的老师。"

姑娘和小伙子们面面相觑,他们不约而同地向她投去敬畏的目光。李春玉说:"我知道大家都喜欢文学创作,我今天给大家讲讲创作长篇小说的技巧。那就是多读书,多吃苦,就能写出好作品,古代人读书写字把头发系在房顶上,用剪子扎烂大腿的肉。"一个小伙子说:"她半桶水也没有,还在咱们跟前晃。"一个姑娘说:"人家是出国留学的大名人,学识车载斗量,认真听吧。"

李春玉看一眼桌子上的纸箱,大声说:"我是免费给大家传经,希望大家不要往纸箱里投币。"一个叫春英的姑娘扯一扯坐在她身边的小伙子小朝的衣襟,低声说:"李博士是让咱们往纸箱里投钱哩。"小朝说:"我听出来她说的是反话。"旁边的小黑说:"小朝、春英,咱们大家如果都是铁公鸡,李博士的精髓是不会讲出来的,她会打马虎眼。"小朝说:"可以理解,市场经济嘛,我投一块钱。"坐在墙角叫小翠的姑娘走到了桌子旁,往纸箱里投了一个硬币,一句话也没说,又回到座位上掏出笔记本和钢笔,做出认真听认真记的样子。小朝、春英和小黑也不约而同地往纸箱里丢进零钱。投币的年轻人排着长长的纵队。

　　小伙儿东升说："我的一斤橘子没了。"他往纸箱里投进一元钱。姑娘春娥说："想学习写小说就得舍本钱。"她也往纸箱里投了一元钱。姑娘国荣和小引是中学同学，逢年过节两个女孩经常来往。国荣觉得这个女博士有一些异常，她悄悄走进村委会办公室，抓起桌上的电话："喂，你是乔蕊大婶吗？有一个和你年龄差不多，打扮妖艳的女人，她说是你的老师，现在在俺村村委会院子里给年轻人讲如何写好长篇小说，她收费的，桌子上的纸箱里塞满了零钱。我觉得她讲的写作知识我们都知道，没有一点新意而且语无伦次。"乔蕊恍然大悟，她说："国荣，你让她多讲一会儿，千万别让她走了，我马上去你们那。"不大一会儿，一辆警车开进庙王村委会的院子里，乔蕊、季景明和一名警察从车里走出来。李春玉看见三个人满腔怒火地瞪着自己，她像被抽筋去骨似的从椅子上滑落下来。

　　五天以后的上午，庙王村治安主任王于林把纸箱里的零钱按照投币者的实额归还给他们。这些年轻人从此绷紧了识别真伪的弦。李春玉被押回后崔庄派出所后，退还给留根三十块钱（她自己还贴了十块钱），把一幅高档字画和两条金项链还给了季景明教授。她痛不欲生地蹲在派出所的小屋里，流下了两行悔恨的泪水。

　　乔蕊拎着二斤苹果一拐一拐地走进拘留室。她把苹果放在李春玉手里，李春玉狼吞虎咽地吃着。乔蕊说："慢点儿吃，别噎着，这里没人和你抢。"李春玉说："这里的伙食没水果。"副所长韦峰走进来，说："乔婶，李春玉已经写了痛改前非的保证书，并且把钱物如数退还给被害人了，所里研究同意你的请求，提前释放她。"乔蕊说:"谢谢派出所领导。"

乔蕊屋里。李春玉坐在小马扎上,乔蕊的左手端着一碗香喷喷的西红柿鸡蛋捞面条微微颤抖地放到她手里,她一点也不汗颜地吃得津津有味。乔蕊问:"老同学,你能不能改邪归正?"李春玉一边吃饭一边说:"我再不脱胎换骨,脚下就没有四指宽的路了。"乔蕊说:"我正在考虑给你找一个合适的工作。你身体好,有一点儿文化,脑子也灵活。"李春玉说:"乔蕊,你联系一个中外合资的企业,让我给老板当秘书咋样?"乔蕊说:"你让我考虑一下。"李春玉说:"我这个秘书要求不高,但必须给我配一辆小汽车。"乔蕊说:"我再考虑一下。"李春玉说:"开小车的司机最好是一位帅小伙。"乔蕊说:"我考虑好了。你当一名环卫工人最合适。"李春玉低下头,半晌没有抬起来。

第七章 修改作文

后崔庄的街道上没有工商员巡查，乔蕊把书摊又摆在横头街的一棵老槐树底下。这棵老槐树树干粗壮，枝叶茂密，据村里的老人们说，这树上有仙。村里人都叫它神树，对其敬若神明，逢年过节有些白发苍苍的老头老太太相互搀扶着走到树下焚香燃纸，还摆上几盘供品敬拜这棵"德高望重"的神树。他们乞求神树保佑后崔庄男女老少平平安安、家家和睦，田园五谷丰登，庄里的新婚夫妇相敬如宾、儿女双全，也乞求神树保佑庄里女作家乔蕊写的长篇小说《草根女人》早日出版。

中午。这是一个秋高气爽的黄金季节，暖暖的阳光透过大树枝叶的缝隙，斑驳地洒在大地上。乔蕊坐在槐树下的小马扎上。有几个村民端着饭碗呼噜呼噜地喝着香甜的粥，他们目不转睛地看着书摊上五花八门的书籍。今天乔蕊的心情愉悦，她和蔼地和乡亲们打着招呼："小伙子们、姑娘们、叔叔婶婶大爷们，你们看看，都是纸质光白、字迹清晰、封面漂亮的正版书。"一个年轻人一边吃着手里的花卷馍一边问："乔蕊婶，这么多书，里面写的都是啥事啊？有没有小伙子和大姑娘亲嘴的场面？"围观的人们咯咯地笑起来。乔蕊说："小孬，你买一本看看

99

不就知道了。你想和姑娘亲嘴，就赶紧娶媳妇，不娶媳妇你只能过嘴瘾。这摊上的书有的是陶冶人们情操的文学经典，有的是帮助人们强身健体的医学理论，有的是指导农民怎样五谷丰登的农业知识，还有年轻的妈妈优生优育的字画读物……都是咱老百姓茶余饭后读得懂、用得着的好书。买一本吧，买一本吧，每本书都打六折。"

一个爱好文学的小伙把吃完饭的空碗递给身边的小男孩，说："小光把碗给我拿回家。"小光拿着空碗一边向家里走，一边回头说："小楼，你给我买一本小人书。"小楼跑到小光身边，使劲弹一下他的头，骂道："我日你妈，成精了你，蛋子孩敢叫你爹的名字！"小光肉乎乎的小手摸一下头皮，说："怪疼哩。"小楼说："家的墙柜里扔着五本小人书，你只看画，不学字，还要。"小光的嘴噘得像塞了一个杏儿似的走了。小楼走到书摊前，弯腰拿起一本书翻了几页，脸上闪烁着高兴的红光，说："乔蕊婶，这是老版的《草原烽火》，这部长篇小说描写了蒙古人民抗击日本帝国主义和官老爷们的故事，去年我在县文化馆看到过。多少钱？"乔蕊说："小楼，我看在你热爱文学的分上，这本书送给你了。"小楼说："乔蕊婶，那咋中？后崔庄的老老少少都知道你是最需要钱的人。"乔蕊感动地说："谢谢乡亲们的理解。我给你打五折。"小楼看见《草原烽火》后边的定价是八元，他给她五元钱，拿着书走了。

一个朴实的姑娘走过来，拿着一本医学书籍，翻着看了两页，说："乔蕊婶，俺爹常年血压高，还有腰脊劳损、肩周炎。"乔蕊急忙说："小玲，你看了这本书，婶不哄你，一定能找出缓解你爹那些病的药方。"小玲看了书的定价，摇摇头："啧啧，不太厚的一本书，竟然三十块钱。"乔蕊拿起书放到她手里，说："只要你爹能康复，送给你。"小玲看着手里的书，说："那不中，我沾你残疾人的光，头顶的老天爷也不容我。"她从口袋里掏出十块钱放到乔蕊的手里。

　　一个穿戴时尚、鼻梁上架着眼镜的中年男人走到书摊旁边，他的神态和举止像一个知识分子。他拿起一本长篇小说《暴风骤雨》，看着封面上的图画说："一群土包子。"他没有翻阅内文，说："这是一部经典小说，是周立波先生描写东北农村土改时期的风云变迁。"乔蕊惊喜里含着钦佩地看着他，说："先生，你一定读过这本书吧？"风度不凡的中年人说："我是水江市作家协会理事，我叫王志礼。"他爱不释手地看着手里的《暴风骤雨》，问："这本书多少钱？"乔蕊高兴地说："王先生，咱们是同行，我虽然不是作协会员，但是心里已经把水江市作协当成自己的家了。不要钱，送给你。"王志礼看着她只有一只左手，眨眨眼睛，恍然大悟地说："你是乔蕊同志吧，我听说你在十分困难的情况下坚持文学创作，没想到今天我有幸见到了你本人，这本书我按定价付。"乔蕊说："打五折。"王志礼说："精神产品是无价的，咱们不说闲话。"他从口袋里掏出五十块钱丢在书摊上，拿着书走了。乔蕊没有手的右臂半举着叫道："王先生，《暴风骤雨》的定价是二十二元。"王志礼转头看见她一根肉棍似的右臂，摆了摆手，继续疾步向远方走去。天上的白云看见他的眼睛里闪烁着一层薄薄的泪花。

　　一个老汉走过来，他皮笑肉不笑地和乔蕊打招呼："春来家的，卖书呢？我看了电视，知道你写书，是卖你写的书吧？借我一本看看，我要看看俺后崔庄的女状元在白纸上画了多少黑苍蝇。"这个老汉叫王大夯，他有个毛病，见人说话总有一些阴阳怪气，别人有难的时候，他幸灾乐祸，别人有好事的时候，他讽刺挖苦，没有一个正常人的心态。看在他一大把年纪的分上，乔蕊忍着愤怒，勉强微笑着说："夯叔，我写的书还没有出版哩。这是素芹屋里的陈年旧书，让我这个站不到人前的人在卖。"大夯说："我买一本养牛的书。"他的两只三角眼眨巴着在书摊上瞄来瞅去，说："你恁多书，咋没有一本书上画的有牛呀？"乔蕊拿起一本农学书递给他，说："夯叔，这本书里有养牛的知识。"大夯翻了几页书，说："书里没有牛，只有字，我不喜欢看字，只喜欢看牛。不要了。"他把书丢在摊上，转身走了。乔蕊低低地骂他一句："老糙蛋。睁眼瞎还说怪话！"

小伙子宋玉戴着眼镜走过来，他是一名大学毕业生。他问："阿姨，有地理书吗？"乔蕊拿起一本《中国地理》递给他，说："八成新的书，你好眼光。"宋玉说："我是近视眼，书后边的定价我看不清楚。"乔蕊淡淡一笑说："这本书原价三十元，打七折卖给你。"宋玉塞给乔蕊两张纸币，拿着《中国地理》走了。乔蕊看见手里是一张二十的和一张五块的，连忙紧走几步，险些跌倒，晃了几下身子才站稳，喊道："大兄弟，错了。"宋玉停下脚步说："买书交钱，钱书两清错不了。"乔蕊把四块钱塞进他手里，说："你多给我四块钱，不找给你，我这心里像钻进了鬼！"宋玉怔怔地看着手里的四个硬币，又感激地看着乔蕊，面红耳赤地说："谢谢阿姨。"他带着一丝内疚走了。

素芹扛着锄头走过来，她看看书摊，又看看乔蕊，高兴地问："我看着摊上不少地方露出了塑料布，今天好像生意不错。"乔蕊笑着说："马马虎虎。"素芹说："人不能老背时，总有走运的那一天。我去玉米地锄草了。"她忽然双手抡着锄把，像个女侠舞棒似的向地里走去。乔蕊看着她的背影，笑着大声说："素芹妹子，小心别让锄头抡着你的脸，要是破了相，天旺回来会烦你的。"素芹头也不回地继续抡着锄把向前走着说："他敢烦我，我让他跪搓衣板。"

四十多岁的妇女王桂花走过来，她没看摊上的书，笑眯眯地看着乔蕊的脸，说："乔大姐，你用一只拿东西都不得劲的左手咋写出二十多万字的长篇小说《草根女人》的？"乔蕊也很感动："这位大妹子，我不太认识你，谢谢你对我的关心。"王桂花说："南召村距离后崔庄只有三里路，俺全村人都知道你写书，我能不知道？我估计你写书前就下了很大的功夫吧？"乔蕊说："一个人如果从小喜欢文学，长大后才肯在写作方面下苦功。我上小学六年级就喜欢写作文，老师布置的作文我都认认真真地写，当时我就想长大以后当一名女作家。"王桂花说："一个人要想成才，看来从小就得把底子铺好。"乔蕊说："是这样的。就像庄稼一样，只有根在土里扎牢实养分又足，到金秋时节，才能穗大籽饱。"王桂花笑眯眯地看着她。

乔蕊被这个不速之客看得有点儿不好意思，问："大妹子，你买书吗？"王桂花说："我倒是想买书，可是我看书上的字就跟看小苍蝇一样。我不买书，买你！"乔蕊笑着说："你买我一个残疾老女人有啥用？真逗！"王桂花脸上的笑容消失了，她乞求地说："乔大姐，我想求你一件事。"乔蕊说："大妹子，我这个样子，就是想帮你恐怕也心有余而力不足呀。"王桂花说："乔大姐，这事你轻轻松松就帮我了。我结婚晚，小四十才生了一对龙凤胎，如今两个儿女都十三岁了，上六年级。可是这俩不争气的东西，作文成绩在班里老是倒数一二名，每次上作文课，老师都把他俩赶到教室外罚站。学生们挖苦他俩是'站生'。我想请你去家里给我儿女说道说道写好作文的路数。一次说道费我给你八十块咋样？"乔蕊想了一会儿，说："钱多钱少不打紧，能够帮助两个学生提高写作水平是大事。"

王桂花屋里。她吆喝着："满朝、小凤，我请了一位作家教你们写作文，你俩要用心学，给你们文盲的娘争口气。我去集上买肉，中午我给乔老师包饺子吃。"乔蕊说："桂花大妹子，你不用破费，做家常饭就行。""你是贵客，粗茶淡饭不中的。"王桂花说着笑眯眯地走出门。

一个胖乎乎的小男孩走到乔蕊跟前，看着乔蕊的右腕，问："老师您的右手呢？"乔蕊一震，说："老师是残疾人。"他很有礼貌地给乔蕊鞠了一个躬，说："老师好。"乔蕊用左手摸了摸他圆圆的小平头，微笑着说："在咱们这儿，你五年以后就是一个好劳力。"满朝两只明亮的小眼睛闪动着童趣，他纠结地说："乔老师，俺妈不稀罕我一身笨力气干农活，她叫我长大考状元。"乔蕊欣慰地说："你想考状元必须能写出一篇锦绣文章。"

小凤急匆匆地走到乔蕊身边。她是一个小巧玲珑、脸蛋白里透红，透着稚气的姑娘。可能是作文成绩不好，经常受到老师的批评和母亲的责骂，她的两只杏眼不时闪动着忧愁和无奈，她的心头好像有一团阴云笼罩着。乔蕊爱怜地握着她的小手，小凤期盼中又带有一丝胆怯地看着她，仿佛一只善良的小白兔落入陷阱期待着站在阱口的好心人拉她一把。她说："乔老师，我和满朝各写了一篇作文，但这两篇作文都像白开水，没有一点味儿。您先看看我写的作文，指点一下毛病出在哪儿？"乔蕊说："小凤好闺女，你把自己写的作文再看两遍。满朝等得有一会儿了，凡事都有个先来后到。我看完他的再看你的，好吗？""好吧。"小凤走进里间屋。

乔蕊转身看着满朝，满朝急忙把手里的作文递到她手里。她看了一眼，作文的题目是《一个讲文明的小男孩》，内容是——

俺村头有一个公共厕所。昨天上午，我去厕所解手，一个活泼可爱、白胖稚气的小男孩也走进来。这个小男孩大约两岁，他看见我把尿撒进小便池里，他也想把尿撒进小便池里，但是每一个小便池都和他的脖子一样高。他脱下裤子，手指掐着小鸡鸡急得转圈，小脸憋得通红，急得流下了眼泪。他对我说："大哥，我憋不住了。"我看见他的尿已经滴湿了一小片裤衩。我知道这个小男孩是讲文明的，他很想把尿撒进小便池里，但是他年幼个子矮，小鸡鸡探不到小便池。我看见他难受的样子，爱怜地说："小弟弟，你尿地上吧。"那个小男孩感激地看我一眼，他像一个小兵得到长官允许似的把尿撒在地板上。他长长地吁了一口气，全身战栗的肌肉仿佛轻松了许多。他看了我一眼，很有礼貌地道谢："谢谢大哥。"然后提上裤子走出了厕所。从这个小男孩撒尿可以看出我国儿童的心里已经有了文明的种子。

乔蕊思索一会儿，说："满朝，你这篇作文的主题思想是好的，但是事件平铺直叙。"满朝满心期待地看着她，说："我写的是真人真事，请您给修改一下。"乔蕊想了一会儿说："小男孩急匆匆地走进厕所，他急着撒尿，可是他身体矮小探不着小便池。他懂得文明，很想把尿撒进小便池里。正在他着急难耐的时候，忽然看见厕所的墙角有一个小木凳子，凳子上有一个茶缸口般大的圆洞，这个小凳子是专门给老年人和残疾人排大便用的。那个小男孩强忍着尿急的痛苦，把小木凳拉到小便池旁，摇摇晃晃地站在小木凳上边，终于把尿撒进了小便池。他红扑扑的小脸上露出了满意的笑容。"满朝在本子上记着乔蕊说的每个字，说："乔老师，你修改过的作文比我之前写的美多了。"乔蕊笑着说："美在什么地方？"满朝眨巴着小眼睛，想了一会儿，说："两篇作文结尾不一样。你那个把尿文明地撒进小便池。"乔蕊说："你能这么认识，我很高兴。"

忽然，满朝着急地说："乔老师，我在学校上作文课的时候，老师教育我们要写真人真事，不能写假话。那个男厕所里，没有挖着洞的小木凳呀。"乔蕊说："满朝，你长大以后的梦想是什么？"满朝说："我妈说你是作家，我长大也想当作家。可是我现在连作文也写不好。"乔蕊说："你现在写作文的时候要学会虚构，为将来当作家打基础。"满朝忽闪着小眼睛迷茫地问："乔老师，啥是虚构？"乔蕊说："虚构不是叫你写假话，生活是美丽的，我们写出的作品要比现实生活更美更高更强烈、更有教育意义，所以就要进行必要的艺术加工。这个艺术加工就是虚构。虚构是什么呢？那是作家、艺术家根据自己的美学设想在艺术里第二次安排生活。比如：你写的小男孩尿急可小鸡鸡探不到小便池，后来在大人允许的情况下，把尿撒在地板，这是生活中的真实。我修改为他站在小凳子上把尿撒进小便池，这是艺术的真实。你刚才也说过，修改过的作文比你写得好，这就是虚构在起作用。我现在给你这样的小学生讲这些似乎有点早，但是，如果你想当一名作家，从小掌握一些写作技巧对你有极大的好处。"

满朝说："乔老师，你讲了半天了，喘口气，我出去一会儿。"他拿着修改好的作文跑出屋。又过了一会儿，他笑眯眯地跑进屋，说："乔老师，我以后不当'站生'了。"他把作文递给乔蕊，乔蕊看见作文下边用红笔批了五分，还有一个"好"字。满朝说："我刚才去学校把作文给老师看了，这是他写的批语。我们家与学校一墙之隔。"

小凤从里屋走出来，把作文本递给乔蕊，说："老师，我在里屋听见你给满朝讲完了。你看我写的作文中不中？"她心里想，我写的作文只要在乔蕊这通过，学校老师和妈妈就不敢说我写得不好，因为女作家的水平要比他们高得多。乔蕊看着手里的作文——《做好事》，小凤这样写道——

中午，青年农民殷若林扛着锄头从田间向村里走去。他刚走到一栋三层小楼下，忽然听见一声"救命"的惨叫，他抬头看见三楼的阳台上有一个五六岁的女孩子翻滚着向下坠落，他急忙扔掉锄头，跑到楼跟前，伸展双臂。向下坠落的小女孩像一块石头把他的俩胳膊砸骨折了，小女孩掉到地上，只受了一点皮外伤。殷若林叔叔这种舍己救人的精神值得小学生学习。

乔蕊看完作文高兴地说："小凤，你这篇作文表扬了年轻农民殷若林舍己救人的高尚品德。但是作文的情节有一些简单，你想没想过再修改一下？"小凤说："事都完了，咋改？"乔蕊说："我修改以后，你把两篇文章再比较一下。"她说一句，小凤在本子上写一句。乔蕊说——

殷若林救了小女孩，他却负伤住进了医院。由于他有医保，拒收了小女孩爸爸给他的五千块钱。这时候，守在他病床前的媳妇喜荣站起来对小女孩的爸爸说："全胜兄弟，有一点儿事想央求你。"全胜说："大嫂尽管说。"殷若林的左手扯一扯喜荣的袖子，嗔道："你干什么？"他微笑着对全胜说："你嫂子和你打哈哈哩，甭理她，忙你地里的庄稼去。"全胜的媳妇兰梅拉住喜荣的手，说："大嫂，若林大哥为救俺小妞受了伤。你有啥事，说出来，全胜有一身的笨力气。"全胜一动不动地站在病床前，他看看强忍病痛的殷若林，又看看喜荣，感动地说："喜荣嫂，你有啥事，我全胜头拱地也帮你。"喜荣说："伤筋动骨一百天，看来你若林哥的胳膊仨俩月好不了。俺家一间百年老屋里喂了两只大绵羊，屋里的羊粪高过门槛了，我的胳膊患着肩周炎……"殷若林气愤地说："我的胳膊痊愈也能挖羊粪，那东西早挖仨月晚挖仨月碍啥事？"全胜说："若林哥，你别逞强了，这点儿活我一上午就干完了。"

全胜在羊圈里挖羊粪，兰梅走进来。这个俏丽精明的女人一只手捂着鼻子，一只手在嘴旁边扇着风，皱眉吁气地说："老实疙瘩，不用挖到底，浅浅地挖一层就中。"全胜瞪她一眼，没有吱声，他大汗淋漓地抡着镢头向深处刨着。兰梅急头怪脑地吼着："胡全胜，露出老屋的地了，你还往下挖，这是老屋的土又不是羊粪。你真是《沙家浜》里的憨球司令胡传魁！"全胜抓一把老屋的土放在鼻尖上嗅着，他说："羊尿味呛鼻子，两只大绵羊喝水多，它们撒的尿浸透羊粪又浸透老屋的地，这一尺多深的老屋的土都是好肥料。"

忽然，他的镢头挖到一个镶着深蓝色花纹的白色大瓷盘，盘里的底部还有《贵妃醉酒》的图案。全胜扔下手里的镢头，把盘子刨出来。他和兰梅又惊又喜，两个人目不转睛地看着古香古色、艳而细腻的瓷盘。兰梅细白的小手，小心翼翼地抚摸着这个宝贝，她附在全胜的耳边低声说："你憨人有憨福，他们家人都在医院照顾若林，做梦也想不到臭羊粪下边会有这稀罕物。去年我娘家兄弟兰钢在俺祖爷住过的老堂屋墙根下挖出一个还没有这个瓷盘大的小瓷碗，那个小瓷碗上的花纹也不稠，光色也不太艳，成色比这个瓷盘差一大截。后来兰钢把那个瓷碗拿到江州古玩城让行家鉴赏，说是明朝早期的东西，卖了一千五百块钱。这个瓷盘我估摸着最起码也是宋朝的宝贝，咱拿到江州古玩城卖三千块钱松松哩。"

全胜从兰梅手里拿过瓷盘，说："你先回家包肉饺子等着我，我在羊圈里再欣赏一下咱家这棵"摇钱树"，如果是汉朝的文物，说不定能值万儿八千哩。"兰梅笑得眼睛眯成两条缝，脸腮红得像一朵盛开的牡丹花。她兴奋得声音也颤抖了："我回去包精肉大葱馅饺子等着你，你玩一会儿快点把宝贝给我抱回家。"全胜笑嘻嘻地看着瓷盘，说："一定完璧归赵！"兰梅笑得嘴里露出两排细白的牙齿，说："我叫赵兰梅。"她扭腰晃腚地走出羊圈老屋，又扭回头看着蹲在羊粪上看着手里瓷盘的全胜，打趣道："小心看到眼睛里拔不出来！"全胜瞪她一眼，欲言又止。赵兰梅走出院子，穿过两条短街，笑嘻嘻地迈进自家门。

全胜把瓷盘塞进怀里，阴冷的瓷盘贴着他热乎乎的胸膛。他一口气跑进乡卫生所殷若林的病床前，看见喜荣正在给若林喂茶缸里的小米粥，女人的泪水滴落在茶缸里，他觉得自己的眼睛也潮湿了。他从怀里掏出瓷盘放到若林手里，说："若林，这是你家羊屋下边的宝贝。"然后转身走出病房。喜荣放下手里的茶缸，摸着若林手中的瓷盘，双目闪光地说："这是个金盘子啊。"殷若林看了一会儿，把瓷盘放在桌子上，感慨地说："全胜是一个实诚人。"

屋里。兰梅端给全胜一碗香喷喷的饺子，全胜狼吞虎咽地吃完了，他把空碗递给兰梅，说："再给我盛一碗饺子汤喝。"兰梅盛了一碗饺子汤递到他手里，他吸溜吸溜地喝了几口汤，说："原汤化原食，就是太烧嘴了。"兰梅说："冷水不烧嘴，能煮热饺子吗？"忽然她意识到全胜两手空空地回来的，不禁大惊失色地把他从头到脚摸一遍，她像一头母老虎似的："你把瓷盘给谁了？"全胜把汤碗放在桌子上，说："完璧归赵了！"赵兰梅坐在地上，她的两只手使劲地拍着自己的大腿："我姓赵呀。"全胜说："我把瓷盘给主人了。"兰梅又拍着自己的脸说:"若林他姓殷呀。"这时候,他们六岁的女儿李小叶走到赵兰梅身边,说:"妈,若林叔叔是双姓,他叫赵殷若林。"说着,李小叶的右手不由自主地抚摸一下左臂上缠着的纱布。赵兰梅瞪她一眼:"大人说话,没有你娃娃插嘴的分,爬开吧。"全胜抱起小叶,说:"我闺女机灵,亲亲爸爸。"小叶亲一口全胜的脸。

　　小凤说:"乔老师,你修改过的作文比我原来写的好多了。"乔蕊说:"小凤的作文是基础,文章不论长短,篇幅不论大小,这里边的水深着哩。"王桂花拎着二斤新鲜的瘦猪肉从外边走进屋。满朝和小凤欲把他们手里的作文递给她,她把肉放在案板上,说:"两个小东西,别给我这个睁眼瞎看,一会儿送给你们学校老师看。"小凤说:"我也不会再当'站生'了。"

第八章　资助

　　秋天的一个夜晚，热浪袭人。村民们穿着汗衫和短裤，他们摇着手里的芭蕉扇，有的蹲在街旁边的石磴上，有的坐在碾盘上，有的背靠着老榆树，抬起一只脚，轻轻地摇晃着，还有两个黑乎乎的中年男人把背抵着枯树皮磨痒痒。乔蕊一拐一拐地走在街上，她不时地微笑着和乘凉的乡亲们打招呼："李大爷，在街上凉快哩，屋里老闷吧，这天也不刮一丝风。"一位朴实的老汉蹲在墙角，嘴里吧嗒着旱烟管："秋老虎正咬人哩，能不热? 春来家的，你手脚不全乎，天下火似的，你不在家写小说，歪歪趔趔走村串街弄啥哩? "乔蕊："闲着转转，散散心。"

　　乔蕊看着一个三十多岁的女人说："这不是彩玲妹子吗? 站当街卖俏哩? 这天热得人心发慌，你家有电扇，咋不会享福? "彩铃是后崔庄的"村花"，她中等身材，胖瘦匀称，乌黑的短发衬得她格外精神，白里透红的瓜子脸水灵灵的，斜插入鬓的柳叶眉如描似画，满含妩媚的紫葡萄眼睛闪动着迷人的神韵。她是后崔庄的民办小学教师，这个"才女"与立国离婚不到两个月。她轻轻摇动着印有梁山伯与祝英台的纸扇，在胸前泛起一阵微弱的暖风。她身穿一套浅红色的连衣裙，脚上穿着黑亮的

112

皮凉鞋，背靠一个门框，一只脚踩着冒着热气的路面，另一只脚点在砖头上轻轻摇动，眼睛忽闪地看着乔蕊问："后崔庄的乔蕊嫂，你的长篇小说《草根女人》杀青了吗？"

乔蕊反问她一句："你咋知道的？还杀青，说那些洋话。"彩铃说："你闺女小引跟我说的呀，她说你为写这部书吃了不少苦，受了不少罪，流了不少泪，也生了不少气。"乔蕊埋怨说："这个死妮子的嘴像簸箕似的。"彩铃撇撇嘴，说："乔蕊嫂，你写书是好事，还怕别人知道？掖胳肢窝里，藏裤裆里，没意思。"乔蕊说："高调做事，低调做人，我是怕万一写的不成功被人耻笑。"彩铃说："脑力劳动比体力劳动更累人，你要劳逸结合，别太拼命，我这个人民教师可深有体会。"乔蕊说："谢谢大妹子关心我，我这不是走在街上悠悠转转，既活动了筋骨，又休息了脑子。"彩铃说："我现在可想过冬天，到处白雪皑皑的，空气凉爽爽的，穿再厚的毛衣绒裤也不出汗。我最烦过热天，有个地缝我就想钻进去。"乔蕊笑着说："到了冬天，你又该骂了，鬼天气冷得抽不出手，脚冻得比猫咬都疼。过热天多好，穿得薄，光脚穿着凉鞋，风是热的，空气是热的，地面是热的，全身热乎乎的，干起活也是热火朝天的，多得劲。"彩铃说："乔蕊嫂，你的嘴像小刀，刺刺啦啦就说透了我的心事。"

乔蕊问："彩铃，我听说你和立国拜拜了，两口子年纪轻轻的，有啥解不开的疙瘩？"彩铃看她一眼，说："鞋合不合脚，只有穿的人知道。春来活着的时候，你不是也和他离婚了。自己一身白毛须，就别笑话别人是妖怪了。"乔蕊摇摇头，苦笑着向前走去，她又回头看着彩铃说："我与春来离婚和你与立国分手不一样。你现在住哪儿？"彩铃说："我娘家在前崔庄后街，在我梅开二度之前，我和娘做伴。"

乔蕊歪歪趔趔地向前走着。她看见一个老太太坐在路边，手里摇着一把破烂的芭蕉扇，没有牙齿的嘴嘟嘟哝哝："这鬼天气下火一样，热得人心直慌。"乔蕊停下脚步，问："这不是春成大娘吗，街上凉快哩？"老太太看着她，说："我老眼昏花，瞅不愣怔，你是谁？"乔蕊说："大娘，我是后崔庄春来的媳妇，小引她妈。"老太太说："是一只手，一只半脚呀，你在街上晃来晃去，亮你那好走相哩？"乔蕊低声说："人们说瞎子说话狠，你半瞎说话怎损人。"她问："立国家住哪个门？"她刚才本可以向彩玲打听立国的地址，但是她心里烦那个心如浮云的女人，又怕她往歪处想，就没问她。

老太太的左手抹了抹额上像小虫爬似的汗珠，摇扇子的右腕酸了，干脆把扇子放在地上。她用拇指和食指翻开眼皮，眸子虽然不小，但是光泽不佳，视力昏暗，她像发现一个女妖似的看着乔蕊，狠巴巴地说："春来家的，你克死了男人，还不天天在家里老爷老奶像前赎罪，又出来打野食。黑天瞎地你一个寡妇家的找立国弄啥？他刚离婚，你不会是去填坑吧？"乔蕊的脸色阴沉下来，声音沉重："你别以为自己上了岁数就可以胡说八道，满嘴喷粪。闲话少说，我找立国有正事。"老太太也觉得自己的话说得野了，指着街口一个红漆门楼，说："村头第二个门就是立国的家。这几天，庄里上上下下传遍了立国要当副乡长。彩玲没福气，这会儿后悔也晚了。"

乔蕊走到街口，看见红漆铁门紧紧地锁着，她抬起左手欲敲门又把手放下了,她想回去再问一问老太太知不知道立国去哪了,又怕这个阴阳怪气的老人再撂几句脏话,就没有再去找她。这时候,一个光屁股的小男孩踢着小石子一路走过来,她想小孩子心眼直,说真话,就急忙走到他身边,亲昵地问:"乖娃,你知不知道立国去哪了?"小男孩没有看她,继续踢着小石子说:"立国叔在村头玉米地旁边凉快哩,他快当官了。大美人彩玲不给他当媳妇,所以他的脸一半哭一半笑。"乔蕊笑着摸一下小男孩亮闪闪的光头,说:"青蛙,你满身奶味,说话却像个小大人。"青蛙踢着小石子走远了,他的小嘴嘟囔着:"本来就是嘛。"

　　乔蕊走到村口玉米地旁,她悄悄地站在立国身后,脸上微露喜色,一声不响。立国忽然感到身后飘来一阵女人的气味,他没有转身,继续看着暮霭笼罩下的玉米地,骂道:"彩玲,你听说我快当副乡长了,想找我复婚吧?正月十五贴门神,晚了半月。你不说话我也知道你是个不要脸的货,你嫌我是一个'诗人'(死人),平常小偷小摸抓俩钱不够塞你的牙缝,你又和一个包工头如胶似漆,你当我不知道?"乔蕊学着彩玲的声音:"立国,我肠子都悔青了,咱俩复婚吧。那个包工头嫌我花钱如流水,又和我拜拜了。"立国说:"好马不吃回头草,我不与你这个妖精复婚!"乔蕊娇滴滴地说:"你敢污蔑光荣的小学教师是妖精,明天我去法院告你。"立国说:"随你便。"乔蕊扑哧笑出声音,说:"立国兄弟,你气傻了,是我。"

　　立国转过身,略显内疚地说:"是女作家呀,我还以为是……"乔蕊说:"彩玲也不是妖精,不能过日子的话就和和气气分手，前后街住着，低头不见抬头见，做好街坊不也挺好吗？不必弄得像仇人。"立国说："你到底是写书人，说话一句一个理儿。我也不想把她当妖精，可是一想起她做的事我心里就堵得慌。"乔蕊说："你是一个男子汉，肚里要能撑大船。你还写诗吗？多一点儿业余爱好，可以冲淡心里的烦闷。"立国说："我写诗是半瓶水。三只手也不能当了，也不敢当了，我马上要当副乡长了，赖毛病都要削掉。"乔蕊说："浪子回头，金不换。"

立国看着乔蕊，他钦佩的神色里含着不易察觉的嫉妒，说："你一个手脚不全乎的老娘们写出二十多万字的长篇小说，想没想过给自己换一下环境？"乔蕊说："我曾想过去县文化馆工作，可是我这个形象人家能要吗？"立国斜眼瞅着她，说："你的脸盘和气质还是有诱惑力的。"

乔蕊不明白他的意思，说："我都半老徐娘了，脸上都是皱纹。要说气质，也是土了吧唧的。立国，我有点儿事跟你说，你这副乡长马上就走马上任了，是全乡的父母官。你也知道，我的长篇小说《草根女人》早已杀青，出版社问我要两万元出版费，就是把我榨成渣，我也弄不来这笔钱呀。乡财政能不能把我列为特殊情况，拨点儿资助？我也再想想别的办法。"立国说："乡政府没有资助村民文学创作这项经费呀。"乔蕊像泄了气的皮球，说："那我也不难为乡领导了。"她转身一拐一拐地向后崔庄走去。

两天后，立国当上了副乡长，分管农业和财政。傍晚，乡政府大院里一片安谧，各间办公室门窗紧锁，院子里一片黑暗。忽然，紧挨南围墙的屋里亮起了灯光，张立国坐在沙发上盯着窗户陷入沉思。秘书耿玉娥是一个二十多岁的姑娘，她本已经走出大院，鬼使神差地又回头看见了那屋的灯光，心想，张副乡长下班忘记关灯了？她急忙往回走。

她见亮着灯的屋门没关，就推门而入，哪承想张立国在屋里面，她惊疑地问："张副乡长，下班了，您咋还没走？"张立国转动着脖子，眼睛里闪动着狡猾的光芒，说："小耿，你先走吧。全乡的农业要是上不去，会影响财政数额，我新官上任，肩上压了两块大石头，哪还分什么上下班的时间呀。"耿玉娥说："张副乡长，您真是工作狂，注意身体，别太累了。"她转身走出乡政府的院子。

此时的张立国是在考虑乡里的工作吗？他梦里想的是当副县长，他考虑的是怎样才能使自己的仕途如日中天，怎样才能使自己的梦想成真。他想啊想啊，想到他得把乡里的物质文明弄上去，在精神文明方面，如果再能鹤立鸡群，上级领导一定会注意他的，那升迁就指日可待了。好像一个神仙在前边引路，他想到了乔蕊的长篇小说《草根女人》，如果这本书出版的时候，在"乔蕊著"的前边写上张立国的名字，乡政府可以考虑资助乔蕊一万元出版费。到那时候，电视台、报社不停地采访他、宣传他，他成了名人，当副县长就有了敲门砖了。可是他转而一想，他能当着乔蕊的面提出这件事吗？她刚正不阿的性格会答应他这个要求吗？这是把乔蕊的心血分一大半给他，而他对《草根女人》没有构思过一段话，也没有书写过半行字。万一她怒气冲冲地拒绝，丢面子是小事，他这张脸皮本来就厚实，问题是这件美事就没有回旋的余地了。他绞尽脑汁地想啊想啊，忽然，他想到一个人——素芹。是啊，条条江河通大海，有哪一条是直溜溜流过来的？

翌晨。立国拎着一袋鸡蛋糕走进素芹家，他把鸡蛋糕放在桌子上，说："素芹嫂，我来看看你。"素芹正在厨房烙煎饼。她把烙熟的一张煎饼放在盘子里，端到桌子上。她惊喜地看着坐在凳子上的立国，说："这不是立国大乡长吗？你这个能吆喝二十多个村的乡大爷咋想到迈进俺这小庙里了，还提着点心？"她探头看看东方艳红如火的朝阳，"这太阳还是从东边出来了呀"。立国说："我没当乡长以前和天旺是结拜兄弟。"素芹说："这我知道，还有春来。"立国说："俺仁是拴在一根绳子上的仨蚂蚱，如今死了一只。"素芹不禁伤感地说："乔蕊真可怜。"立国说："咱们尽力帮帮她。"素芹说："我和她快成亲家了，能不拉扯她一把？"立国继续说："天旺哥在广州当包工头搂住钱了吧？"素芹说："下死力气流臭汗的人发不了财，顾住吃喝罢了。"立国说："天旺哥不在家，留根在考研，你家里有啥轻重活计、大事小事跟我吱一声，我保证给你干得妥妥帖帖。"素芹说："我不敢劳乡长大驾。"立国说："不是我干，我动动嘴，小伙子大闺女都屁颠屁颠地过来了。"素芹说："这我信，你的话就是圣旨。你吃饼。"

立国拿起煎饼，素芹从屋旮旯一堆湿土里拔了一根大葱递给他，他把大葱卷在煎饼里狼吞虎咽，一边吃一边说："煎饼卷大葱，吃完事成功。"素芹问："你要成功啥事啊？"她摸着桌子上的塑料袋，袋子里散发出一股香甜味儿，她直直地看着立国，心里不禁忐忑起来。她说："你一定有事叫我做，不过我一没有文化,二没有本事,三不是暴发户,四没有靠山,怕帮不了你啥。你是大乡长,除了天上的星星摘不下来,海里的龙肉吃不到嘴,还有啥事办不成的,用得着低下身份求我这个没能耐的村婆子?"立国吃完手里的煎饼,从口袋里掏出一张洁白的餐巾纸擦了擦嘴角的油渍,随手扔在地上,素芹看看地上雪白的餐巾纸,心里想:当个芝麻官真敢穷讲究,恁白的纸不是花钱买的?俺们农民吃完饭,用手抹拉一下嘴,再在前襟上擦擦手妥了。立国盯着素芹,说:"素芹嫂,我有一件事需要你当个中人,费费口舌,圆活圆活。"素芹说:"大乡长,只要我能办成,割皮剐肉我也给你张罗。"立国对着她的耳朵一阵嘀咕,素芹咯咯笑着说:"大乡长,你放心,我保证这事一说俩中。"立国从凳子上站起来,一边向外走一边回头看着素芹,说:"我等你的好消息。"

留根风尘仆仆地走进屋。素芹问:"你今儿咋没有在家复习功课?去哪了?"留根说:"清醒清醒脑子,我去乡文化站学习社会主义核心价值观了。妈,你以后也要学习时事政治,时刻保持清醒头脑,不然的话,你被歹人骗了,还帮人家吆喝哩。"素芹说:"你这个浑小子,咋跟你妈说话哩。你妈精得眼睫毛也会说话,谁敢骗我?谁又能骗我?"留根说:"以后咱们人民群众都要用法律武器保护自己的合法权益,社会风气才能公平友善。"素芹说:"我悟出一点儿道道了,你今天学的这个观是叫村民们学好,大家相处都和和气气。"留根说:"就是这个意思。妈,我饿了,快做饭。"素芹说:"你那个好朋友李慧最近也没来找你耍。"刘根说:"这两天她正窝火生气哩。她写了一首描写雪景的诗,她听说张立国副乡长以前也写过诗,就让他雅正。张立国随便看了一遍，装模作样改了两个无关紧要的字，后来这首诗在县报上发表，作者署名是张立国。李慧气得直哆嗦，最后只能哑巴吃黄连，有苦难言。"

素芹心里咯噔一下。留根看着桌子上的鸡蛋糕，问："妈，你给我买的？"素芹说："刚才立国来咱家，他买的。"留根说："他一定有事找你。"素芹对着留根的耳朵嘀咕了一阵。留根大惊失色，素芹说："你先吃鸡蛋糕垫补垫补，我去摊煎饼。刚才只顾和立国说话了。"留根说："妈，我去趟后（方言，指厕所）。"素芹笑着说："上边还没吃，下边咋就忙了？"

留根三步两步走出屋门，来到乔蕊家。乔蕊正在看《草根女人》的稿子，留根说："婶子，我有急事对你说。"乔蕊问："看你慌慌张张的样子，怎么了？"他简要地把大致情况告诉了乔蕊，他叹了一口气，说："一会儿我妈来给你说这事。我妈没文化，她不知道一本书署名的重要性，你千万不能答应她。"他匆匆地走出屋门。乔蕊淡淡一笑。

第二天上午，素芹扭腰晃腚地走进乔蕊家。她附在乔蕊的耳边嘀咕一会儿，乔蕊只笑不语。过了一会儿，乔蕊又附在她的耳边细细地叮咛着，素芹点点头，说："我就照你说的给他回个话。"

下午张立国急匆匆地走进素琴屋里，他四下瞅着："留根兄弟没在家？"素芹不冷不热地说："你说错辈分了。"立国说："素芹嫂，那事你办圆活没有？"素芹一语双关："圆活了，圆活了。我跟乔蕊姐说了你的心事，她答应把你张立国的名字印在长篇小说《草根女人》的封面上。"张立国高兴得差一点跳起来，说："没想到乔蕊这么聪明爽快，我也不白印'张立国'三个字，将来我会多争取一些乡财政资助，《草根女人》的出版费用不就有着落了。"素芹说："立国，你的名字印到书上以后，出版社的编辑还要问你好多事情哩。"她按照乔蕊的交代，说："首先，出版社的编辑要问你写这部小说的人和事在生活中的原型是谁，你是怎样采访他们的，你是怎样体会他们心灵深处的喜怒哀乐的，又是怎样被他们的事迹感动以后进行艺术构思的。接着会问古今中外的文学经典你读过多少部，这些书的名字叫什么，作者的名字叫什么，每部书的中心思想和主要内容是什么，你得举例说出至少五部这样的书。然后还会问你对生活和艺术的关系是怎样理解把握的。"

张立国惊愕地看着素芹口若悬河，觉得眼前这个女人变得很陌生，又很高雅。他说："留根他娘，夜儿个你还是一个满头高粱花的土包子，过了一夜你成精了？像孙悟空七十二变，变成了能言会道、知书达理的文化人？"素芹说："今儿上午我把你的心事跟乔蕊说了，她看在乡里乡亲的分上，才把署名这件事里的曲曲弯弯给我兜了个底。"立国说："出版社的编辑只管看清书稿是谁著的不就行了，还管人家怎样写的，读过多少书弄啥？真是脱裤放屁。"素芹说："我也觉得那些编辑是吃饱饭撑的，不过乔蕊说这是编辑对书稿负责任，是对作者权益的保护。要是人家查出这个作者是冒牌驴，这人就要倒大霉了，吃不了兜着走，哭爹找不到坟。"

立国睁大眼睛惊恐地看着素芹，好像她眨眼工夫变成了编辑，她的目光像利剑一样刺着他的脸，他顿时感到心跳加快，颤

抖地说:"隔行如隔山,我不知出版界的事儿这么多。编辑们青面
獠牙恁厉害?"素芹说:"厉害的还在后头呢。如果出版社的编辑
查出这本书的著者在书稿里一个字也没有写,就按侵犯知识产权
罪处理,是党员开除党籍,是当官的开除公职。"张立国从口袋里
掏出崭新的粉红色手帕不停地擦着额头上的汗珠,说:"大不了
回家当农民,重操旧业。不过这个霉倒得真大。"素芹说:"回家
当农民,你想得美。"立国说:"杀人不过头落地,编辑还能把我这
个假作者大卸八块呀?"素芹说:"割皮剐肉倒不至于,但是你这
个冒牌货'双开'后,公安局还会给你戴上手铐脚镣,一把推你进
小黑屋。手铐就是两个连在一起的金镯子,上了锁,你的背上、屁
股上、肚皮上再痒痒,也没法挠,痒得你龇牙咧嘴,疼得你心里发
慌,只能在地上打滚,可是连滚也翻不动,又粗又笨的脚镣坠着,
腿打不了弯。"

立国说:"一个假作者要是进到这种屋里,真是生不如
死。"素芹无边无沿地抡着:"死不了,顿顿有稀饭,稀饭也不
稠,没有馍和咸菜,饿得你躺在地上不动弹,叫唤声也不大了。
为啥呢,快没气了。"

张立国的脸被吓得煞白,他说:"闲饥难忍,住小黑屋咋说
也不能只喝稀饭,最败兴也得有一个黑馍吃吧?"素芹忍住笑,
一本正经地说:"有没有黑馍我也不知道,要不你进去住几天不
就知道了。"立国双唇抖动着:"打死我也不去那种鬼地方,我才
不想知道有没有黑馍吃哩。"素芹说:"还有呢。"立国的全身像
坐在了电椅上,电得他头昏心跳,全身似针扎,他说:"还有啥?
点天灯?五马分尸?"素芹平静地说:"那倒不至于。"不过,她

这种平静的语气反倒让立国毛骨悚然。素芹说："走进小黑屋的假作者喝了几天稀饭以后，警察给他一粒花生米吃，他就彻底舒服了，永远享福去了。"

立国抽筋去骨似的坐到了地上，说："我的名字不印在《草根女人》上了。"可是他心里还是想当"作家"，因为作家这个光环把他照得眼花缭乱，名人的声望能让他步步高升，但是鱼目变珍珠咋就这么多凶险呢？他被犹豫的痛苦折磨着。素芹说："立国，大男人唾沫吐地砸个坑。乔蕊可是满口答应把你的名字写在书上的，人家还说能和你的名字写在一起，是她的福气，腰板也硬气了。再说了，人家实心实意圆你这个乡长作家梦。"立国一边向屋外走，一边说："素芹，这事打住，眼下不说，以后嘛……再说……也不说。"素芹说："到底是说还是不说？"立国说："说不说你都说了，问我弄啥？"他像一口吞了二十五只老鼠一样，百爪挠心地走出素芹家。素芹笑嘻嘻地说："还是俺亲家的点子多——打了他一巴掌，他还得感谢给他打蚊子。"

早晨。立国坐在办公室的椅子上，气急败坏地想着：我的名字如果上不了《草根女人》，你乔蕊别想得到乡政府一分钱的资助，两万元出版费像一块大石头一样压得你一辈子抬不起头，直不起腰，喘不过气，过了十年八载，蓝墨水写的字迹会慢慢模糊，褪去颜色，你那书稿会变成一堆没人要的废纸，到那时候，你乔蕊连一个叫花子也不如。他想到这里不由自主打了一个响指。他又想，《草根女人》要是我张立国一字一句写出来的多好啊，我要能和乔蕊换一换脑子多好呀，不行，脑子换了，脚和手也得换，那样我就更惨了。

夜里。后崔庄乡文化站会议室里灯火辉煌，二十多个青年男女坐在桌子旁聚精会神地看书，小伙子二棍用手指轻轻刮了一下坐在他身边看书的一位姑娘的鼻子，俏皮地问："小枝，你看的啥书？"小枝尖尖的指甲戳一下他的脸，"哎哟！"二棍嘶叫一声。小枝说："《许茂和他的女儿们》，你呢？"二棍摸摸又烧又疼的脸，说："《黄河东流去》。"小枝说："四姑娘真艰难。"二棍说："春义就是一个傻蛋！"小伙子进才说："二棍、小枝，你俩一个刮鼻一个扎脸，一个可怜四姑娘一个埋怨春义。这里是默读的场所，你们要是感到寂寞，可以钻村西的玉米地，不要在这里影响大家学习。"二棍从椅子上站起来，瞪着进才，攥紧了拳头，小枝扯一扯他的襟角，劝道："坐下，本来就是咱们没理。"

站长谭贵堂是一个四十多岁的男人，他个子稍高，脸庞黑红，明亮的眼睛里闪烁着诚实善良的光芒。他走到墙角的桌子旁轻轻拍了一下正在看书的留根的肩膀，问："看的什么书？"留根急忙站起来，笑眯眯地看着他说："谭站长，我在家复习很枯燥，我学的又是理科，今天来乡文化站读几本文学书换换脑子。"

谭贵堂翻看着他桌子上的书，说："这本是周立波写的《暴风骤雨》，这本是柳青写的《创业史》，这本是赵树理写的《三里湾》。咱们农村青年都喜欢看农村题材的长篇小说。"留根笑着说："我们身上的尘埃和书里的泥土味投缘。"谭贵堂看着安静看书的黑压压一片年轻人，脸上浮现出无比欣慰的神色。他低声说："留根，咱俩去外边溜达一会儿，我跟你说件事。"

　　两个人踮着脚走出会议室，来到院子里的一棵榆树下。谭贵堂靠着树干说："留根，我才听说你未来岳母写了一部农村题材的长篇小说叫《草根女人》，书里的语言都是咱农民的心里话？"留根说："咱村老老少少都知道，你文化站站长不知道？"谭贵堂说："这半年多我去广州看我儿子小板了，他盖楼房摔伤了腿，我在医院伺候他。"留根说："我说呢，我婶儿是写了一本厚厚的长篇小说，不过我整天在家复习功课，也没有看过，小引说她妈为写这部书吃了不少苦，流了不少泪。再说了，她身体还不全乎。"谭贵堂说："这些我知道。"留根说："更要命的是虽然出版社对《草根女人》的思想性和艺术性评价很高，但问她要两万元出版费。俺两家都是刨土坷垃种庄稼的户，再省吃俭用一时也攒不够。我婶儿天天愁得头都大了，不出版我婶儿不甘心，出版又没钱。"

　　谭贵堂像是自言自语，又像是对留根说："我从广州回来，刚进村就听说这事了。一个五十多岁的残疾女农民把长篇小说写得这么好，不出版可惜了。"他瞪了留根一眼，"不出版你婶儿不甘心，你这个女婿甘心吗？"留根说："不出版比我考不上研究生还难受。我知道我丈母娘……""啪！"他打了自己一个嘴巴，接着说："这样叫还不到时候。我婶儿私自攒了三百块钱，可是距离出版费……有个成语叫什么，我是学理科的……"谭贵堂斜了他一眼，道："叫杯水车薪。"留根拍一下额，说："对，就是这个成语。"

　　谭贵堂心里像压了一块铅似的说："明天上午我去你未来岳母家看看。"留根高兴地说："俺婶儿一定会欢迎你大驾光临。不过,她可能拿不出好吃的招待你。"谭贵堂摸一下他的头,说:"你小子就知道吃。"留根哧哧地笑着,谭贵堂沉重地说:"人们都说车到山前必有路。这车到山根了,路在哪儿呢?"他斜一眼留根,"你小子就知道嘻嘻哈哈,心里没有一点儿事。"留根不好意思地低头挠挠脖子。

翌日上午,谭贵堂走进乔蕊家。乔蕊慌乱中从床上拿一件布衫欲抽打小马扎上的灰尘,谭贵堂从她的手里拽下布衫放在床头,他坐在小马扎上,说:"乔蕊大嫂,咱们都是农民,土里生土里长,没恁多讲究。最近可好?"乔蕊笑眯眯地看着他说:"还行。"谭贵堂说:"看来你只能说还行。"他环视着屋里几件破旧的家具,又看看她没有手掌的右臂,心里一酸。

乔蕊说:"谭站长,你在百忙之中屈尊,光临寒舍,我这小瓦屋蓬荜生辉。"谭贵堂内疚地说:"我来晚了。昨天我刚从广州回来,我能看一看你写的《草根女人》吗?"乔蕊犹豫一会儿,谭贵堂把她的神色尽收眼底,他表示理解,急忙说:"我只看看书稿的模样,不看内文。"

乔蕊走进里屋,一会儿,她的左手托着一沓书稿走出来。谭贵堂忙接了过来,他把书稿在手里颠动几下,又扫了一眼密密麻麻的钢笔字,感动地说:"足足有二斤重。"他急忙把书稿放在乔蕊的左手里,叮嘱道:"你一定要收藏好,我没看也知道这部书稿比金子还贵重。"乔蕊说:"谭站长,乡邻们都夸你是实诚人,你可以把书稿拿回站里审阅雅正。"她的声音很低,有一些战栗。谭贵堂看着她惶恐的眼睛,说:"等到《草根女人》出版以后,我按原价购买三十本拜读。"乔蕊苦笑着说:"谭站长,我就是一天只吃一顿饭，十年我也攒不够两万元出版费呀。"

　　谭贵堂想，眼前这个身残志坚的农民女作家为全乡乃至全县的精神文明建设做出了重要贡献，自己作为一个宣传干部，除了对她肃然起敬，没有帮她解决一点儿实际困难，真的十分羞愧。他说："你赶快把书稿拿进里屋收藏好。"乔蕊说："谢谢。"她左手托起书稿又走进里屋。没等乔蕊放好书稿，谭贵堂就朝里屋喊道："乔蕊大嫂，我还有些事，先走了。"然后疾步离开了。

　　谭贵堂走到村东头，站在一棵柳树下绞尽脑汁地想着如何才能帮乔蕊解决一部分，哪怕只是一小部分出书费用，这是自己一个文化干部应为群众办的一点实事。文化站的学员李蜡梅和王九走到他身边，两个学员手里拿着《毛泽东选集》第三卷，谭贵堂问："蜡梅、王九，你们读的什么书？"蜡梅说："站长，我这段时间在读毛主席的光辉著作《在延安文艺座谈会上的讲话》，受益不浅。"王九说："站长，我也在学习这部著作，在我练习写作的时候，心里亮堂多了。我总觉得它就是我写作路上的指路明灯。只是有一些语言我理解不了，比如毛主席在《在延安文艺座谈会上的讲话》里说'作为观念形态的文艺作品，都是一定的社会生活在人类头脑中的反映的产物'，这句话我觉得太深奥了。"蜡梅说："谭站长，你给我们讲一讲吧。"

　　谭贵堂看见年轻人如饥似渴地学习政治文化，心里一阵狂喜，他笑嘻嘻地说："你们只要按照毛主席的教导去深入生活、刻苦创作，就一定能写出人民群众喜闻乐见的文学作品。可是我的文学水平也很有限，再加上烦琐的行政事务缠身，我也讲不精细。"他想了一会儿,忽然好像在阴雨天里看见了一缕阳光,他激动地说:"让女作家乔蕊给你们讲讲,你们愿意听吗?她一定能讲得有声有色。"蜡梅说:"如果站长能让乔蕊老师给我们讲,我们听后心里一定透亮透亮的。"王九拍着手说:"乔老师有十足的底气,她啥时候能给我们讲?"谭贵堂说:"我现在就去请。"

他转身迈着大步向那两间薄薄的小瓦屋走去。他一边走一边自言自语:"乔蕊啊乔蕊,你不能只顾自己创作,如果你能培养出一批文学新秀,那么你对党和人民的贡献远比你创作一部长篇小说大得多。"于是他又加快了步伐……

下午,后崔庄乡文化站会议室里座无虚席,谭贵堂和乔蕊站在讲台上,两个人的脸上泛出罕见的喜悦,他们互相看一眼对方,然后谭贵堂上前一步,声音洪亮地说:"各位学员,今年是毛主席的光辉著作《在延安文艺座谈会上的讲话》发表70周年。现在我们请女作家乔蕊老师给大家讲讲她在创作实践中如何学习领会毛主席这篇光辉著作的。"会议室里顿时响起一阵暴风雨般的掌声。

蜡梅搬一把椅子走到讲台上,她把凳子放在乔蕊的身边,说:"乔老师,您左脚有伤,坐下讲。"乔蕊没有经历过这样的场面,她诚惶诚恐,看着台下一张张年轻的面孔含着企盼的神色,她深深地鞠了一躬,说:"谢谢大家。"她又对蜡梅说:"谢谢你,蜡梅姑娘,我的左脚不碍事,可以站着讲。"台下三十名学员齐刷刷地站起来,异口同声:"乔老师不坐我们也不坐。"乔蕊感动得热泪盈眶,她点点头,坐到了凳子上。蜡梅微笑着走下讲台，回到了自己的座位上，学员们也齐刷刷地坐了下来。谭贵堂感动地看着这一片师生鱼水情，情不自禁地说："乔蕊老师，学员们爱戴你呀，你把自学成才的经念给他们听一听吧。刚才县文化馆馆长来电话，让我去参加关于如何搞好全县精神文明建设的会议。"乔蕊笑眯眯地看着他说："谭站长，你工作繁忙，忙去吧。"他恋恋不舍地走出会议室。乔蕊说："同学们，我今天给大家讲的题目是《永放光芒的灯塔——纪念毛主席光辉著作〈在延安文艺座谈会上的讲话〉发表70周年》，主要讲讲我学习《讲话》的一点儿心得体会。我才疏学浅，如果有讲的不对的地方，请大家批评指正。"一个叫俊义的小伙子说："乔老师，你别谦虚了，快讲吧。"姑娘春英说："乔老师，我们等不及了。"乔蕊说："我从三个方面讲。一是浅析20世纪中期我国文艺状况。

　　"当前我国文艺正处在大繁荣、大发展的热潮中，我们以无比激动和喜悦的心情迎来了毛主席的光辉著作《在延安文艺座谈会上的讲话》发表70周年。再读领袖的这篇光辉著作，我突然感到自己在创作道路上心明眼亮，热血沸腾。我虽然是一个手足残疾、渐至暮年的农民，但酷爱文学创作，不间断地写一些作品，以充实自己的精神世界。毛主席在《在延安文艺座谈会上的讲话》里教导我们，我们的文学艺术都是为人民大众的，首先是为工农兵的，为工农兵而创作，为工农兵所利用的。我们要想写好为工农兵服务的作品，就要深入他们的生活里，和他们打成一片，了解他们的习性，观察他们的动态。

　　"20世纪四五十年代，在毛主席文艺思想的光辉照耀下，在《在延安文艺座谈会上的讲话》的精神鼓舞下，一大批文艺工作者走出小鲁艺来到人民群众这个大鲁艺里。他们打起背包、勒紧鞋带，意气风发地奔赴山区农村与工农大众同吃同住同劳动，他们虚心向劳动人民学习，了解他们的酸甜苦辣，洞察他们日子的艰辛，在与人民群众打成一片的同时，倾听他们的呼声，体会他们的疾苦，熟悉他们的风土人情和生活特征。这些文艺工作者写出了一批广大人民群众喜闻乐见的作品，如丁玲的《太阳照在桑干河上》，贺敬之、丁毅的《白毛女》，周立波的《暴风骤雨》，柳青的《创业史》等。

"《白毛女》这部作品里，作者以无比激愤的笔墨揭露了地主黄世仁把穷人喜儿变成鬼，八路军又把鬼变成人。广大观众产生了强烈的共鸣，激发了人民群众对地主阶级烈火一样的仇恨，鼓舞了他们冲天的革命斗志。作家赵树理的长篇小说《三里湾》里，形象逼真地塑造了'糊涂涂''常有理''铁算盘''惹不起'等各具特色的人物形象，使读者百读不厌。我读《三里湾》的时候，仿佛与书中的人物在聊天、在争执，甚至在吵架。贺敬之的诗《回延安》被列入中学语文课本，在这首诗里，诗人情真意切地写出了离别十年后又回到延安的激动和喜悦的心情，读来令人感慨万千，荡气回肠。当贺敬之看到十年后延安的新面貌时，他写道：'一条条街道宽又平，一座座楼房披彩虹，一盏盏电灯亮又明，一排排绿树迎春风……'排比句的运用把作品的意境推向了高潮。

"毛主席说过，'作为观念形态的文艺作品，都是一定的社会生活在人类头脑中的反映的产物'。我们广大的文艺工作者和文学爱好者怎样才能把一定的社会生活变成观念形态的文艺作品呢? 这使我想起了久唱不衰的革命歌曲《解放区的天》《山丹丹开花红艳艳》《洪湖水浪打浪》《弹起我心爱的土琵琶》《我的祖国》等。为什么这些歌曲能够深入人心, 甚至几代人激情吟唱? 因为这些歌曲唱出了那个时代的最强音, 呼出了劳苦大众的心声, 唤出了他们心底推翻旧制度、渴望新生活的热烈的激情。这些旋律在他们的心中久久回响, 他们在梦里、在锅台边、在餐桌上情不自禁地哼着这些沁人心脾的歌曲。如果这些词曲作者没有与广大人民群众相结合, 没有对他们的革命活动和坚强意志有深刻的了解, 没有对他们的憎和爱做细致入微的观察, 是万万写不出这些惊天地荡人心的歌曲的。一定的社会生活也就变不成观念形态的文艺作品了。

　　"小伙子们, 姑娘们, 你们都是农民的后代, 我和你们一样, 祖祖辈辈劳作、生活在咱后崔庄的这片黄土地上, 我们对这里的一草一木、一砖一瓦都有着深厚的感情。我们农民最朴实、最勤劳、最直爽, 也最是非分明。在革命战争时期, 农民把最后一碗米送给红军作军粮, 把仅有的一件棉袄搭在担架上, 把最小的儿子送到战场上; 在社会主义建设时期, 农民面朝黄土背朝天, 战天斗地夺高产, 生产千万吨粮食支援祖国建设; 在改革初期, 小岗村的农民冒着风险联名签字施行土地大包干, 带头发家致富。大家说中国农民值不值得我们文艺工作者为他们挥毫泼墨, 大书特书?"

　　蜡梅说:"乔老师, 我早就想用小说的形式写一写俺村的村委会副主任罗昌喜大爷。他一门心思扑在如何让乡亲们过上好日子上边, 可是我试写的人物形象还是没有罗大爷本人好。"

水生说："乔老师，我想用诗的形式写一写赵洼村的牧羊姑娘李水仙。好几次提起笔脑子里一片空白，蹦不出一个字。"留根说："我在复习功课之余，也想用散文的形式写一写后崔庄的五谷丰登、鸟语花香、人杰地灵……"蜡梅说："你这个大学生，净跩些没用的文绉绉的词。"留根说："如果用在恰当的地方，文绉绉的词可以锦上添花。"

乔蕊看一眼留根，淡雅一笑，说："同学们，你们想写，敢写，这是一种很好的精神。你们要想写好农民还必须和身边的爷爷奶奶、叔叔婶婶们交心，多向他们学习。在写作时还要有吃苦精神，只要你们能够持之以恒，就一定能写好心目中的农民形象。好了，我继续谈谈我的心得体会。二是要想当人民的先生，先当人民的学生。

"在广大的人民群众中，有极其丰富的文化故事。这些泥腿子讲的故事有时候要比那些戴着眼镜文质彬彬的文化人讲的生动得多、精美得多，这一点我深有体会。

"三十五年前的秋天，一天中午，我兴致勃勃地拿着一篇获奖作文回到家里，看见十几个青年男女围坐在我奶奶身边，他们有的摇晃着她的手臂，有的小鸟依人般地依偎在她的怀里，还有的哼哼唧唧缠磨着让这个斗大字不识一个的老妇人讲故事。我说：'大哥大姐们，我奶奶年老脑昏，又没文化，她给你们讲不了什么好听的故事。我今天的作文得了八十八分，评上了二等奖，我给你们读读这篇好听的故事吧。'奶奶如释重负，说：'你给这群故事迷讲讲，让奶奶喘口气。'我把作文给他们读了一遍，使我惊疑的是他们听着听着一个个无精打采地睡着了。这篇作文的内容是一个中学生在放学的路上抓了一个偷生产队红薯的乞丐，他把这个乞丐扭送到大队民兵连。民兵连长表扬了这个中学生，这个中学生走的时候踹了那个乞丐一脚。

"夕阳衔山，暮霭渐浓。奶奶经不起年轻人的纠缠，给他们讲了牛郎织女的故事，听者无不屏住气息，睁大眼睛盯着奶奶历尽沧桑的容颜，他们如痴如醉地听着醉人心肺的故事。后来奶奶看他们还不走，又讲了一个故事——

"古时候有一个小村子，村里有一个三十多岁叫王连云的年轻人，他十分懒惰。在一个冬天的早晨，太阳已经一竿子高了，他穿着粗笨的破棉衣站在院门口晒暖，他看着天上的红日头，说：'这个红艳艳的日头要是一个大闺女多好。'因为他家穷，他人又懒，所以已过而立之年，还没娶上媳妇，村里人都看不起他。过了一会儿，他还是觉得冷，索性钻进门口一堆枯玉米秆里睡觉。他渐渐进入梦乡——他考上了状元，被招为驸马。洞房花烛夜，他正与公主喝交杯酒的时候，忽然被一个人打了一巴掌。他拔出身上的佩剑乱砍，吼道：'哪个贼子，大胆闯宫，定斩不饶！'他眯了眯眼睛，听见身边呼啦呼啦地响，原来是邻居王石抱玉米秆回家烧锅。王石扭住他的耳朵转了一圈子，骂道：'你这个懒虫又做梦娶媳妇了吧？再不好好干活，只能打一辈子光棍！'说完抱着一捆玉米秆走了。王连云捂着发红的耳朵又睡着了。梦里他叫着：'公主咱俩继续喝交杯酒。'

"他醒来的时候夕阳已经衔山，他从玉米秆堆里钻出来，看见村子变样了，四下瞅瞅找不到自己的家门。一个胡子花白的老汉坐在石盘上吸烟，他问老汉王连云家在哪儿，老汉斜他一眼说不知道。他又问王夯家在哪儿，老汉在鞋底上磕了磕烟锅，然后把烟锅插进系在腰间的草绳里，问：'你是王夯什么人？'王连云说：'他是我二叔。'那个白胡子老汉急忙跪在他跟前连连作揖，说：'列祖在上，请受弟孙一拜。'王连云急忙扶起老汉面红耳赤地说：'大爷你怎么给我年轻人磕头？'老汉说王夯是我爷爷的爷爷的爷爷。这时候王连云才知道自己在玉米秆堆里娶了三百年的媳妇。"

一个扎着两个小辫子的姑娘说："懒虫王连云一觉睡三百年，鼻尖儿里的瞌睡虫早就睡完了，以后夜里他也得大睁着两只眼睛。"

乔蕊继续说道："这一夜我失眠了，想为什么我得奖的作文没有人喜欢听，为什么一个没有文化的老太太讲的故事像吸铁石一样吸着大伙的心。这时候我对'文艺工作者要向人民群众学习，只有做群众的学生才能做群众的先生'有了更深刻的理解。三是我把'作为观念形态的文艺作品，都是一定的社会生活在人类头脑中的反映的产物'这一原则运用到创作实践中。

"我在创作长篇小说《草根女人》之前，写过一部短篇小说，叫《王疙瘩》。《王疙瘩》里的主人公是一个有文化、有理想，吃苦耐劳而又贫穷的农村青年。这个人物的生活原型是我娘家神桥村的一个青年农民。那时候我二十二岁，是村里铁姑娘队队长，村子里男孩子的名字大都是父亲起的，他们多数以动物命名，比如：小豹、老虎、山羊、刺猬、水鸭等。我娘家邻居叫小豹，他品德很好，见人先笑后说话，也很腼腆。但是他的遭遇使我夜不能寐，他家先前是地主成分，没收财产后只剩下两间破瓦屋，当时他已经三十多岁，还没娶上媳妇。他中等个子，脸庞黑里透红，劳动踏实，生产队长老李很喜欢他。他小学毕业后辍学务农，因为母亲年迈有病，家里生活的担子全压在他的肩上。他有点儿文化，有时候给大队民兵连的墙报写一两首小诗。他还会美术——在大队部的山墙上，他用彩笔画了一个卫星，卫星下边又画了一个火箭，火箭下边又画了一个飞机，飞机下边又画了一列火车，火车下边又画了一辆汽车，汽车下边又画了一辆牛车。他还有把黄豆制成豆腐的手艺。一天傍晚，小豹在生产队一间堆满干草的房间里修一台粉碎机，李队长蹲在他身边，问：'小豹，我给你两天时间，你能把这间屋里的干草粉碎完吗？'小豹一边给机轴上加黄油，一边淡淡地微笑说：'队长，我尽力吧。'

　　"翌晨，李队长又来到草屋里，他看见小豹躺在地上睡着了，满屋的干草找不到一根，装满草末的十个布袋靠墙排得整整齐齐。霎时，李队长那双因病暗淡多年的眼睛闪动着光芒。他没有叫醒小豹，他想让小豹多睡一会儿。他从口袋里掏出老伴给他烙的半张油饼放在小豹的手里，转身走出草屋。后来我还听说小豹给《江都时报》投过小小说，稿子发没发表不知道。三年前我去神桥村给我过世的娘上坟，听本家二婶说小豹死了，到死他也没娶上个媳妇。我的心颤了好几天，后来我把他的事迹略加修改用在了'王疙瘩'身上。写完这部短篇小说，我把它念给十里八村的村民听，他们异口同声：王疙瘩实在得像个木头疙瘩。有几个媳妇笑了，他们觉得王疙瘩老亏。实践证明我们只要按照毛主席《在延安文艺座谈会上的讲话》的指示去做，认真体察农民的生活，刻苦努力搞创作，就一定能够写出广大人民群众喜闻乐见的文学作品。《在延安文艺座谈会上的讲话》是灯塔，永远放光芒。"

这时候，从会议室后座上走过来一个老汉，他走上讲台，紧紧地握着乔蕊的左手，激动地说："谢谢你，乔蕊同志。"乔蕊和学员们疑惑地看着这位陌生的老汉。乔蕊和蔼地问："老人家，您是……？"蜡梅问："这位大爷您是哪村的？我咋不认识你？"王九蔑视地看着老汉，阴阳怪气地说："你这个杂面老头，看你灰头灰脸的样子，是哪庄的要饭花子？你啥时候溜进文化站听文化来了？文化，你能听懂吗？"乔蕊严厉地斥责王九："不能对老人家无礼。"

这时候谭贵堂汗流满面地走进会议室。他拉着老汉的手气喘吁吁地说："赵馆长，我接到你的电话就风风火火地跑到县文化馆了，门口张大爷跟我说你来我们这儿听乔蕊讲课了。"他看着乔蕊和学员们，说："大家认识一下，这位就是我们县文化馆馆长赵永波。"乔蕊兴奋地拉着赵永波的手说："赵馆长，我刚才讲得如有不对的地方请您雅正。"赵永波看着她憔悴的容颜，说："你讲得很好，我听了很受启发。"

学员们惊喜地看着赵永波。王九低着头走到赵永波跟前，微微恐慌地说："赵馆长，我刚才有眼不识泰山，对你的态度十分不好，我以为你是别的村的农民。你以后不会收拾我吧？"赵永波笑眯眯地摸着王九的头说："哪能呢，哪个年轻人没有一点儿性格呢？再说了，我本来就是农民出身嘛。小伙子，好好向乔蕊同志学习创作，不要为这一点儿小事背思想包袱。"

他看着谭贵堂，说："谭站长，我给你打过电话以后，听张大爷的孙女张凤英说今天女作家乔蕊在这儿给年轻人讲写作，我不想错过这个难得的听讲机会，就匆匆忙忙地来了。对不起，让你往县里空跑一趟。"谭贵堂笑着说："赵馆长，看你说的，对下级还客气上了。"蜡梅说："赵馆长，我和张凤英是初中同学，好姐妹，有啥好事不能忘了她。"赵永波哈哈大笑："原来是你给张凤英打的电话。"张凤英从人群中走出来，她笑眯眯地看着赵永波说："赵馆长，乔蕊老师讲得太好了。"赵永波说："同学们，你们可以结合各自的情况，交流一下听了乔老师讲后的心得体会。"学员们兴致勃勃地各抒己见。赵永波说："谭站长，咱俩去你办公室坐一会儿。"他又看一眼乔蕊睿智的神情和沧桑的面容，心里像压了一块石头一样沉重。

两个人走进谭贵堂办公室。赵永波坐在桌子旁，拿笔的右手在一张稿纸上颤抖地写着。谭贵堂坐在一张小凳子上低着头，他有些沮丧地问："赵馆长，你写啥？"赵永波说："我给县委抓宣传工作的王庆林副书记写报告。"谭贵堂说："只怕是杯水车薪。"赵永波放下手里的笔说："有一杯水总比没有那一杯水强。我要是不给乔老师争这一杯水，我寝食难安。"谭贵堂从小凳子上站起来，紧紧地握住赵永波的手说："谢谢领导。"赵永波说："我这个领导当得不够格啊。"谭贵堂内疚地说："赵馆长，你是打我的脸！"两个人的眸子里都涌出盈盈的潮气。

三天后的上午。后崔庄乡党委书记崔兆祥的办公室里坐着七八个党政干部。崔兆祥严肃地说："同志们，刚才我接到县委王庆林副书记的电话，他让我们乡资助女作家乔蕊五千块钱。大家讨论一下，你们可以发表个人的意见。"乡长张磊说："精神文明建设和物质文明建设一样重要，我同意。"党委副书记兼副乡长王晶说："我也同意。"副乡长张立国低头不作声，他的眼睛里射出嫉妒的光芒。崔兆祥说："我同意资助乔蕊五千元。立国同志，你是负责全乡农业和财政的副乡长，谈谈你的看法。"

张立国抬起头，阴险地说："目前咱们后崔庄农业支出数额不小，还有不少贫困乡民需要帮扶。乡里每一分钱都必须花在刀刃上。对于乔蕊的文学创作，我个人的意见是……"崔兆祥问："资助她三千元？"张磊问："四千元？"王晶问："五千元？"张立国环视着大家的面容，说："不宣传、不报道、不资助。为什么？一个手脚不全乎的农家娘们儿不务正业，坐在家里胡思乱想，竖写横画几页稿纸，就想讹乡里几千块钱？我们必须识破她的阴谋，横眉冷对。要说业余文学创作，我以前也写过不少诗，这些诗读起来朗朗上口，我问乡里要过一分钱吗？"大家惊愕得面面相觑。一会儿，崔兆祥说："立国同志的意见也有一定的道理。但是，县委领导的意见我们也要考虑。我改变刚才的意见，乡财政资助乔蕊同志一千元钱。"王晶说："太寒酸了，我要是乔蕊，穷死饿死也不要这种资助。"其他领导无可奈何地摇摇头。张立国说："就这样吧，便宜一只手了。"崔兆祥说："立国副乡长，行了，退一步海阔天空。"张立国低着头走出办公室。他心里很清楚自己写的诗与乔蕊写的《草根女人》相比，无论思想性还是艺术性，都是云泥之别，但是，为了打压乔蕊，硬是把二者混为一谈。他想，得想想办法让乔蕊得了乡里一千元心里却像吃个苍蝇，恶心她十天半个月。他又想，《草根女人》要是我张立国著的多好啊，升个副县长松松哩。唉！眼下先软软地整治一下乔蕊，我要让她哑巴吃黄连。

中午。立国的院子里人群簇拥，五张四方桌上摆满了色香味俱佳的菜肴，客人们都是他的亲朋和后崔庄乡辖下的各村干部。张立国的再婚媳妇李秀英打扮得油光水亮、花枝招展，她妩媚的眼睛里闪烁着妖娆，红扑扑的脸颊变幻着风骚，她搔首弄姿地端着一个小木盘站在门口。一个身穿蓝色制服、留着平头的中年男人走过来，他往木盘里放了五百块钱。李秀英大声地吆喝："杨各庄村主任王树利封礼五百元。"张立国坐在屋里的椅子上，脸上微微露出笑容，他左手的两个指头轻轻地敲着茶几，右脚规律地点着地板。院子里又传来娇滴滴的声音："南水村副支书徐贵封礼四百元。"张立国看着院里一个土里土气的老汉放进木盘里四百块钱，低声说："抠门。"娇滴滴的声音再次响起："西山村委会副主任赵星封礼三百元。"屋里张立国咬着牙狠声说："坐在山顶去山脚——往下滑。浑小子，你这个副主任最多干三个月。"

乔蕊歪歪趔趔地拿着一个活期存折走进屋里。李秀英惊愕地叫着："这个瘸腿老娘们少了一只手，丑死了。疯婆子还跑进屋里，她封礼咋不往木盘里丢钱哩？"屋里，乔蕊说："立国乡长，你二婚之喜，给我下了请柬，我是一定得来道贺的。本该封个大礼的，但没办法，存折里只有二十三块钱，我全都取出来了。"她把存折递给立国看，立国看一眼存折，和气地说："人到啥都有了，礼轻情意重嘛。"乔蕊从口袋里掏出了二十三块钱放在他手里，他又把钱塞进乔蕊的口袋里，说："回家买二斤盐吃。"

这时候，从里屋走出一个二十多岁的小伙子，冷冰冰地说：

"姐夫，既然你说礼轻情意重了，二十三块钱不也是钱吗？不是擦屁股纸。"他从乔蕊的口袋里掏出二十三块钱走到院子里，摇晃着手里的钱在宾客群里走着叫着："大家都看看，这是女作家乔蕊封的二十三块钱的礼。大家都是农民，可能不清楚文化圈里的事，我是大学生，我知道这里边的猫腻，一个作家写一本书出版，不说补助费，单说稿酬就三百万靠上。"乔蕊和张立国从屋里走出来。小伙子的屁股上重重地挨了张立国一脚，张立国说："三占，你胡咧咧个啥，有本事你也写一部书挣三百万靠上。"

乔蕊红着脸低头一拐一拐地走出了院子。王树利啧啧嘴："真是越有钱越小气，女人家就是把钱看得比礼重，有文化的不一定大方。"徐贵说："我估计乔蕊出二十三块钱就是想来吃一顿酒肉大席，这下妥了，经三占这么一闹，她水米未打牙就走了。"

第二天上午，立国脸色阴沉沉地走进乔蕊的屋里。乔蕊的眼睛瞟一下小马扎，说："张乡长，请坐。昨天给你的礼太薄了，我实在没钱了。"立国动容地说："咱们一个村住了几十年，我不争竞你那仨核桃俩枣，我也知道你为了出书在筹钱，指甲缝里的钱也得省出来。我二婚本来想悄没声息领了证算了。谁知道三里五庄的人非要来闹腾我不中。我还是那句话，你人到啥都有了，礼轻情意重嘛。我那个小舅子三占是个二百五，你别听他狗叫唤，昨天我踢他屁股上那一脚重着哩，我估计至少四十天，他夜里睡觉得趴在床上。"

乔蕊心想：你别在我面前猫哭耗子假慈悲。她说："立国乡长，别为了我伤了你们亲戚的和气。"立国说："三占那个浑小子，天天在外边喝酒耍钱，我丈母娘管不住他。他还天天问二老要钱，二老不给他，就问他姐要，他姐不给他，他猪狗不如地骂他姐好多难听话。昨天趁着我们结婚，喜宴上又想来捞外快，所以我这个姐夫对他不能客气。我今天是无事不登三宝殿。"

乔蕊恐惧地说："立国乡长，你需要我做什么事尽管说，只要我能做的，割肉剐骨我也尽力。"立国笑着说："你误会了，我有一件好事要对你说，经过乡领导激烈争论研究，乡财政资助你出书费一千块钱。"乔蕊恐惧的心情平静下来："真的？"她不由自主站起来，立国把她向下一拉，说："坐下说。这一千块钱我给你争来的可不容易，乡领导们研究时，有不少干部不同意给你钱，只有一个党委委员、文化站站长谭贵堂同意给你两百块钱，我说两百块钱不是打发要饭的吗？还有一个干部我不能说他的名字，这是党的纪律，你知道我是副乡长，他比我高半级，他说……"乔蕊说："我知道是谁了，他说什么？"

立国说："他说对于后崔庄村乔蕊的文学创作，乡政府不宣传、不报道、不资助。我当时就急红了眼睛，拍着桌子说党中央、国务院号召全国人民不但要搞好物质文明，还要建设好精神文明。乔蕊同志身残志坚，她在建设精神文明方面为我们乡乃至全县做出了贡献，如果不资助她，说轻了我们乡就是一条腿走路，走不稳当的，不一定什么时候就摔跤，说严重了就是破坏精神文明发扬光大……我举起了铁帽子，乡里领导们害怕戴在他们头上，勉强同意资助你五百块钱。我还是嫌少，散会以后，我又给乡党委书记崔兆祥好话说了一箩筐，他才无可奈何地同意资助你一千元。我力排众议给你争下来一千块钱，一方面是因为我们是乡里乡亲，另一方面也体现了我这个副乡长为人民服务不是在口头上吆喝吆喝，而是唾沫吐地砸个坑，给人民群众特别是弱势民众办实事。资助你的一千块钱是银行转账，明天你去银行取钱吧。"

乔蕊凭着一个作家的思维识破立国是一个彻头彻尾的伪君子，她一语双关地说："我谢谢你——张立国副乡长为资助我一千块钱真是绞尽脑汁。""应该的，应该的，我是领导嘛，为人民服务是第一位的。"他的脸上露出不易被人察觉的阴冷走出屋门。乔蕊看着他的背影，脸上露出蔑视的微笑。

第二天，乔蕊拿着活期存折一拐一拐地走进银行。她心里说，我乔蕊是一个残疾农民，写出了一点儿作品就得乡政府一千元的资助，今后我一定要努力创作，力争写出更多更好的文学作品，报答乡领导对我的支持和帮助。她把存折插入取款机里，一会儿，红色的硬纸存折缓缓地从取款机里退出来，她看见存折上打印着两个一千元，她纳闷地不知道是怎么回事。

隔天上午，电话叮铃铃地响起来，乔蕊拿起话筒："喂，哪位？"电话里传来温柔的声音："您是乔蕊老师吗？我是银行的工作人员，请您拿着存折来银行一趟。"乔蕊说："昨天我账上转进了两千元，乡领导跟我说是资助一千元，怎么回事？"对方说："乔老师，是输入错误，您来银行纠正一下。"

乔蕊拿着活期存折走进银行。她看着衣着整洁、端庄秀丽的女工作人员问："同志，咋回事？"工作人员说："我们工作疏忽，在您的存折上输入了两个一千元，您应该退还一千元，银行再退给乡政府。"乔蕊把存折递到她手里,说:"你用钢笔涂去上边的一千元吧。"工作人员又把存折还给她,说:"存折上的金额不能涂抹,你写一个一千元的取款单给银行,银行不给你钱就行了。"乔蕊想了一会儿,说:"用这种方式不合适。"工作人员说:"这是唯一的方式。"乔蕊犹豫地写了一张一千块钱的取款单递给工作人员,工作人员没有给她钱,说:"乔老师,存折上剩下的一千元就是你的钱了。"乔蕊低着头一拐一拐地在银行大厅里走了几圈,她忽然反应过来,气愤地质问工作人员,说:"同志,在手续上,就是乡领导资助了我两千元。"她把存折又放在工作人员手里,说:"同志,你得给我做个证!"工作人员在乔蕊的逼迫下,在存折上第一行一千元后面写了"已退银行"四个字,并且在"已退银行"四个字上盖上了她红色的手章。她把存折递给乔蕊,说:"乔老师,您再看看。"乔蕊看见存折已经使用到最后一页的最后一格。工作人员说:"过不了多久您就该换新存折了,我明天就要调到别的银行工作了。"乔蕊带着一种被捉弄的感觉走出银行。

　　下午。后崔庄乡政府,张立国的办公室里,县委副书记王庆林问:"张立国副乡长,你们后崔庄资助乔蕊同志多少钱?"张立国重重地说:"两千元钱。"乔蕊在一旁气愤地说:"一千元。"王庆林问:"你俩到底谁在说谎?"张立国说:"我有凭有据。"乔蕊摇摇欲倒。

第九章　去出版社

　　上午。天空蓝得透明，薄云白得放光，后崔庄北地的小树林里格外寂静，阳光自树叶缝隙洒落，斑驳陆离。一条弯弯曲曲的小河从远处流进树林里，它低吟着委婉的歌声，欢快地流向远方。小引和留根背靠背坐在树杈上，两个人低头看着脚下的茸茸青草，小引说："留根，我妈出版书的事，你是咋想的？"留根说："咱俩都快成一家人了，你咋想我咋想呗。乔婶她……"小引急忙打断他的话："叫咱妈！"留根有点生硬地说："婶儿……咱妈……咱妈写书、出书是给全乡全县增光添彩，我和我爸妈脸上都有光。我也知道出版的话需要两万元。我爸已经去广州打工了，他领导十一个农民工承建了一座大楼，现在是包工头。"

　　小引说："你命好啊，一家三口结结实实，妈操持家务，爸在外挣钱。我小引就是吃屎的命，妈是一个残疾人，爸被水淹死。"留根说："小引，你别发愁，明天我去县城找个饭店洗碗，一天下来，再不济也能挣三十多块钱，积少成多，总有攒够两万元的那一天。"小引转过身，双手紧紧地抓住留根的右臂，怒气冲冲地说："你敢离开后崔庄半步，我和你退婚。你在家啥也别想，好好学习。"留根说："还没结婚哩，你就给我下命令，结了

144

婚,你敢给我上夹板。"小引说:"命令也好,夹板也罢,我是为哪个傻蛋?我刚才就是随口一问你对我妈出书的想法,你别太心重。我妈出书的事,我会上心的。"留根说:"我心里也装着婶儿出书的事,但凡有一点儿门路,我的小腿肯定跑得颠颠的。"小引说:"又叫婶儿……你有这份孝心就够了。"她忽然从树杈上跳下来,蹦着叫着像一个神经质丫头,她喊着:"我对象是研究生,我妈是作家,哪个姑娘也没有我美。我的身上披了两件凤凰羽衣。"留根跳下树杈,抱住小引,说:"你知道这两件羽衣下掩盖了多少艰辛?"小引沉浸在幸福的喜悦里,她没有也不想听清楚留根说什么。她透过树叶的缝隙看着太阳,说:"我的路上全是金色的阳光。"留根说:"你知道这阳光照耀下的路上有多少坎坷吗?"小引说:"就是路上一步一个坑我也踏平它!"

第二天,冷风一阵紧似一阵地刮着,浓浓的暮霭笼罩着后崔庄的房屋和树林,乔蕊歪歪趔趔地走进素芹家。素芹急忙搬个小凳子放在她的脚下,说:"乔蕊姐,你坐。有啥事你打个电话我去你屋里,你手脚不方便咋还亲自来了?"乔蕊急得泪珠儿在眼眶里打转,说:"素芹,火烧眉毛了,小引不见了。"

素芹说:"乔蕊姐,我知道小引是你的小棉袄。可她是大人了,丢不了,你别着急。"乔蕊埋怨说:"她快成你家的媳妇了,现在人没影儿了,你这当婆婆的咋跟没事人一样?"经不住乔蕊三说两说,素芹心里也下起了毛毛雨,说:"是啊,这闺女能去哪呢?两头老人都心焦。"她看着坐在里屋看书的留根,厉声说:"根儿,出去找找你媳妇。"

留根从里屋走出来,说:"乔婶,妈,小引给我下了死命令,我要是离开后崔庄半步，她就与我退婚。她那么大个人了，丢不了。"乔蕊问："留根，你一定知道小引去哪儿了，现在的年轻人都是一个鼻孔出气，啥事都不和老人说。你告诉婶，她去哪儿了，婶和你妈都不着急了。"留根说："我真不知道她去哪儿了。"乔蕊说："从夜儿个下午到今儿个这会儿一直没见她的影儿。一个女孩儿一天一夜不回家会不会出啥事？"素芹从鏊上拿了一张热油饼递给乔蕊："乔蕊姐，先吃一张饼。"乔蕊把饼放在鏊上，说："心里满满的，吃不下。"留根转身回到屋里继续看书。

小引失踪了，婆婆素芹为什么不急不躁？按理说，她应该急得像热锅上的蚂蚁一样。因为她不能再给心急如焚的乔蕊火上浇油，而且小引是她从小看着长大的闺女，她知道这个闺女规规矩矩，有品有德，尽管目前社会风气乱糟糟的，但她相信小引在外边绝不会做出格的事。而且小引那火暴脾气和结实身体，自我保护还是绰绰有余的。虽说如此，她看着乔蕊的悲伤和焦急，心里不禁也开始发毛了——这个闺女去哪儿了？素芹走到留根身边，一拳打在他的脊梁上，骂着："浑小子，你媳妇没影儿一天一夜了，你不急不找，还坐在这！"

乔蕊急忙走到他们身边，她的左手拉住素芹的右手："你打孩子弄啥？小引的腿长在她自己身上，留根能一步不离地跟着她？"她又轻柔地抚着留根的脊梁，问："乖乖，疼不疼？"留根抬头说："婶儿，不疼。妈，你和婶儿别着急，我虽然不知道小引去哪儿了，但是她八成是去外边找活了，她想挣钱帮俺婶儿出书。"素芹说："乔蕊姐，小引是个透精透能的闺女，她要是真能找到挣钱的活，我叫留根也去干，俩人挣总比一个人挣快得多。"

乔蕊叹了一口气："她就是出去打工也得跟我说一声呀，没有她在家里叽叽呱呱，我那屋里就像一个太平间。"留根说："她估计是怕跟你说了，你不叫她出去打工。"乔蕊说："她出去身上也没有太多的钱。"素芹说："我估计她走不远，顶天了在县城这一带找个活干。"乔蕊说："我宁可不出版《草根女人》了，也不能难为我那可怜的闺女。"素芹说："乔蕊姐你写书为咱农民挣了光，后崔庄男女老少谁不高看你，你就是咱庄里的女状元，我这个亲家母在人前也是腰杆挺得直直的，脸盘仰得高高的，连说话也响亮起来。咱们慢慢想办法，事情总有办成的那一天。"

乔蕊扯着素芹的袖子，两个人走到院子里，乔蕊低声说："大妹子，留根学习是正事，也是大事。我走动不方便，这几天你在咱县城四周跑一跑，打听打听，要是知道小引的下落，回来跟我说一声。"素芹说："我刚才也有这个想法，还没说出来。"乔蕊心如铅坠地走出素芹家。

早晨。县城西关二街羊肉烩面馆门前，身穿崭新蓝色衣裤的小引斜挎着一条红布带子，笔直地站在门口，她目不转睛地盯着闪亮的玻璃门，就餐的客人们三三两两地走进饭店。小引不停地向客人们微笑点头，樱桃小嘴不停地发出银铃般的声音："你好，欢迎光临！"一个五十多岁着装妖艳、烫着卷发的胖女人走到门口，她摘下墨镜，打量着眼前这个略带土气而又长相秀美的女孩，问："小姐，你站在这里服务一天，饭店老板给你多少钱？"小引看着她，心想：这个老太太脸上满是皱纹，打扮得妖里妖气，也不嫌吓人。她说："三十块钱。"胖女人说："小地方人就是小气，一会儿我吃完烩面你跟我走，咱俩下南洋，我包管你坐着躺着一天净挣三百块钱不止。"小引斜一眼她狡猾的面孔，说："一天挣五百块钱我也不去。"胖女人满脸怒气，鼻子里哼了一声，说："大闺女站岗，受穷活该。死心眼！"她气冲冲地走了，连饭也没吃。

一个梳着小辫儿的中年男人走到饭店门口，小引说："先生好，欢迎光临！"男人贼溜溜玉米籽似的小眼睛盯着小引的脸颊，忽然，他摸了一下小引的奶子，说："小姐好！"小引满脸怒火地咬了一下他的手指，然后大叫："抓流氓！"来来往往的就餐者好像没有听见似的，无动于衷地进进出出。小引说："城里人咋都这样？要是在俺后崔庄，早把这个无赖捶成柿饼了。"男人甩着手指头上的血滴，嚷嚷道："哎哟，疼死我了。"他看着店里，大叫："老板你在里边吗？你的员工是狗哩，咬人。大家别来这里吃饭了。我去医院！"

饭店老板是一个肥胖而恶毒的女人，她气势汹汹地迈着八字步走过来，看着滴在地上的鲜血，问："先生，谁咬破你的手了？是谁把上帝的手指咬破了，我看她是活腻了。"男人龇牙咧嘴地指着小引说："老板，你的员工就是一只小母狗！"小引的眼睛射出火光似的瞪着那个男人，嘶叫着："你才不是人哩。"她忽然委屈地流下泪珠。女老板问："他咋就不是人了？"小引说："你问他！"女老板看着那个男人，用眼神询问他手指被咬的原因。男人说："我抬手挠头痒，没注意手背碰到她的衣裳，她就咬我。"女老板知道绝不是碰碰衣裳这么简单，但是，为了生意，她说:"小引,鸡毛蒜皮的事,你不该下狠嘴!"小引说:"这个坏男人要流氓!"男人捂着伤口,说:"我再找一家饭店吃烩面。"他挑拨离间地向进进出出的客人们吆喝着:"大家别来这个饭店吃饭了,你们看看我健健康康地来,满手伤痕地走。"说完他转身向外走去。有四个已经走到饭店门口的小伙子听罢转身迈进对门的一家饺子店。女老板说:"小引,就算他摸一下你身上的肉又能咋的?你的身体是米面翁,掬走一瓢一个坑?你再在我饭店门口站三天,我就没生意了。我这个饭店一个月挣不挣钱,杂七杂八的都得出去几千块。你快走吧。"她塞给小引一块钱。小引把一块钱甩在她的脸上,去更衣室脱下工作服换上自己的衣裳走出饭店。

　　素芹着急忙慌地走到段村西街口,一个老汉坐在石头上,眼睛似睁似闭,她问:"大叔,这两天你见没见着一个二十来岁、圆胖脸、细眉毛、大眼睛,身穿咖啡色褂子、蓝斜纹裤子的闺女?"老汉眯着昏花的眼睛摇摇头。素芹一边走一边埋怨说:"这老头,咋是木头人一个?"

　　她走到东林村街中央,一个年轻女人正靠着大榆树嗑瓜子,她问:"大妹子,这两天你看没看见一个二十来岁的闺女?"她已经没有力气细说小引的长相了。那个女人问:"你是哪个庄的?"素芹停下脚步说:"后崔庄二街的,我叫素芹,我男人叫天旺,我儿子叫留根,我找的这个闺女叫小引,她是我未过门的儿媳妇。"女人说:"介绍得怪全乎。儿媳妇没过门,你这当婆子的就欺负人。"素芹急了:"我没有欺负她!"女人说:"我看你的脸两边的骨头半寸高,就是两把杀人刀,和我婆子的脸形没两样。你不折腾她，她会没影儿？你心虚了，出来四下找人。"素芹气得全身发抖，吼道："你到底见没见过？"女人说："算你走运……"素芹惊喜地问："你见着小引了？快说她在哪？"年轻女人说："我没见到你要找的闺女。我要是见到她，一定劝她和你儿子退婚！"素芹转身走了，边走边骂："大白天我遇见鬼了！"她一边走一边想，现在农村的小伙子大姑娘都往城里跑，好赖弄个事儿做做，挣钱多少不说，总能开开眼界，见见世面。我进城去找找这个小冤家，她还没到俺家就命令留根不准出村，待在家里复习功课，把她婆子的脚都跑大了。东林村那个妖女人还骂我折腾儿媳妇，谁折腾谁呀！

县城大街上，一行六个小伙子六个大姑娘分别穿着老虎、豹子和狮子形态的衣服慢慢地走着，他们肩上扛着红红绿绿的木牌，上面写着：清山畔，绿水旁，新高楼，朝阳房，二千五，一平方，八十平方小房间，一百六十是大房，首付五万可入住，五年付清房款——桂县房地产公司。走在最后的是小引，她的肩上也扛着一块木牌，扭秧歌似的迈着轻盈的脚步。素芹走到她身边，使劲拽着她的狮子尾巴，说："我可逮住你了。"小引惊愕地停下脚步，问："二妈（当地未婚女人向婆婆叫二妈），你咋来县城了？"素芹满肚子的怨和恨，气愤霎时飞到九霄云外，她看着善良俊俏的儿媳妇装扮成狮子的模样，可怜之余又啼笑皆非地说："小引，你两三天没回家了，你妈快急死了，跟我回家，咱一个齐整整的姑娘家不干这。你妈出书的钱我和你天旺叔想办法。"

小引倔强地说："我不回去！二妈，我穿着狮子衣服做广告，一天能挣八十元。干一年就能挣够我妈的出书费了。"素芹说：

"你天旺叔在广州当包工头,仨俩月就挣够你妈的出书费了。"小引说:"天旺叔挣的钱应该让你享福,我妈出书不能花他的钱。"素芹说:"傻孩子,咱俩家可不是一般的亲家关系。你爸活着的时候和天旺好得像亲兄弟,我和你妈又是干姊妹。你天旺叔挣钱敢不帮你妈我拿刀劈了他,他也不会看着你妈作难不管的。再说了,你妈出书是好事,是大事,是光彩全乡全县的事。你跟我回家!"小引的嘴噘得像个菜包子,她说:"二妈,我年纪轻轻的,能挣一个子儿是一个子儿,减轻一点儿天旺叔的负担不中?我不回去。"素芹想了一小会儿,说:"你真不想丢这份差事也行,要不让留根来接你手里的牌子,反正你一个女孩子干这个我和你妈心里都不是滋味。"小引又急又恼地说:"二妈,留根好好读书,将来能当大教授。就像季景明,你看人家那气质,文质彬彬的,退休了一个月还五六千块钱,那派头,乡长看见他,都点头哈腰。"素芹说:"我说不过你,也拽不动你,我走了。"

第二天上午,乔蕊歪歪扭扭地走进房地产公司经理办公室。她颤抖地问:"经理先生,我想见见你们公司的王小引。"经理赵南方冷冷地说:"你是王小引什么人?"乔蕊说:"我是她母亲。"赵南方说:"昨天下午她辞职不干了。"乔蕊只好起身告辞。

乔蕊走走歇歇,晌午的时候,她满腹狐疑地走到家。她有气无力地瘫坐在凳子上,说:"走到县城又回来,我浑身的骨头像散了架。这个疯丫头,和她娘藏老猫,她又能去哪儿找事做?"

留根急匆匆地走进屋。乔蕊的左手指着一个小凳子,说:"孩子,你来了,坐吧。小引又换地方了,她这是不想见我。"留根不慌不忙地说："婶儿，你和我妈一样，她这两天在家里也是急得抓耳挠腮，不放心小引在外边做事。"他圆胖的脸蛋白里透红，透出稚气，乔蕊看着他，问："留根，小引不回来，你一不着急，二不找，还说风凉话。"留根说："婶儿，小引自从和我订了婚，她就是我的领导，她跟我说的话就是命令，我要是违背了，她回来肯定修理我。婶儿，小引精得像猴子，厉害得像天上的恶老鹰，她在外边做事，吃不了亏。"

乔蕊的脸上露出微笑，她觉得留根比小引更可爱。她想，即使留根去县城找小引，也不一定能找到她。因为每一条街上都可能有她，每一条街上都可能没有她。留根说："婶儿，我今天来，有一件好像是好事跟你说。"乔蕊咯咯咯地笑着，说："你这孩子，是好事就是好事，咋还夹着好像？"留根说："婶儿，我上大学的时候，有一个同学叫赵明晖，他毕业以后去川江文艺出版社工作。不过他不是编辑，是在办公室做行政工作。昨天夜里，我和他通了电话，我把你出书遇到的困难跟他说了，我的意思是想让他帮忙把《草根女人》公费出版，出版社给你发稿酬。"乔蕊说："只要出版社不问咱要两万元费用，他不给咱稿酬也行。你那个同学咋说？"

留根说："他在电话里说，川江文艺出版社有规定，只要作品的思想性和文艺性达到高度，作品可以公费出版。但是，经评估，书出版后必须畅销。"乔蕊的脸上并没有喜悦的神色，好像笼罩着一层阴云，她说："留根，婶写的书接地气，书里的人和事都是咱身边的，读者一定会喜欢看的，因为我说出了他们的心里话，甚至写出了他们灵魂深处想倾诉而又羞于出口的隐私。你那个同学问没问你作者的身份？"留根说："他没有问。"

乔蕊说："你和你那个同学还年轻，涉世不深。出版社的编辑在注重作品质量的同时，也很在乎作者的身份，如果是名人的作品，公费出版的可能性很大，普通工人、农民的作品即使优秀也很难公费出版，这就是当前的社会现实。"留根气愤地说："婶儿，名人们大都有钱，他们越有钱越不出钱；咱农民没钱，越没钱越出钱。太气人了。"乔蕊说："来自民间的千里马有，但是，如今伯乐难寻啊。编辑们看好的是'贵族文学'。"两个人的心里像压了一块石头。停了一会儿，留根说："婶儿，不管咋说，川江文艺出版社里咱总算有一个熟人，你带一部分书稿去那里一趟，让赵明晖给咱努努力，使使劲，说不定会柳暗花明又一村。因为作品的质量在纸上摆着哩，万一咱遇上一个心系农民的好心编辑呢？"乔蕊想了一会儿，说："俺孩儿说的话也有道理，我活大半辈子啦，没出过咱们县城，我也正想出趟远门，去看看南方的世界。"

这时候，留根从口袋里掏出一个圆鼓鼓的布袋子，里面装满了一元、五角、一角的纸币和硬币，他把小布袋放到乔蕊的手里，说："婶儿，这个小布袋里装的是平时我妈我爸给我的零花钱，我没舍得花一分。这次你去川江有一千多里的路程，拿着这些小钱在火车上买面包吃。"乔蕊把沉甸甸的小布袋又装进留根的裤口袋里，紧紧地把这个还带着童心的年轻人搂在怀里。她笑得泪花飞溅，说："婶儿的好孩子，你想吃苹果、牛肉干就去村里的超市买，复习功课很用脑子的。"留根紧紧地搂住乔蕊的肩膀，说："婶儿，你不要我的钱，咋买火车票？"他含着稚气的声音问。乔蕊说："前些日子乡政府资助婶儿一千块钱。"

留根说："婶儿,穷家富路,你坐动车,车速快,车厢干净,不要坐普通快车,普快车速慢,小站必停。乘普快的旅客大都是农民、工人,有的提着鸡鸭笼,有的背着锯,有的提着瓦刀。普快里声音吵,空气也不好,你的身体吃不消。"乔蕊摸着他的头,说:"懂事的孩子,你的话婶儿记下了。"她在心里说,留根呀留根,婶儿是土坷垃里生、草丛里长的农民,啥苦没吃过,啥难没作过,啥穷没受过,啥罪没遭过,啥饿没挨过?我知道去川江坐动车往返车票是五百二十块钱,坐普通快车往返车票是一百九十二块钱,省下的三百多块钱够咱两家买两年的油盐醋。

夜里,一列普通火车咣咣当当地奔驰在通往南方的铁道上。车厢里,坐在小马扎上的乔蕊挎着一只黑色的小皮包,皮包里装着《草根女人》第八章和第九章的书稿。她闭着眼睛,一副困倦的样子,身子随着车厢的晃动而微微晃动。

她身边坐着一个衣衫褴褛的老汉,他拎着装有两只长毛兔的铁丝笼,笼里的兔子像是饿了,不停地上蹿下跳,咕咕地叫着。老汉枯树皮似的手拍打着铁笼,瓮声瓮气地骂着:"日你娘,两只饿死鬼托生的货,日头落山的时候刚喂过你们两把抓地皮(一种草),还不到俩时辰,又叫天叫地。我一把岁数,天天侍候你俩小王八羔子了,功夫都搭不起。"

闭着眼睛的乔蕊,听着老汉絮絮叨叨地骂兔子,又嗅到一股尿臊味儿,胃里不禁一阵翻腾,哕了几下,却什么也哕不出来,因为平日里,她不饿到头晕、心发慌,从不吃饭。她问:"大叔,

154

你提两只兔子去哪儿？"老汉的眸子里像蒙上了一层薄薄的云彩，他眨了眨布满血丝的眼睛，昏昏沉沉地看着乔蕊没有右手的胳膊，心里一颤，低声道："这个女人真可怜。正当中年，少了一只手，以后的日子可咋过哩。"他的低语还是被乔蕊听见了，乔蕊把悲哀压在心底，浮现出坚强和乐观的神色。老汉说："我去十里店赶庙会，卖这两个小东西。它们整天把我缠搅得晕头转向，一点儿空闲的时间也没有。"

乔蕊睁开眼睛，借着照进车厢的月光看着铁笼里两只雪白的兔子，她觉得它们很可爱，鼻腔里的臊臭味儿好像也淡了许多，她说："大叔，这会儿农家人刚吃过晚饭，到天亮还有九个小时哩，夜里哪有庙会？"老汉说："十里店村是我闺女的婆家，半个小时后我下车，在亲家门楼下蹲半宿，到天亮赶庙会卖兔。"

乔蕊透过车窗看看天上的月亮，问："大叔，你铁笼里养的是长毛兔还是短毛兔？"老汉说："皮毛又光滑又有弹性的长毛兔。"乔蕊想了一会儿说："大叔，按理说我们萍水相逢，我不该干涉你的打算，但是我建议你最好不要卖这两只长毛兔。前几年我喂过这种兔，这种兔一个月就能长两寸长的毛，土产公司收购兔毛给价很高，一斤兔毛能卖八十多块钱，两只兔子一个月能剪一斤半靠上的毛，你也不赔啥本钱，不就是在田间地头薅把青草的事儿吗？"

老汉眨巴眨巴眼睛，心里说这个一只手说的是过日子的话。他说："你说得倒也是个理儿。我上了岁数，常去地里走动走动，也能活动活动筋骨。有时候，儿孙不在家，我还能和这两个小东西说说话儿。你别说，它俩还挺通人性，我让它俩摇摇尾巴，它俩的尾巴就晃得贼欢；我让它俩闭上眼睛，它俩就卧着不动，乖乖闭上眼睛睡觉。它俩要是会说话，就像我的两个小孙子。"乔蕊抿嘴一笑，说："大叔，你还卖它们吗？"老汉说："人一天有三迷，经你一点拨，我觉得留着它们好处多赖处少，不卖了。"

乔蕊知道下边的话老汉可能听不明白，但是四周的旅客都打起盹了，为了排解寂寞，她看一眼老汉，继续说："大叔，其实天上也有兔子。"老汉惊喜地说："天那么高，没有水没有草，咋会有兔子？有兔子掉下来也摔死了。我吃了七十多年咸盐了，头一次听说这事。"乔蕊像是对老汉说，又像是自言自语："玉兔东升，冰轮缓转。"她见窗外的月亮仿佛随着火车向前奔跑，不禁思绪万千，心潮涌动。老汉随着她的目光，紧盯着月亮。他问："你这个老媳妇，我的脖子都伸疼了，眼睛也看酸了，咋没见天上有兔子，净哄我。"乔蕊淡淡一笑："大叔，记住我的话，你养着两只长毛兔，一年四季手里不缺零花钱。"老汉迷迷瞪瞪地说："那是那是。"他还想问一问天上如果有兔子，兔毛长不长，不过他没有问出口，因为乔蕊已经睡着了。

东方露出了鱼肚白。一会儿，一轮红艳艳的旭日露出灿烂的笑脸，蔚蓝的天空中白云轻轻飘荡，太阳的光芒照耀在奔驰的列车上。霎时，列车像一条五光十色的长龙风驰电掣般地闪过村庄，闪过城镇，闪过山峦，闪过原野，闪过森林，闪过河流……树影儿正的时候，列车缓缓地停在江口车站，它像一头疲惫的老牛，一声声地喘着粗气。车厢里，乔蕊紧紧抓着皮包的手动了动，她醒了。一个小姑娘走到她身边，微笑地看着她，说："大妈，你身边坐的那个老爷爷前半夜下车了。他不忍心叫醒你，让我代他说声谢谢，两个兔子他不卖了。不过你说的天上有兔子，他还是一头雾水。大妈，我跟那个老爷爷说了，天上的兔子就叫玉兔，它可以给亿万人民带来光明，虽然人们剪不了它的长毛卖钱。"乔蕊轻轻抚摸着小姑娘黑亮的头发，说："小姑娘，你真聪明。"她一拐一拐地走下车厢。

江口火车站广场上人山人海，乔蕊四下瞅着，好像迷失了方向，她不禁感到一丝孤独和微微的恐惧。她自言自语："汽车站在哪儿？"她的耳畔却嗡嗡地响着她听不懂的杂乱的南方话。她走到一辆三轮车前，车夫是一个四十多岁的胖女人。乔蕊怯声怯气地问："师傅，川江文艺出版社有多远？"女车夫操着一口蹩脚的普通话："四十八里路。坐我的电动车去吧，我给你优惠价。"乔蕊摇摇头。她又问："请问汽车站在哪儿？"女车夫说："你是北方人吧？来我们南方不容易，你上我的三轮车，我给你拉到汽车站，你再乘汽车去川江文艺出版社，这样就省钱多了。我的电动车起步价才六元。"乔蕊感激地说："谢谢师傅，处处为外地顾客着想。"女车夫说："我就是为人民服务的，上车吧。"乔蕊愉快地坐上了电动车。

火车站广场在路东，对面就是汽车站，站里停着一辆灰蒙蒙的汽车。女车夫骑着电动车驶过一条马路，说："到站了，下车吧。"乔蕊走下电动车，气愤地说："两个车站之间最远不过二十米。"女车夫的一只手伸到她面前，说："我跟你说过电动车起步价是……"乔蕊像看着一只母狼似的看着女车夫，说："六元。"她从口袋里掏出六元钱递给女车夫。乔蕊低声说:"人们都说'南蛮子''精猴子',今日我算领教了。"

下午两点。川江文艺出版社办公室里,赵明晖端给坐在沙发上的乔蕊一杯水。他和留根的年龄差不多,白里透红的脸庞泛着稚气的笑容,黑亮的头发飞扬在头顶两侧。乔蕊一边慢慢地抿着水,一边看着他,心想,多么英俊的小伙子,他和留根简直就是双胞胎。

赵明晖说:"阿姨,留根在电话里跟我说了你的创作情况和目前出书的艰难境遇,我很敬佩您这种拼搏创新的精神。"乔蕊把水杯放在茶几上,宽慰道:"小赵同志,阿姨不难为你,你说一说出版社对来稿有哪些规定。"赵明晖说:"我虽然不是编辑,但是我知道社里有这么一条规定,对于一部书稿,编辑审过以后,还要评估。如果发行部和领导们也认为此书稿出版以后能够畅销,就不叫作者自费出版了。"乔蕊欣喜地点点头。她心里说,小孩子说实话。

赵明晖看一下墙上的挂钟,说:"阿姨,编辑们下午两点半上班,我早来了,抹一抹桌子,擦一擦椅子,扫一扫门窗上的灰尘。"乔蕊说:"小赵,你刚参加工作,勤快一点儿好,给领导一个好印象。你能给我引荐一位编辑吗?"赵明晖说:"留根在电话里告诉我你今天来出版社,我已经把你的情况跟史荣霞老师说了,她愿意接见你。"乔蕊的心瞬间被火焰融化了,她感激地说:"谢谢你小赵同志。"赵明晖说:"史荣霞不是一般的编辑,她是社里的副总编辑,文学博士学位,对人说话和气,对准备采用的书稿,一字一句,精修细改,认真审阅,编辑们都很佩服她。"乔蕊小声说："一个编辑对书稿就应该是这种态度。"赵明晖惊讶地说："阿姨，你这话在我面前说一说就算了，见了史老师别这么说。"乔蕊说："我知道。"

副总编辑室。史荣霞认真地看着手里的书稿，随着目光的移动，她的脸上逐渐浮现出惊喜的神色，她不时看一看坐在椅子上的乔蕊。过了一会儿，她把书稿放在乔蕊的左手里，欣慰地说："窥一斑而知全豹，乔老师，恭维的话我不多说了，你回家以后，把《草根女人》全部的书稿给我寄来，我全篇审过以后，很有可能出版。"

乔蕊没有丝毫的惊喜，因为这部书稿达到出版水平是她预料之中的事。她现在关心的是这部书稿是公费出版还是自费出版。乔蕊从椅子上站起来，在屋里歪歪扭扭地踱来踱去，史荣霞看着乔蕊无助的神色，又看着她失去右手的臂膀，心里像被钢针扎了一下。史荣霞已经清楚地了解了这位残疾女农民的艰辛和对梦想的执着，深深地为之感动。她说："乔老师，正常情况下，你需要交给社里三万元费用，其中包括编校费、排版费、印刷费等。我知道你不容易，就破例减去五千元费用。不过，这事我还要请示总编辑，不过我想问题不大。"此时乔蕊的脑子里嗡嗡响，她的心冰凉冰凉的。"谢谢史老师，我该走了。"她歪歪趔趔地走出副总编辑室，不禁又回头看一下屋里史荣霞无可奈何的面容。史荣霞走到走廊上，双手抚摸着乔蕊的右臂，深沉地说："乔老师慢走！"

乔蕊从楼上下来，又回头看看门口的七个红漆大字——川江文艺出版社。她的心里热乎乎的，她感到这七个字与她有着千丝万缕的联系，但她又有一种望尘莫及的失落。她走进江口市第一人民医院抽血室，说："医生，我卖血。"一位五十多岁的男医生看了她一小会儿，很有经验地说："大嫂，你的身体不宜抽血。"乔蕊倔强地说："医生同志，我是手脚不全乎，可这都是皮外伤。我的身体很健康，你抽吧。"医生问："你抽多少毫升？"乔蕊说："我不懂你们的专业术语，抽八十块钱的吧。"男医生拿起针微微颤抖地扎进她左臂上的血管里……一会儿，男医生说："你坐在椅子上休息十分钟，我们观察一会儿，没什么问题你就可以领钱走人了。你一会儿可以去副食品店买半斤鸡蛋糕补补身体。"他说完走进另一间病房。

乔蕊跟跟跄跄地走出医院，她觉得头晕目眩。她扶着一根电线杆站了一会儿，觉得精神好些了便一拐一拐地走进"甜蜜蜜"副食品店。她买了二斤鸡蛋糕，装进一个白色的塑料袋里，她低头嗅了一会儿袋子里溢出来的甜香味儿，咽了一口唾沫。

她走出副食品店，忽然觉得肚子饿了，头也晕晕沉沉的，就跟跟跄跄地走到了一家包子铺，问："包子多少钱一个？"卖包子的是一个三十多岁的白胖女人，面若银盆，留着男士分发头，一双丹凤眼睛里不时闪烁着妩媚的光芒，眼皮上抹着浅蓝色的眼影，耳垂上坠着金灿灿的耳坠，她轻蔑地看看乔蕊，说："一元一个。"她白胖的手里拿着馍夹菜，还不时驱赶着箩筐里嗡嗡乱飞的苍蝇。乔蕊递给她两元钱，她接过钱，抓两个包子放进塑料袋里，递到乔蕊的左手里。乔蕊生气地说："大妹子，你怎么用手抓食品？"胖女人说："馍夹子坏了。"

乔蕊看着手里的塑料袋，问："大妹子，这包子是啥馅的？"

胖女人说："猪肉大葱馅的。"乔蕊说："我有高血压，不能吃猪肉，麻烦你换成素馅的包子。"胖女人说："素馅的包子卖完了。"乔蕊压着一肚子火，把塑料袋递给胖女人，说："我不要了。"胖女人说："此店售出的包子概不退货。"乔蕊气得全身颤抖，两只眼睛溢出眼泪，她说："我的手没有摸一下包子，你退给我两块钱。"胖女人说："犯人住的小黑屋——有窗户没门。"乔蕊歪歪扭扭地向前走去，胖女人解开塑料袋，把两个包子又倒进箩筐里。

乔蕊坐在一条石阶上，背靠着一根电线杆，潸然泪下。一个年轻的警察走过来，怜悯地问："大娘，我叫程明，您怎么了？"乔蕊说："警察同志，那个包子……那个包子店的老板欺负人。"程明扶着乔蕊走到包子店门口，乔蕊指着胖女人，说："程明同志，就是这个胖女人，她讹我两块钱。"胖女人和气地说："大娘，我啥时候讹你两块钱了？"乔蕊气得全身颤抖，怒视着胖女人，说："你看见警察来了，凶相变笑脸，你还我的钱。"胖女人说："大娘，我才来卖包子，见都没见过你，咋就讹你两块钱了？"她搬了一个小马扎放到乔蕊身边，说："大娘请坐。"乔蕊看都没看一眼。程明说："大娘，没凭没据的，我也不好断案呀。"乔蕊一边向外走，一边自言自语："也不怕断子绝孙！"

春花提着一兜包子走到乔蕊跟前。乔蕊说："春花，你咋也来南方了？"春花说："来这边办点儿事。乔蕊婶，我姥姥好吃鸡蛋韭菜馅包子，正好刚才路过包子店，我给她买了一兜。老板的筐里一边放着肉包子，一边放着素包子。"包子店女老板以貌待人令乔蕊义愤填膺，她说："那女老板就是个母夜叉！"春花说："婶儿，我买包子的时候听店里的服务生说包子店的女老板有一个双胞胎妹妹，她俩长得一模一样，只是心思很不一样。""啊……"乔蕊惊愕地叫了一声。春花又说："大千世界百人百性，你看见狗脸的人别理她，用不着生畜生的气。我听留根说你来南方出版社了，你写的书能不能公费出版？"乔蕊说："天公不作美呀。"春花说："慢慢来，别着急。"说完，她拎着包子向一栋楼房走去。

乔蕊歪歪趔趔地走进鞋帽商店。她买了一顶农村老太太戴的黑色平绒帽，又买了一双乡下老头穿的翻毛大头皮鞋，这种皮鞋结实、耐穿、暖脚，但是样式土气。她把鞋和帽子装进红色的尼龙网兜里，又从口袋里抽出一根细绳，把装有鸡蛋糕的塑料袋和尼龙网兜系在一起，搭在肩膀上，她自言自语道："卖血的八十块钱花完了。自从春来走后，小引的爷爷奶奶觉得他们矮了半截，俩老人天天忙完地里活忙家务，老是低着头，一天到晚也没有几句话。他二老从来没有向我这个儿媳妇要过啥东西，我亏欠两位老人呀。"

后崔庄两间瓦屋里，小引奶奶坐在小马扎上一边使劲搓着水盆里的两件黑色衣裳，一边看着墙上春来的遗像，一滴一滴的泪珠落在水盆里，她哽咽地说："儿啊，你是咱家的顶梁柱，咋能狠心撇下俺们老的老、小的小、残的残，一个人去那边享福？老天爷，你瞎了眼啦。春来，听妈跟你说几句话：你媳妇手脚不全乎，家里地里能干的活她还抢着做；你闺女小引整天在外面疯跑不沾家，不沾家就不沾家吧，反正迟早她要离开这个家；好在我和你爹身子骨还硬朗，庄稼活屋里活也不怵气；你在那边好好过日子，别和阎王爷闹别扭，他是领导，你和领导处好关系不吃亏。"

　　小引的爷爷是一位纯朴勤劳的农民，他风尘仆仆地扛着一捆高粱秆走进院里。他把高粱秆靠在猪圈的墙上，拍打几下袖子和裤脚上的灰土，笑眯眯地走进屋里，说："老太婆，刚才我在小沟地割高粱，村主任小明看着我，朝我竖起大拇指，说小引她妈是这个。"小引奶奶边搓衣服边说："春来他爹，你们老王家祖坟上冒青烟了？谁不知你家祖祖辈辈都是斗大的字不识一升的土包子，到了小引她妈这辈算转运了，咱家出了一个文化人。搁在以前，小引她妈就是女状元，皇帝会派人在咱家门口挂两个大红灯笼。"小引爷爷说："儿媳妇写大书，公婆在村里也露脸。"

　　小引奶奶说："他爹，话又说回来，咱儿媳妇写大书就是驴粪蛋滚在咱家门口——外光里毛糙。季景明教授也是文化人，手里的钱大把大把的，家里盖起三层小洋楼，吃穿用度村主任也比不了。再看看小引她妈，一个穷文化人，点灯熬油，半夜不睡五更就起，写了一本书想出版，一分钱不挣不说还得给出版社两万块钱，把咱老两口紧的，快上不来气儿了。"小引爷爷说："天下的路没有笔直的，地上的河水流的都是弯的，咱们总会有发财的那一天。哎，你刚才的话别对小引她妈吐一个字。"小引奶奶说："我就是在你这头老牛跟前絮叨絮叨，我还是心疼儿媳妇的。她现在心里压着一块大石头，我还能再给她添堵？"

　　乔蕊回来了。她看见院子里的猪圈墙上靠着一捆高粱秆，进屋看见小引爷爷裤脚上沾着的片片黄泥，又低头看看自己干干净净的衣裤，望着两位老人历尽沧桑的容颜，她急忙用左手拭掉脸上悲伤的泪珠。

她把肩上的物件取下来放在桌子上边，说："妈，我的衣服我一只手也能搓洗，以后你别给我洗了，你都这么大岁数了。"她又看看坐在椅子上的小引爷爷，说："爹，地里活下午我叫留根和素芹帮咱干。割高粱秆又得弯腰又费胳膊上的气力。"小引奶奶说："儿媳妇，你婆子还没到走不动的时候，给你洗两件衣服不算个啥，看见你一只手，弄啥那个难受劲儿，妈恨不能喂你吃饭。"乔蕊说："妈，干啥习惯就好了，我也没觉得太不得劲儿。"小引爷爷说："小引她妈，你别看我七十拐弯了，做庄稼活我不怵年轻人。"他甩甩双臂抻一抻腿，继续说："天天在地里张角（方言，指忙活），胳膊腿儿硬朗着哩。你这次去南边出版社，那些斯斯文文的编辑咋说的？"小引奶奶说："夜儿个留根来咱家问我，你来信儿没有。他跟我说，你去出版社，找他的同学了。我和你公公真高兴，我是这样想的，你不给出版社交两万元，出版社也不给你稿费，两不找。能把书出了，满天云彩都散了。"小引爷爷说："能这样办也不赖。"乔蕊摇摇头，说："爹、妈，人家出版社啊，也有难处。"

她解开塑料袋和网兜，把平绒帽拿出来戴在小引奶奶头上，说："妈，你起码年轻了十岁。"小引奶奶摘下帽子放在桌子上，心情沉重地说："儿媳妇，你现在正在瓦岗寨（方言，指最困难的时候），花这闲钱弄啥？你就是给我买了一顶金帽子也遮不住我满脸的枯皱皮。你手里有仨核桃俩枣要用在出书上，咱庄上的男女老少能把你举到天上。"

乔蕊又拿一块鸡蛋糕塞进小引奶奶的嘴里，小引奶奶吃着笑着："又香甜，又软和。"小引爷爷坐在椅子上，乔蕊拿两块鸡蛋糕放到他手里，动容地说："爹，你一年四季在地里张角，风吹日晒、雨淋雪打，吃的是粗茶淡饭，穿的是老布衣褂。媳妇给你买几块鸡蛋糕尝尝。"小引爷爷一边吃着鸡蛋糕一边说："咱农民可不就是土里走泥里爬，秋卖两季抓庄稼，再好的衣鞋穿在咱身上也穿不出好道场。"乔蕊说："你把脚上的老布鞋脱下来，媳妇在江口市给你买了一双翻毛皮鞋，你穿上试一试。"小引爷爷吃完手里的鸡蛋糕，把手在前襟上擦了擦，脱下帮和底间有好几处裂线的黑布鞋，穿上崭新的翻毛皮鞋在地上走几步，啧啧道："深秋了，溜地风在这一带刮得猛，白霜一层一层地落，穿上这鞋两只脚热乎乎的。"乔蕊的脸上浮出淡淡的笑容。

邮递员是一个英俊的小伙子，他走到屋门口，问："乔蕊同志在家吗？"小引爷爷和奶奶看着这个穿着绿色套装的年轻人，面面相觑。乔蕊走到门口，说："我是乔蕊。"小伙子递给她一封挂号信，乔蕊签了名字后，邮递员转身走出院门。信封上只写了收件人地址，没写寄件人地址。小引奶奶问："儿媳妇，谁来的信？咱家人老几辈没有远方的亲戚呀。"小引爷爷埋怨说："絮絮叨叨的，儿媳妇拆开看看不就知道了。"乔蕊拆开信封，信里写道：爷爷、奶奶、妈妈，我在南方一家饮食公司工作，各方面都不错，请你们不要挂念我，也不要找我，一年半载我就回家了。小引敬上。乔蕊啼笑皆非："这个小冤家还知道家人挂念她。"

留根急匆匆地走进屋，说："爷爷奶奶好！姊儿，你去川江文艺出版社见到赵明晖了吗？他给你帮上忙没有？"乔蕊说：

"留根，小赵很热情，他为我跑上跑下，帮忙引荐了编辑部的领导。现在出版社也不容易，婶儿也不是啥名人，而且囊中羞涩，形象不佳，如果作者不自费，《草根女人》很难出版。"留根叹了一口气："婶儿，都怨我给你出的馊主意，害你白跑一趟。"乔蕊摸着他的头，说："孩子，你别说傻话，你也是好心，我这次可没白跑。一呢，见识了南国秀丽的山水风光；二呢，清楚地了解了出版书稿的细节内情，明白了我需要调整思维，为以后创新圆梦打下基础。"她把手里的信递给留根，说："看看吧，你的领导来信了。"留根飞快地看完信上的几行字，又看看信封，他俏皮地说："我以后到大城市读研究生，给家里来信也不写地址，你和我妈也无处找我。"他把信装入口袋里，飞跑出门。小引奶奶笑眯眯地说："如今的年轻人，咋都这样？"小引爷爷斜她一眼："咋？你还想叫他们女的缠脚、男的留辫子呀？"乔蕊看着留根的背影，笑骂道："俩人都不是好东西！"

第十章 宠辱不惊

夜里，密密麻麻的星星像无数银钉镶在无边无际的青石板上。一轮皓月缓缓移动，淡淡的银辉洒在后崔庄的房屋、街道和树林上。偶尔传来几声鸡啼和狗吠，吵醒了褴褓中的婴儿，娃娃们的啼哭声回响在寂静的小村庄。村委会的院子里灯火通明，二十多个女人腰上束着红红绿绿的彩绸，在轻盈委婉的音乐声中扭动腰肢。沉浸在欢乐氛围中的后崔庄涌动着催人奋进的勃勃生机，它因不同的美妙音乐而更加声色动人。

屋里。乔蕊在灯下聚精会神地润色《草根女人》，素芹大步流星地走进屋子里，口袋鼓鼓囊囊的，她说："乔蕊姐，你的书稿早就写完了，咋还描描画画的？人的脑子和身体一样，不能累过头了，该歇就要歇歇。再说了，你就是看十八遍，眼下还是书稿，不是书，咱得想辙。"乔蕊笑着说："素芹，你坐。你这个直肠子，说话像娃娃们脱了布衣裤，露出全身的白皮肉。"素芹没有坐，她掏出两个深红色的苹果，放在桌子上，说："天旺在广州一家建筑公司当包工头，秋生跟着他打工。夜儿个秋生回来了，天旺让秋生捎回来些苹果，我打小就不吃甜东西，你吃吧。"桌子上的苹果个大色红，乔蕊嗅到了一股浓烈的香甜味儿，她说：

"素芹,你吃吧,别辜负天旺对你一片心、一腔情。"素芹急红了眼:"乔蕊姐,我真的一吃甜东西就头晕。"乔蕊说:"你拿回家叫留根吃。"素芹说:"儿随娘,他对这些东西也不粘牙。"

乔蕊心里知道素芹不是不吃甜东西,而是心疼她这个残疾亲家。她看着素芹,说:"这种苹果叫蛇果,味道鲜美,食用爽口,但是皮厚。"素芹拿起小刀将两个蛇果的皮削净,说:"乔蕊姐,你吃果肉。"她抓起桌子上曲曲弯弯的苹果皮欲向门外丢,说:"扔圈里喂猪。"乔蕊急忙说:"你别扔掉果皮。"素芹又把手里的果皮放在桌上,说:"乔蕊姐,这果皮嚼着就像木头渣子,你留着它烧锅做饭啊?我看着你吃果肉。"乔蕊笑着说:"大妹子,我有个毛病,别人看着,我吃不进东西。"素芹说:"乔蕊姐,削过皮的蛇果要及时吃,放久了,果子会变色。我走以后,你一定要把蛇果吃了。"她一步三回头地走出屋子。

乔蕊用左手抓起桌上的两个苹果一拐一拐地走进小引爷爷奶奶的小屋里。奶奶的头上戴着黑色平绒帽子,坐在床头看着墙上春来的遗像,默默落泪。小引爷爷拿着一块旧布擦着翻毛皮鞋上的浮尘,低着头说:"老婆子,你不要太心重,春来在那边要是看你天天眼泪哗哗的,肯定闹心地做不好事情,阎王爷能不给他气受?咱俩都得坚强起来,笑着过好每一天,儿子在天上看见了也高兴。媳妇乔蕊对咱俩可是一百一,有啥好东西都尽着咱俩。"乔蕊把苹果放到二老手里,说:"素芹刚送来的,我不好吃甜东西,二老润润嗓子。"

两位老人吃着蛇果,乔蕊轻轻抹去小引奶奶脸上的泪花,说:"妈,咱们都结结实实地过好日子,春来在那边才放心。"

小引爷爷把手里的擦鞋布放到墙旮旯，说："还是儿媳妇明事理。"小引奶奶还在哽咽，她悲伤地说："那天他要是不去北大河洗澡，也不会淹死。"小引爷爷说："人的命，天注定，该他水里死，不能地上活。那天去北大河洗澡的也不止他一个人，三占、石头、立国、小黑、小楼五个咋都没事，偏偏春来一个猛子扎进漩涡里没有上来？"乔蕊说："俺男人一辈子积德行善在后崔庄是出了名的，咋是这报应哩？"她虽然揩着小引奶奶脸上的泪水，但是自己的泪水却像断了线的珍珠落了下来。乔蕊心如刀绞，歪歪趔趔地走进自己屋里，趴在桌子上足有一个连响的工夫没有起来。（当地把下午1点至3点的时间叫歇连响。因这段时间，大部分农民在睡午觉。）

　　榆树的影子照进屋里。乔蕊拿着菜刀把桌上的蛇果皮切碎，吃得津津有味，脸上露出淡淡的笑容，她感叹道："真甜呀。"

　　傍晚，厨房里。乔蕊和小引爷爷奶奶坐在饭桌旁，桌上的馍筐里有一个白馍和两个高粱面馍。乔蕊把高粱面窝窝头分给了小引爷爷奶奶，小引爷爷吃得香香甜甜。乔蕊拿起白馍慢慢地吃着，不时喝一口碗里的粥，她说："这是在馍店买的。这些年村民们都种玉米，种高粱的少了。"

　　小引奶奶吃着高粱面馍，冷冷地看着乔蕊吃着白馍，她说："小引她妈，今儿这事你做得摆不到桌面上，你给我吃杂粮馍我不记怪你，但你公公就是咱家的一头老牛，只知道忙完地里活忙家事，他把你捧到头顶上，将你看得比庄头那棵老杨树都高，你不该下眼角看他。"小引爷爷瞪着小引奶奶，生气地说："你这个一辈子没见过火车的乡村老太太，只知道白馍好吃，粗粮馍不中吃。现在不是吃糠咽菜的年代了，看见个白馍就跟看见个银疙瘩似的。我最近两条腿不抽筋了，你知道为啥不？"小引奶奶眨巴眨巴眼睛，茫然地问："因为啥？"小引爷爷说："高粱面里含有钙，人上了岁数，身体缺钙，腿才抽筋。腿抽筋，难受得像过电似的。这些日子我常吃儿媳妇买的高粱面馍，省了多少买药钱？人也不遭罪了。你屈说小引她妈了，我问过馍店老板，一个白馍五毛钱，一个高粱面馍一块钱。"小引奶奶的脸红到耳朵根，她看一眼乔蕊欲言又止。过了一会儿，她说："吃完馍，肚里撑得慌，我去街上转悠转悠，消消食。"她颤巍巍地走出屋门。乔蕊趴在桌子上抽泣着，小引爷爷说："儿媳妇，你婆婆想跟你认错，可就是拉不下来那张老脸。你是大文化人，甭跟她这个没见识的老太太一般见识。"乔蕊说："爹，我不是宰相的肚子呀，这大船小船太多了。"

翌日上午，小引爷爷在地里浇禾苗。屋里，小引奶奶坐在床沿上，她不再看春来的遗像了，她怕忍不住流泪，眼睛似睁似闭着。乔蕊心慌意乱地说："妈，我这几天心神不宁，眼皮老是跳。南方人精得眼睫毛都是空的，小引又实诚，我怕她吃亏。南方地方大了，她在什么市什么街什么公司呢？"小引奶奶说："儿媳妇，女大不由娘，你把心放宽。现在咱庄年轻人去外地打工的也不少，你别老念叨她，心就不焦躁了。"乔蕊说："也只能这样了，这死妞子，她不知道她把我的心都给勾走了。"

婆媳俩人说着话儿，不知不觉已至晌午。小引爷爷穿着旧布鞋走进屋里，他的裤子和鞋上粘着泥点子。乔蕊看着小引爷爷冻得紫红的脚踝,问:"爹,你咋不穿我给你买的鞋?"爷爷弯腰从床下拿出翻毛皮鞋,说:"夜儿个我擦干净放在这儿了,今天浇禾苗,全是泥呀水呀的,穿旧布鞋一样地做活。"呼——呼——他吹吹干干净净的翻毛皮鞋。

乔蕊生气地说:"爹,鞋是为人服务的,不是人为鞋服务的。"小引爷爷说:"儿媳妇别生气,明儿我就穿它。刚才我走到门口,听见你婆媳俩在说小引,俺孙女到底在啥地方打工呢?"乔蕊说:"她在南方打工,为了挣钱给我出书。"小引奶奶说:"屋里老闷,我出去走走。"小引爷爷说:"小引她奶奶,你别去村东头那个瞎婆子屋里扔钱,都是骗人的。"小引奶奶说:"人家说瞎婆子卜算可准了。"乔蕊说:"妈,爹说得对。卜算是迷信,咱用那钱买二斤猪肉够咱仨吃顿香香的扁食(方言,指饺子)。"小引奶奶说:"儿媳妇,今儿就算给你包两碗海参鱿鱼馅儿的,你能吃得下?"乔蕊叹了一口气,说:"小引就是我的冤家!我出去透透气。"她一拐一拐地走出屋门。

风流倜傥的立国穿着干部装走进屋里,小引奶奶急忙搬一个凳子放在他的脚下,说:"立国大乡长,今儿个你咋想起来到我们这破屋陋舍里了?"立国坐到凳子上,从口袋里掏出一盒帝豪烟,抽出一支欲递给小引爷爷,他皮笑肉不笑地说:"程云叔,抽一支这个。"小引爷爷从腰上抽出旱烟杆,把烟锅伸进烟袋里搜刮几下,然后噙着烟杆嘴,立国急忙摁燃打火机帮小引爷爷点上火。小引爷爷吧嗒一下干裂的嘴唇,吐了一口烟雾,说道:"你那个纸烟看着洋气,吸着虚飘;我这个看着土气,吸着壮。立国,如今你在乡里当副乡长了,可是我看你没有一点儿官架子,还是走门串户，和乡邻们拉闲话。"立国一边吸着纸烟，一边说："大叔、大婶，一个副乡长算个啥官，我就是当上副县长，照样和乡亲们套近乎。一个大人物说过，干部要和群众打成一片。我这个干部就要关心人民的疾苦，实打实地帮群众解决困难。"

小引奶奶说："立国，前些年你是咱后崔庄出了名的三只手。邻居小孬七岁半，他想买冰棍，问他妈要了三毛钱装在衣袋里，他妈说立国来了，小孬两只小手捏着衣袋一天也没松开。"立国的脸红到了脖子根，他斜一眼小引奶奶，说："大婶，哪壶不开提哪壶。"小引爷爷也斜了小引奶奶一眼，说："你不能只看老皇历，立国如今浪子回头啦。立国，听你刚才的口气，你还想当副县长？"立国说："我做梦都想当副县长。古时候，县长就是县太爷，副乡长算个啥官？乡长和村主任充其量就是个农民头。"小引爷爷说："中，年轻人就应该有野心，水往低处流嘛。"立国说："老叔，这叫雄心，人往高处走！"

小引奶奶说："立国，你现在和秀英的日子过得还滋润吧？"立国摇摇头，说："大婶，别提了，我和她又离了。"小引奶奶说："咋弄的？我见过秀英那闺女，长得比彩铃俊多了。"立国说："大叔大婶，咱们也算是十几年的街坊了。我……"

小引爷爷说："你和二婚媳妇被窝还没暖热，咋又蹬了？"立国说："李秀英花钱如流水，我就算是副县长，也养不起她和她的娘家人。"说到"副县长"三个字的时候，立国使劲地咽了咽口水。他说："我二婚宴席上收的礼钱不下一万块，李秀英全部拿给她兄弟三夯，三夯那小子是个败家子，他把那钱带进赌场，吸支烟的工夫输得一分钱不剩。"小引爷爷信以为真，说：

"这么说李秀英就是讨债鬼，你立国就是万贯家财，也搁不住她挥霍。"

立国说："我打十几天光棍了，昨天夜里也不知道是菩萨点拨，还是玉皇大帝指点，我突然开窍了，我想与乔蕊一个锅里搅稀稠，也方便照顾她，因为她需要一个好男人陪伴。"小引奶奶惊喜地问："你真想和小引她妈过一家子？"立国说："我想是想，就怕高攀不上。"小引爷爷看一眼立国，低下头深思。小引奶奶说："立国，你把话说反了。我可怜的儿媳妇，你哪辈子烧高香了，这一辈子你还能当上乡长的婆娘。"

立国四下瞅瞅，问："乔蕊没在家？"小引奶奶说："她可能去素芹家串门了，两家快成亲家了。"立国说："咱两家也快成亲家了。"小引奶奶说："一会儿她回来我给她说这好事，她肯定得跳起来。不对，她跳不起来，她的左脚不舒服。立国，这会儿大娘心里又打鼓，你真心娶乔蕊？"立国说："大婶，我又不是三岁小孩，咋能胡诌？我立国说话唾沫吐地砸个坑！"小引爷爷说："立国，婚姻大事，你可得想好了，虽然说乔蕊是残疾人，可是你也离过两次婚，俩人真能走到一起，互相帮扶着过日子也不赖，谁也别嫌弃谁。"立国说："大叔的话我牢记在心。"

小引奶奶意味深长地说："说起离婚，乔蕊心疼春来，不想拖累他，俩人也离过婚。可是离婚以后，春来不走，乔蕊也不想撵他走。后来春来命短，被河水淹死了……"老人家禁不住泪水盈眶。立国说："那天我们几个伙伴去北大河洗澡，回来时少了一个人，我们都是哭着回家的。我和小楼在床上躺了两天没吃饭，你说怪不怪，一点儿也不觉得饿，肚里满满的。"

小引爷爷说："这就是乡亲们的情义啊。"小引奶奶说："两口子的情义要比乡亲们的情义厚好几层。"她这话是说给立国听的。立国也听懂了小引奶奶的话。小引奶奶又说："头嫁由爹娘，二嫁自做主。一会儿乔蕊回来，我跟她说这事，点头摇头她当家。"立国说："我敢说她做梦也想不到我对她有这份情义。"小引奶奶说："也许她在梦里已经见到了你的真心。"立国满心欢喜地走出屋门。

小引奶奶说："小引她妈两万元的出书钱有着落了。"小引爷爷坐在凳子上，双手抱住脸，一声不响。小引奶奶推了他一把，说："咱儿媳妇有好事，你当老公公的咋一脸乌云，不吭气？"小引爷爷的声音从指缝里传出来："老太婆，你不觉得这事有蹊跷？立国的脑子比电扇转得都快，爹妈都被他气死了，他就像一根断了线的风筝满天飞。现如今，他当上了副乡长，结婚离婚就像小孩过家家，不愁找不到年轻漂亮的闺女，咋会看上小引她妈？这事必定有猫腻。"小引奶奶想了一会儿，说："也许立国看上乔蕊会写长篇小说？"小引爷爷说："八成是哩。一会儿乔蕊回来，你细细跟她说一说，文化人心细，看她是啥主意。"小引奶奶说："啥事你都把我搁头里，你没长嘴？"小引爷爷生气地说："儿媳妇的事是我这个老公公问的吗？要你这个婆婆干啥？"小引爷爷一边往外走一边说："我去西洼地给猪拔一篮苦麻菜。"

乔蕊走进屋。小引奶奶说："小引她妈，人这一辈子说过就过去了，春来也走挺长时间了，你该抓紧忖度忖度你自己的事。"乔蕊惊愕地看着小引奶奶，小引奶奶对着她的耳朵嘀咕了一会儿。乔蕊说："怪不得我刚才从素芹家出来，在街上看见立国，他油头滑脑地笑着看我两眼。"

傍晚，后崔庄玉米地旁的一棵杨树下，乔蕊坐在草地上问："立国大乡长，我不知道你喜欢我哪一点，你娶我就是娶了一累赘。"坐在一旁的立国说："你身残志坚，克服重重困难写出二十多万字的长篇小说《草根女人》。在精神文明建设方面为后崔庄乃至全县争了光，我作为一名乡领导，理应为你排忧解难，要细致到一年四季衣，一日三顿饭。"乔蕊问："你对我有感情吗？"立国说："有。"乔蕊问："在哪里？"立国拍着胸膛说："在这里。"乔蕊："这几天我去乡文化站办事，没见你在乡政府上班。"立国说："我在县政府开了几天会。"

立国从口袋里掏出一只塑料假手在乔蕊的右腕上比画着，说："明天咱俩去县医院，让外科医生把这个假手接在你的右腕上，谁也不敢再说你是一只手了。"乔蕊说："一只手也比三只手好。"立国面红耳赤地说："打人不打脸，说人不揭短，那都是以前的事了。我现在……"乔蕊说："假手不通神经，写不了字，做不了活，接上也是摆设。"立国说："有总比没有好看。"乔蕊说："接假手肯定得花不少钱，我不接，你的好意我心领了。"立国说："我对你是真心的，不是卖嘴哩。"他把乔蕊送回老屋，一个人向乡政府走去。立国经过一座小桥，他把假手扔进河里，嘟囔着："你不接拉倒！"

两天前。县委书记徐志亮坐在办公室里，他看着窗外伸向远方的公路，又低头看一下手表，焦急地说："应该到了呀。"一会儿，张立国风尘仆仆地赶过来，站在门口毕恭毕敬地喊："报告。""请进。"徐志亮从椅子上站起来,热情地握着张立国的手,笑着埋怨道:"怎么才来?"立国掏出手帕擦一擦脸上的汗珠,说:"徐书记,这一路田园景色太美了,我骑车观花,想作一首写景抒情诗,可是脑袋想疼了也没憋出一个字。以前我的诗还不错,后崔庄的人读了我的诗,夸我是当代的李白,后来我当上了副乡长,这点个人爱好也淡化了。"

徐志亮说:"小张,你要写好人生这首大诗。今天叫你来县委,是有件好事要给你透透风。"立国费解地问:"我能有啥好事?"徐志亮说:"刚才你说想写诗写不出来,不应该埋怨是工作忙的原因。你后崔庄的残疾女农民乔蕊忙完地里活忙家务,却写出了二十多万字的《草根女人》,这种精神和毅力值得我们每一个干部学习。媒体报道过她的事迹,她的境况很艰难。"立国说:"徐书记,乡村的穷人多,乔蕊就是头上戴袜子——能出脚来了。她中学都没有毕业,老是在屋里胡思乱想,横写竖画,借以消除没人搭理她的寂寞。"

徐志亮惊愕地看着立国,说:"你怎么能这样说乔蕊同志,这种思想是错误的,必须改正。乔蕊的作品如果没有较高的思想性和艺术性,媒体会采访她?她给咱们县争了光,年轻人不能嫉妒别人的成果。"立国被棒击似的垂下了头。徐志亮说:"小张,你是不是有个本家舅舅在市人大工作?他跟我谈过,说如果你有才能且有政绩的话希望我提拔提拔你。"立国说:"我那个舅舅叫赵丰。"徐志亮说:"对,对,是赵丰副主任。"立国说:"我妈活着的时候,逢年过节,他都会拎着点心来看他的老姐姐。"徐志亮说:"既然赵副主任给我打了招呼,我会注意这件事的。年轻人工作要有魄力，敢冲敢闯。人不可能十全十美，有毛病要及时发现，及时纠正，改了就好。"

立国说："徐书记，你放心，我保证以后不会嫉妒乔蕊了，我还要虚心向她学习。"徐志亮笑着看他一眼，说："抓农业的王义副县长很快要退休了，经县委研究，准备让你接替他的工作。提拔干部需要坚持德才兼备的标准全方位考察，如今后崔庄乡的农业发展走在了其他乡的前面，你如果能在精神文明建设方面做出一两件令人惊喜的事情，提副县长不会有太大的问题。"

立国惊喜得全身颤抖，他想了一小会儿，说："徐书记，乔蕊的丈夫春来死了，她又是一个残疾人，生活方面很不方便，我也是单身，我准备和精神文明制造者——乔蕊同志结婚。"徐志亮愣了一下，问："立国，你不是心血来潮吧？当然，你娶了乔蕊同志，政治上可以得高分，精神境界方面也会受到广大人民的敬仰，可是生活里你需要负担很重的家务，她的形象……你会不会觉得没面子？"徐志亮其实是在考验他。

立国说："能让残疾女作家生活幸福就是我最大的面子，人美在心灵不在外表。像乔蕊同志这种为了圆梦，克服常人难以想象的困难，坚持拼搏，笔耕不辍的女人理应得到我的关爱。我这样做，算不算具有高尚的思想品德？"徐志亮说："你扶贫助残，当然算了。你既然打算和乔蕊同志结婚，就要和她白头偕老，可不能当陈世美。"立国说："请徐书记放心，我张立国一定做精神文明建设的领军人，我和乔蕊的爱情定会坚如磐石、深如东海、高过珠峰、甜比蜂蜜，海枯石烂情不变，天崩地裂心如一。"

徐志亮微笑着说："看不出来小张你喷起来一套一套的。结婚是两个人的事，你还要征求一下乔蕊同志的意见。"立国说："那中吧。不过我敢肯定，她除了会高兴得晕倒，不会有别的。"徐志亮说："作家的思维，不能用常理推测。我有一种预感，你追乔蕊会经历一个曲折漫长的过程。不过，只要你心诚嘴甜，有情人总会成眷属。"立国说："乔蕊比我大七八岁，手脚不全乎，面相苍老憔悴；我年轻英俊，仕途如日中天。我要是和她一起走在大街上，不认识我们的人，肯定会认为我是她的儿子。我不嫌弃她，她有啥资格拿架子！"徐志亮说："小张同志，你这种说法不符合精神文明，你刚才还说人美不在外表在心灵，你如果和乔蕊同志结婚，要经常用指头敲敲自己的脑袋。"

三天后的上午。小引爷爷奶奶去村卫生所听老年人养生讲座，屋里只剩乔蕊，她坐在小马扎上想着昨夜做的梦。外面传来立国焦急气愤的声音："你别装傻充愣了，咱俩啥时候去民政局领结婚证？"乔蕊说："结婚证对你这个副乡长很重要？"立国说："领了结婚证，我照顾你衣食起居就方便了。"乔蕊说："立国，我昨夜做了一个梦，梦里都是你。"立国说："这说明咱俩有缘分，领了结婚证，才是两口子，不能老在梦里亲呀爱呀。"

乔蕊问："想不想听听梦里你对我如何的深情？"立国说："你说来听听。"乔蕊向立国叙述了梦里的情景——

后崔庄北大河南岸上长着一排翠绿的大柳树，立国和乔蕊坐在岸上，靠着柳树看着河里闪着银光的河水，两个人的脸上浮现出对美好未来的憧憬。忽然，乔蕊阴沉着脸，眼神犀利地看着立国，问："立国，你年轻有为，是副乡长，分管二十多个村的农业，在农民眼里，你就是土皇帝。虽然彩玲和秀英离开了你，但肯定还有不少美女围着你打转，你火急火燎地想和我这个形象站不到人前的残疾老太婆结婚，让我十分费解，你到底相中我啥了？"立国说："乔蕊，副乡长充其量就是个农民头，我找对象不看女方外表漂不漂亮，只看女方内心美不美丽。你虽说境遇不好，但为了实现梦想，也为了把后崔庄乡的精神文明推向高峰，你以惊人的毅力，超凡的拼搏精神，战胜了左手写字的艰难，创作出二十多万字的长篇小说《草根女人》，我就是喜欢你这种不达目的拼搏不止的精神。你说，我如果能和你这样的女强人结为连理，不是一件很快乐的事吗？"

乔蕊被立国这番慷慨激昂的陈词感动了，她含情脉脉地看着立国，说："立国，你什么时候变成演说家了？我没有你说得那么高尚和伟大，也没有你说得那么坚强，有时候我夜里写作，全身酸困难受，左手的指头僵麻，我也哭过好几回，想打退堂鼓，灰心的时候也想过把书稿撕碎扔到猪圈里，然后跑进庄北的桃园里敞开肚子吃个饱，再躺在青青草地上安安静静地睡三天三夜。"

立国心里想，乔蕊向我吐出心扉，看来她被我的真诚感动了，已经真的喜欢我了。他说："你这会儿一定饿了，我背着你去东头的烩面馆喂肚子。"乔蕊嘻嘻地笑着说："我口袋里只有三毛钱。"立国说："你打我的脸呀，男女谈恋爱在花费上没有让长头发掏腰包的道理。"

乔蕊心里想，立国的话句句说得在理，莫非他真心实意要和我白头偕老？乔蕊的脑子里有两个小人在争吵：一个小人说，乔蕊，你千万不能相信立国的甜言蜜语，他对你是口蜜腹剑，你知道他身里长有贼骨，他在地摊上偷过你的《水浒传》，你不会忘吧，要不是你机灵，书就被他偷走了。你别看他现在当了官，那是他朝中有人，就他那德行，指不定哪一天就凤凰落架不如鸡了。凭你的品德、你的才华、你的成果，会有真正的知音找你的，赶紧快刀斩乱麻，与这个笑面虎分道扬镳吧。他急着和你领结婚证，一定有他不可告人的目的。另一个小人说，不错，立国以前有不少坏毛病，可是他当上了副乡长之后，你也没有发现他还有小偷小摸的行径啊。你是作家，思维应该超前，要用发展的眼光看问题，不能抓住人家的错误耿耿于怀。你看他现在干部当得好好的，衣服穿得美美的，头发梳得光光的，往人前一站，光芒万丈。这样的人向你求婚，对你来说就是天上掉馅饼，你要抓到手里，吃到嘴里，咽到肚里，才算是你的香饽饽。如果你三心二意，被别的女人抢走了，你就狗咬尿脬——空欢喜了。好事来临的时候，是人等到了机会，机会不会等人，你要是前走三后退五，过了这个村可没有这个店了。

乔蕊觉得第二个小人说得很实际，她应该抓住机会，用发展的眼光看人，只要立国能与她白头偕老，即使从她身上得到一些东西也无可厚非，夫妻间不就应该互相帮衬吗？想到这里，她说："咱们去烩面馆吃饭吧，让你破费了。"

立国问："你癔症半晌想啥呢？"乔蕊问："你真想马上和我领结婚证？"立国点点头："我急你不急，一个巴掌也拍不响呀。"乔蕊问："你真会和我在一个锅里搅一辈子稀稠？"立国仰脸看天，激动得声音也颤抖了："老天爷做证，我张立国要是对乔蕊有二心，出门上路钻在汽车轮下边。"乔蕊问："那要是停在马路上的汽车呢？"立国红着脸说："我钻在奔驰的汽车轮下边。你左脚有伤,我背你。"乔蕊说:"你拉着我就行了。路,我还能走。"立国说:"为了证明我的真心,还是我背你吧。"乔蕊说:"我心领了,你拉着我的手,咱俩慢慢走。"两个人手拉手向村东头的烩面馆走去。

烩面馆里。乔蕊坐在桌子旁,她嗅嗅屋子里飘来的阵阵羊肉味儿,觉得肚子更饿了。立国说:"亲爱的,你稍等片刻,我去后厨检查一下这个饭馆的卫生。"乔蕊烦气他的流里流气和当官的派头,说:"咱买两碗烩面吃完走人,你管人家后厨卫生弄啥?"立国说:"我是一乡之长,后崔庄乡的大事小事我都必须管。有不少饭馆上的菜色泽鲜美、味道喷香,可如果你到后厨一看,保证会不吃饭就走了。"乔蕊说:"你去吧。"

不一会儿,立国从后厨出来了,他坐到乔蕊身边,说:"这家后厨还算整洁。"他朝里面吆喝着:"服务生,来两碗羊肉滋补烩面。"一个穿着白大褂的姑娘和一个穿着蓝布衫的小伙子各端一碗烩面放在桌子上。小伙子问:"二位还要点小菜吗?"立国两只眼睛贼溜溜地看着姑娘。乔蕊把他的神色尽收眼底,心里一震,说:"两碗烩面就中了,不要小菜。"立国说:"哪有吃烩面不配小菜的?"他的目光紧盯着姑娘的脸说:"俊妞,你去里边端一盘葱丝拌牛肉和一盘白糖拌莲菜出来。"姑娘小珍厌恶地瞪一眼立国,转身气鼓鼓地走进后厨。小伙子问:"二位要点饮料不?"乔蕊向小伙子摆摆手。立国好像没听见一般,眼睛一直盯着后厨的门帘。过了一会儿那个姑娘还是没有出来,立国急了,他低声吼道:"小伙子,你进去看看,那个妞变成一棵树长在后厨了?"

小伙子走进后厨，看见小珍在剥蒜皮，问："你咋不把菜端出去，客人等急了。"小珍说："我看见他看我的眼神，心里直恶心！"小伙子端着两盘菜走出后厨，摆在立国面前。立国的眼睛还盯着后厨的门帘。乔蕊说："别看了，那个俊妞不会出来了。"立国说："你快点吃。"乔蕊说："我不吃牛肉。"立国大嘴吃着牛肉说："那你吃糖拌莲菜。"乔蕊说："我吃原味的莲菜，不吃糖拌莲菜。"立国说："你真是个土包子，吃吧，这叫甜蜜蜜。"

饭店老板是一位五十多岁的老头，他走过来点头哈腰地说："张乡长，你能走进小店，小店墙上放光。"乔蕊抿嘴一笑，说："李老板，那叫蓬荜生辉。"老板李高说："对对对，蓬荜生辉，到底是写大书的文化人，出口文绉绉的。请张乡长对小店的饭菜质量多指正。"立国狼吞虎咽地吃完烩面和牛肉，说："味道不错。"乔蕊把烩面连汤带水吃得干干净净，又勉强吃了半盘糖拌莲菜，觉得肚子咕噜起来。立国说："李老板结账吧，一共多少钱？"李高说："张乡长能够迈进小店，就是给我李高脸上贴金了，这顿饭就算我请了。"立国看一眼乔蕊，得意地挑挑眉，仿佛在说：我不是一般人，你嫁给我不吃亏吧。乔蕊悄悄地从口袋里掏出三十块钱塞到桌子的塑料布下边，立国没有看见。立国说："乔蕊，咱们走。"他走到门口，回头看看李高，说："祝高老板生意兴旺，财源滚滚。"李高笑着说："二位慢走！欢迎再来。"

李高看见二人走远了，咬牙切齿地说："立国这个三只手，当了三天副乡长，官架子不小。千万别再来我这小店吃白饭了！"他走进了后厨，小珍气愤地说："爹，你们刚才在外边说的话我全听见了，你真让那两个人白吃一顿饭啊？"李高支支吾吾："我……人在屋檐下……"小伙子拿着三十块钱走进来，把钱递给李高，说："老板，咱们没低头，我刚才擦桌时在塑料布下拿到的。"李高想了一会儿，说："肯定是乔蕊放进去的。"

立国和乔蕊走在田间小路上。乔蕊说："立国，咱俩去北大河看看汹涌澎湃的河水吧。"立国说："北大河波涛如虎狼，除了一片水，有啥看头？"乔蕊斜他一眼："不去算了。"立国说："你们文化人就喜欢刺激，走，我背你去！"这时候，乔蕊的肚子咕噜得更厉害了，她趴在立国的背上，立国背着她向北大河一步一步地走去。

忽然，她胃里一阵翻滚，"哇——"她吐了立国一脖子。立国猝不及防倒在地上，他忍住满腔的怒火，脸上笑得比哭还难看："哎哟，馊味儿熏死我了。你乔蕊穷命头，吃一顿饭菜不适应了吧？"乔蕊说："烩面吃着爽，莲菜我不能吃糖拌的，我吃白糖胃里直冒酸水！"立国从地上站起来，拍拍身上的土，斜眼看了一下乔蕊，说："你可以不吃嘛！"乔蕊说："你说的甜蜜蜜。"立国啼笑皆非，又背起乔蕊向北大河走去。

乔蕊问："你累吗？"立国喘着粗气："男子汉背媳妇不累。"乔蕊说："我不是你媳妇，咱们还没有领结婚证呢。"立国上气不接下气："明天咱们去民政局办手续。"乔蕊说："咱们处一年半载后再领证吧。"立国惊得全身抖了一下："你想急死我呀，结婚证早领也是领，晚领也是领，还是早领的好。"乔蕊说："看你猴急的，没有结婚证，我俩只要真心爱对方，也是棒打不散的鸳鸯。"立国说："你还是作家哩，国家的婚姻法你不懂？不领结证不是夫妻。"乔蕊说："逗你呢,你看过《西游记》吗?"立国说："好歹我也是个诗人,搞文学的能不读四大名著吗?不过有人说,看过《西游记》,说话如放屁,那本书里没有实打实的东西。"乔蕊问:"《西游记》里背媳妇的是谁啊?"立国恍然大悟:"你骂人不带脏字。"

立国背着乔蕊来到北大河南岸上。两个人坐在一棵歪倒的古树上,四目相视,默默无语。乔蕊掏出手帕轻轻地擦着立国脸上的汗珠,深情地说:"难为你了。"忽然,她鼓起惊天地、泣鬼神的勇气,纵身跳进河里,声嘶力竭地叫着:"春来,我找你来了,你等一等我!"

立国看着眼前惊人的一幕,脑子飞快地转动着——如果乔蕊出事,自己的计划落空事小,自己脱不了干系事大。说时迟那时快,他纵身一跃跳入水中,他一只手拽着乔蕊的左手,一只手划着水游到了岸上。

两个人像落汤鸡一样坐在地上,立国一边抹着脸上的水珠一边说:"到底是一日夫妻百日恩,春来该知足了。春来也走挺长时间了,你不能沉浸在他的阴影里,你以后的日子还得过。"乔蕊拧着布衫上的水,哽咽地说:"你不该救我!"立国说:"滚烫的羊肉烩面咋暖不热你冰冷的心?"乔蕊想了一会儿,说:"我跳河也是对你的考验。不过这个考验对你刺激大了一点儿。"立国说:"可不是大了一点儿,险些让我们俩都去找春来。你以后千万别再玩这种刺激性的考验,我招架不住。"乔蕊怔怔地看着他,问:"你真愿意与我一个床上共枕眠?"立国说:"话说三遍淡如水,我都给你起过誓了。"二人站了起来,乔蕊拉着立国的手，大声说："我与立国在天愿做比翼鸟……你说下一句。"立国红着脸说："我不知道下一句是啥呀。"乔蕊摸着他的心口说："只要你这里一辈子对我好就中。"

夜里。后崔庄街中间放着一张大方桌，大方桌上放着一台五十英寸的电视机，电视机前坐满了男女老少。一阵轻盈的音乐响起，荧屏上出现乔蕊伏案疾书的画面。电视主持人是一位漂亮的姑娘，她清新委婉的声音划破寂静的夜空："现在播放新闻，我县后崔庄村民乔蕊同志是一位残疾女农民，她早年因疾病失去右手，祸不单行，又因一次意外她的左足被石头砸伤，半年前她的丈夫死于非命，在极端困苦的日子里，她以非凡的毅力，用了三年多的时间创作出一部二十多万字的农村题材小说《草根女人》，她为我县精神文明建设做出了重要贡献……"

人群里，一个中年妇女噘着嘴说："人比人气死人，后崔庄那么多手脚全乎的人上不了电视，歪瓜裂枣的乔蕊成人精了。"电视里又出现乔蕊挎着一篮青草，一拐一拐地从田野走进村里的画面。人群里一个又胖又矮的老汉两只花生仁似的眼睛盯着电视里的画面，黝黑的脸上浮现出一丝阴冷的笑容，他扭头跟身边的姑娘说："春花，你是咱后崔庄的女大学生，文化比乔蕊高出不止一头，你能写出长篇小说吗？"春花说："海生爷，打我一百鞭我也写不出来。"

立国和乔蕊并肩坐在人群里看着电视，两个人在黑暗里握着手。立国低声说："我找你这个媳妇不亏。"乔蕊说："其实我不喜欢媒体采访我，人还是低调点儿好。"立国说："你别说傻话了，很多人为了给自己做广告，交给电视台大把的钱，荧屏上一两分钟就过去了。人家电视台找到你，宣扬你的事迹，又不用花一分钱，咋还不想宣传？"乔蕊说："作家凭作品说话。"

海生低声道："大学生写不出长篇小说，一个全身泥土、手脚不全乎的农民婆写成大书，我不信她是天上的文曲星下凡。"这话恰被乔蕊听见了，她说："海生叔，我不是文曲星下凡，是一个土了吧唧的农民，但照样能写成大书，别把你气坏了。"海生看着大伙儿，恶狠狠地说："天下文章一大抄，乔蕊写的长篇小说肯定是抄别人的。"乔蕊顿时眼冒金星，胸中燃起熊熊怒火，她吼道："你血口喷人！"观众一片哗然。

胖女人说："海生比咱多吃了三十多年咸盐，事儿看得就是透。"一个光头中年男人说："海生伯，你说话要有证据，否则你会后悔的。"立国走到海生眼前，不紧不慢地说："李海生，现在是法制社会，你对一个人、一件事的定论必须有真凭实据……"

一个白发苍苍的老太太扒拉开立在前面看热闹的人，佝偻着腰走到海生跟前，又恐惧地看了一眼立国，说："立国乡长，你让我这老婆子说几句。"她戳着海生的头骂着："刚才我听见你这个老头满嘴喷粪，我恨不能咬你几口。人家乔蕊虽然文凭不高，可是她有毅力，自学成才。我家和她家一墙之隔，有好几次我半夜起床去茅厕，都看见乔蕊屋里亮着灯。她手脚不全乎还拼命做学问，吃了不少苦，熬了不少夜，你这个黑心人，不仅不体谅她，还朝她头上扣屎盆子。"

小水同情地看着乔蕊，说："我认为乔蕊婶能完成长篇小说《草根女人》，是她深厚的生活基础和卓越的文学才华的体现。乔蕊婶在艰难中坚持文学创作，在百忙中抽出时间给我们这些爱好文学的年轻人讲她学习毛主席光辉著作《在延安文艺座谈会上的讲话》的心得体会。乔蕊婶,我张小水向你致敬!"他给乔蕊敬了一个礼。接着,他冷漠地看着海生,说:"海生爷,你刚才说乔蕊婶创作的《草根女人》是抄别人的,那请你说出她抄的哪个作家的哪部作品,你说出来,法院会落实处理这件事的。"海生心头十五个吊桶打水——七上八下。他斗大的字不识一升,看见文化人恨不能掐死他,哪里知道什么作家、什么作品呀。

立国说:"海生叔,诬陷诽谤他人是要负法律责任的,明天你等着法院的传票吧。"海生抽筋去骨似的倒在地上,他鼻子一把眼泪一把地哀号:"张大乡长,你大人不计小人过,别起诉我,我就是见小引她妈成了人物,觉得不公平。我家一个孙子在上大学,一个孙女在上大专,他们往家里写信,话语疙疙瘩瘩的,咋恁废物哩……"

立国说:"你自家没有人才,就嫉妒人才在他家。尽管你老实坦白了,但是法律是无情的,一会儿看完电视你回家收拾几件干净的衣服,打包一床被子,准备去拘留所报到吧。"老太太是海生的老伴,她吓傻了,"扑通"一声,老太太跪在立国的脚下,摇着他的手哀求道:"张乡长呀,你吵他、骂他、扇他几巴掌都中,但千万别把这老东西关进小黑屋啊,他这把老骨头可经不起折腾。你就高抬贵手放过他吧,你放心,一会儿俺两口子回家,我上紧屋门,让他睡猪圈里,谁叫他不说人话哩。"

立国板着脸说:"法律是无情的……"他低头想了一会儿,继续说:"受害人是乔蕊,让她定这事。"海生泪流满脸地跪在乔蕊跟前："乔蕊大侄媳妇，你别和我一般见识，我不是人，是吃草的一头老驴，只要你不起诉我，以后你地里边的庄稼活我全干。虽说我七十多了，笨力气还有几把，身子骨也不孬。"乔蕊说："就是心眼孬。"海生红着脸说："拉粪剜地、浇禾打药我都能干，干起来可莽（方言，指干活有劲）了。"

乔蕊看着海生的狼狈相，听着他喊的可怜话，动了恻隐之心，她斜视着海生，说："算了，我家的农活也不用你干，你说话的时候把良心放在胸膛正当央就中了。"乔蕊感激地看着立国，心里想立国真是一个是非分明的好乡长，顶天立地的男子汉。

小水说："海生爷，乔蕊婶是看在都是乡邻，你又上了年纪的分上才放你一码，你如果不服气她的才华，就写两部长篇小说压压她。"乔蕊笑着说："海生叔，欢迎你挑战我。"海生面红耳赤："你们别说了，我还是回家睡猪圈吧。"海生弓着腰走出人群。老太太无颜多待，早已回家上紧了屋门。小水低声骂着："老猪狗！"人群里爆发出一阵哈哈的大笑声。乔蕊看着立国，情不自禁地吆喝着："乡亲们，我和立国明天就去民政局领证结婚。"一个三十多岁的年轻媳妇说："立国，别看你是副乡长，乔蕊也不次你，你俩要是领了结婚证，可要精心待承她。"立国说："小水他大嫂，看你说的，我不对媳妇好，对你好？"年轻媳妇笑着说："立国，一会儿你送乔蕊回家，黑天黑路的就别走了，住她屋算了。"立国板着脸说："你别瞎说，党纪国法第一位。"乔蕊羞喜交集，憔悴的脸上泛起阵阵红晕，她拉着立国的手，热泪盈眶地向家里走去。这泪是多年悲苦的汗水，更是一夕喜悦的浆液。

立国当上了云水县副县长。中午，他骑着崭新的永久牌自行车驶进后崔庄，自行车的后架上挂了一个鼓鼓囊囊的大提包。海生老汉和春花姑娘在街边的一棵树下脸红脖子粗地抬杠。海生说："春花，我把头想疼了还是不明白那些齐齐整整、精精神神的大学生咋写不出书？乔蕊一个邋邋遢遢的老农民竟写出厚墩墩的长篇小说……"春花斜他一眼，说："乔蕊婶写书受的苦，这会儿的年轻人都受不了。你咋还说风凉话？你跟畜生睡了一夜，人脑变猪脑子了？就不能说点儿别的。"海生的脸红得像抹了鸡血一样，他心有余悸地说："你这个死妞，打人不打脸，揭人不揭短，你咋哪壶不开提哪壶？"一个胖女人扭腰晃腚地走过来，红光满面地说："哟，这一老一少闲着没事在当街斗嘴哩？"忽然，她看见立国骑车过来了，立国停住车和气地说："海生叔、胖大嫂、春花妹子都吃了没有？闲聊哩？"胖女人看着立国，啧啧嘴："看人家立国，官升得就像坐飞机一样，见了庄户人还是恁家常，真是浪子回头金不换啊！"立国的脸立马红了，他气恼地说："胖大嫂，你咋说话哩，老狗记那千年屎！"胖女人憋着笑，轻轻打自己一个嘴巴。

春花说："立国叔，你这自行车上载的啥物件？"胖女人看立国一身新装满脸喜气，说："我猜是你给丈母娘家买的东西。"立国从挎包里拿出一件粉红色的女士西装，说："这是我在百货大楼给乔蕊买的。"春花眼尖，看见包里装的还有衣服，就说："立国叔，把你买的好东西都拿出来给我们瞅瞅，别藏着掖着。"

立国从包里抽出一张塑料布摊在地上，将琳琅满目的新衣新裤都摆在塑料布上，胖女人看得眼花缭乱："啧啧啧，这是一件红色的西服衫，这是一双蓝色的女式皮鞋。"立国说："蓝皮鞋也是给乔蕊买的。"春花掂起一件黑夹袄，说："这一准是给乔蕊的婆婆买的。"立国看着春花，坏笑道："算你一屁崩对了。"春花说："立国叔说话也是放屁！"海生说："你们别闹了。"他的大手掂起一条深灰色的大腰绒裤，说："这条绒裤穿着肯定暖和、得劲。"春花轻轻地打一下他的手背，说："这条绒裤是立国叔给乔蕊的公公买的，你算哪根葱、哪瓣蒜？"她从海生手里夺下绒裤，拍拍他刚刚摸过的地方，说："海生爷，你黑不溜秋的大手别把人家的新绒裤弄脏了。"海生斜一眼春花，气不打一处来："你的手就不脏了？"春花笑嘻嘻地说："我是葱枝手，你是钉耙手！"

胖大嫂从提包里拿出一块用透明塑料袋裹着的生猪肉，说："立国大兄弟，这一块猪肉是给我买的吧？"立国夺下她手里的猪肉，笑着说："今天中午，我和乔蕊还有她公婆吃肉馅饺子。胖大嫂，等你找到个好女婿就有人给你买肉吃了。"他把地上的东西一件一件地装进提包里，骑上车向乔蕊家赶去。

春花说："以后乔蕊婶的日子就好过了。"胖大嫂说："立国真是好人，实心实意照顾乔蕊的一大家人。"海生说："党和政府号召扶贫，立国副县长把自己扶进去了，他真是个有良心的好副县长。"

下午，乔蕊和小引爷爷奶奶焕然一新地走在后崔庄的大街上，三个人沧桑的脸上破天荒地露出了灿烂的笑容。一个满头华发的老太太走过来，紧紧地拉着乔蕊的左手，叹了一口气，说：

"哎，春来家的。"她打了一下自己的嘴，"看我这臭嘴，立国家的，苦日子熬到头了。"乔蕊微笑着点点头，说："俺这一家让海生婶操心了。"小引爷爷拽拽老太太的襟角，说："海生兄弟的下扇（平辈之间的戏语，意思是夫妻之间，女人在男人的下边），立国说他给我当儿子。"小引奶奶摇着老太太的手，眼角笑出了泪水，说："今儿个晌午，俺四口人吃肉馅扁食，立国问我叫妈了，嘻嘻嘻。"老太太说："咱后崔庄就是一块风水宝地，出了一个写大书的女文人，又出了一个七品知县。"

夜里。乔蕊屋里，一张大床上挂着红色的尼龙蚊帐，穿着粉红色西服的乔蕊坐在床上，她憔悴的脸上浮现出淡淡的羞涩和喜悦。立国坐在大床旁的小木床上垂头想心事，忽然他抬起头看着蚊帐里影影绰绰的老新娘，心里顿时涌出一股强烈的厌恶。乔蕊说："立国，为了照顾年迈的公婆，这两年咱俩就住在这儿，暂不去你家，中不中？"立国说："我也是这样想的。"他的眼睛里闪射出不易被人察觉的凶光。乔蕊说："夜深了，你工作了一天，上床睡吧。"立国温柔地说："乔蕊，你先睡吧，最近南林乡的农业指数老是上不去，县委刮了我两次鼻子。干部考虑工作都在夜里，这屋里真闷，我有点儿上不来气了，我出去转转，去街上思考工作。"

他穿过两条街，走进烩面馆。老板李高坐在凳子上长吁短叹。立国坐到他对面，问："李叔，你有啥不顺心的事？"李高说："小珍的事把我愁得没办法，她娘去世早，她是我拉扯大的，二十七了还没有找到对象，要是把她耽误了我怎么对得起她九泉之下的娘啊。小珍没考上大学，高中毕业后就在饭店里打杂，她高不成低不就，县城里才俊的小伙子不找她，一般的农村小伙子她又看不上。日子眨眼就过去了，眼瞅着她的眼角都起皱了，我不能让她臭在烩面馆里，成了人们茶余饭后的谈资和笑柄。白天生意忙的时候我顾不得想这些烦心事，夜里安静下来，小珍的婚事成了我的一块心病。"立国说："李叔，家家都有一本难念的经。"

李高下意识地大声说："张县长，你深夜屈尊光临小店，想吃啥，吱一声。"立国说："李叔，前几天我在你们饭店吃饭，小珍妹妹好像不欢迎我。"李高四下瞅瞅，往他身边挪了挪，低声说："你也是过来人，应该看透女人的心，她越是喜欢哪个男的，越是对那个男的甩脸子。"立国"噢"了一声，装作很关心李高的样子，问："李叔，近来生意可好？"李高和所有生意人一样，手里握着大把钱嘴里仍是哭着穷："不咋的，这个饭馆距离大马路太远，南来北往的客人们根本就不知道这里有这么个烩面馆。虽说这些年村民们的日子滋润了，白米白面吃不完，可是他们口袋里的钱都不多，把块儿八毛看得可金贵了，更别提花八块钱买我一碗烩面吃了。"立国淡淡一笑："你得提高饭菜质量并且降低价格，否则，你这个烩面馆很难开下去。"李高叹了一口气，说："钱难挣，屎难吃，一点儿也不假。"

立国问："李叔，小珍呢？"李高说："她在后厨拨拉算盘珠子，看看今天挣没挣仨核桃俩枣。"他看立国一不像吃烩面的样子，二没有马上离开的打算，两只小眼睛还一直瞟着后厨门帘，顿时了然了。李高想，若是能让小珍和立国套上近乎，这烩面馆以后不愁不红火。于是李高微笑着说："张县长，你稍等，我去后厨叫她。"

李高来到后厨，朝李珍摆摆手，说："珍儿，你过来。"他与李珍耳语一阵子。李珍噘着嘴道："爹，我不，我看见立国贼眉鼠眼的就恶心。"李高说："他的样子恶心，可是他的权力不恶心吧？咱是农民，他管着全县的农业，多厉害呀。你要是找了个靠山，爹沾点儿光是小事，重要的是你这一辈子就不用愁了。你是有文化的人，脑筋要活泛一点。"李珍想了一会儿，说："那中吧。"李高又说："前几天你把立国晾在冷板凳上，人家不计前嫌又来找你拉呱，一会儿你去了前厅可得喜庆一点儿，嘴放甜一点儿，反正赔个笑脸咱也不花一分钱，只要能让他高兴，他这个副县长动动嘴皮子就能在县城给你找个工作，这个不死不活的烩面馆有啥奔头？"

李珍脸上堆着笑走进前厅，说："哟，张副县长来了。"李高紧跟着李珍也走了出来，他笑眯眯地看着眼前的两个年轻人。立国如痴如醉地看着搔首弄姿的李珍，说："珍妹，你比前几天更水灵了，也温柔多了。"李珍献媚地说："立国哥，前几天你来小店吃烩面……"她看一眼李高，李高说："你们年轻人喷吧，我出去办点事情。"他笑着走出饭馆。

饭馆里，立国说："珍妹子，前几天我来饭店吃饭你怎么了？"李珍说："那天我身体不舒服，对不住了。"立国说："没事没事，你在烩面馆工作还顺心吧？"李珍一筹莫展，紫葡萄似的眼睛企盼地看着立国，她说："立国县长，我这是没地方可去啊，在饭馆里工作，一天到晚也挣不了几个钱，忙活忙活不寂寞罢了。"立国问："你对自己的前程有什么考虑？"李珍说："拼命找工作的大学毕业生都成堆了，我这个高中毕业生还敢谈什么前程。"立国说："你的事我可以帮帮忙。"

李珍高兴得全身颤抖，情不自禁地抓住了立国的双手，立国顿时感到一股电流传遍全身。李珍问："立国哥，你能在县城给我找个工作吗？"立国一本正经地拨开她的手，说："不要这样，男女授受不亲。你有啥特长？"李珍想了一会儿，说："上高中的时候我语文成绩名列前茅，我喜欢写诗。"李珍听说立国以前写过诗，所以她就投其所好，说自己也有写诗的雅兴。

立国眼睛一亮："咱俩可以尿到一个壶里了，我以前也写过诗。"李珍看他一眼，樱桃小嘴嘟囔着："你说话真难听，比俺堂屋里的大梁还粗。"立国说："你即兴赋诗一首，我听听。"李珍说："挺长时间了，我都忘了。"立国说："你别紧张，随便哼一首，你的声音肯定比黄鹂的还好听。"李珍坐在他身边，微微向他身边挪了挪，说："你是听诗呢还是听我的声音？"立国说："都听都听。"李珍吟道："豫北平原多宽广，宽广平原种庄稼。小麦丰收大豆饱，后崔庄人笑哈哈。"立国心想这是什么狗屁诗，三年级小学生也会写。李珍说："立国县长，我懂文学写作，这也算一大特长吧？我去县城工作的事你上上心。"

立国淫色的眼睛盯着李珍，说："在软乎乎的床上才能上上心，在硬邦邦的板凳上咋上心？"李珍心领神会，不过她还是问："你新婚之夜把乔蕊晾在家里，自己跑出来寻花问柳，就不怕她在村里村外吆喝你？""呸！"立国吐了一口唾沫，说道："她都黄脸婆了，还新婚之夜。就她那腿脚，找我也是活受罪。咱俩去我家吧，床上的被褥都是现成的。"二人将饭馆的门一锁，猫着腰溜进立国家。立国将手从门缝探到外面锁紧门锁，刚一转身，他就抱起李珍，大步流星地走进卧房……

沉睡着的后崔庄笼罩在黎明前的夜色里，满腔悲愤的乔蕊一拐一拐地走进小树林里，她呼唤着："立国，你在哪里？夜里冷气浓，快回家别冻着。"树林里寂静得像一片坟墓。她歪歪扭扭地走出树林，自言自语："这个死鬼躲到哪儿思考工作了？"她走到立国家门口，摸摸门上的铁锁，说："铁将军把门家里不会有人。"忽然，她听见屋子里吱扭一声响，她急忙躲在一堆高粱秆后边，不一会儿，一只拿着钥匙的大手从门缝里伸出，轻轻地打开了大门，后崔庄的大美女李珍从屋里出来，急匆匆地向村东头跑去。接着立国走了出来，他锁紧大门，大摇大摆地向乔蕊家走去。

乔蕊心口一阵剧疼，眼前金星狂舞，她不知道自己是怎样回到家的。进了屋，见立国躺在小床上呼呼大睡，她上前拧着他的耳朵，气愤地说："张立国副县长，昨夜你在哪里思考工作？"立国从床上坐起来，揉揉蒙眬的眼睛，说："在小树林里。早饭吃啥？"此时的乔蕊恨不能咬他一口，她说："我不舒服，不想做饭，你去找李珍给你弄吃的。"她说完将红蚊帐扯下来，揉作一团扔到床头，倒在大床上，头埋在蚊帐里低声抽泣。立国心里一惊：莫非这娘儿们从我身上嗅到了李珍的气味？

五天后的一个夜晚。小引的爷爷奶奶脸上挂着幸福的笑容睡着了，他们哪里知道儿媳妇乔蕊在幸福的外衣下忍受着痛苦的煎熬，乔蕊不忍心告诉小引的爷爷奶奶实情，让风烛残年的老人为自己难过。屋里，立国安静地睡在小木床上，孤独的乔蕊睡在大床上以泪洗面。她拉亮电灯，看着立国白里透红的容颜。她抑制住内心的悲愤和委屈，心里想：也许过一段时间，立国这个小女婿就能够接纳我这个容貌丑陋、身体残缺的大媳妇。但是从古到今有多少英雄栽倒在美女的石榴裙下。当下，立国仕途正旺，围着他转的漂亮女孩绝不止李珍一个，他如果长久贪恋美色，日后必定要栽大跟头，我这个大媳妇必须晓之以理，动之以情，规劝他悬崖勒马。于是，她轻轻地摇动立国的肩膀，小声喊："立国，你醒醒，我有话对你说。"立国翻了一个身，似睡似醒，话若冰霜："我不听，大床上睡你的觉！"乔蕊坐在床沿上，没有眼泪，没有悲伤，连气愤也没有一丝一毫了……

隔天晚上，立国说："乔蕊，我还是这个习惯，说是毛病也行——在家里思考不了工作，我去树林里思考一下田召乡农业老是滑坡的原因。"他不管乔蕊是否同意就走了出去。他出了门，隐藏在附近一堵矮墙的后边，两只小眼睛狡猾地看着乔蕊一拐一拐地朝着他家走去，立国像一只肥壮的黑狗，弓着腰跑进乔蕊的屋里。他拿起手机："玉娥，你快来……"

乔蕊走到立国家门口，见门还是锁着，就索性坐在地上，背靠着门，似睡非睡地等着。

乔蕊屋里，立国和秘书耿玉娥正在云雨幽欢、如胶似漆。耿玉娥问："你咋选择这里？"立国搂住她的脖子说："黄脸婆去我家捉奸了，她这屋里才是灯下黑。"耿玉娥气喘吁吁："最危险的地方也是最安全的地方。"

太阳一竿子高了，胖大嫂走到乔蕊身边，问："女作家，大清早你坐在这里弄啥哩？"乔蕊睁开眼，摸一下被露水打湿的头发,扶着门框站起来,她没有回答胖大嫂的问话,耳朵贴着门缝听了一会儿,自言自语:"屋里没有一点儿动静,难不成这对狗男女在别处鬼混?他们能猫在哪儿呢?"胖大嫂丈二和尚摸不着头脑,说:"大清早的,你东一榔头西一棒槌地说些什么呀?"乔蕊像个没事人似的,问:"胖大嫂下地去呀?"忽然,胖大嫂说:"小引她妈,我刚才在街上看见乡里的秘书耿玉娥从你屋里鬼鬼祟祟地出来,溜着墙根跑走了。大清早,她一个乡干部去你们家弄啥?"乔蕊忍着腿脚的生疼,忍着心里滴血的悲苦,急匆匆向自己家走去。她走进屋,见立国在小床上鼾声如雷,她推他一把,问:"耿玉娥走了?"立国哼了一声,似睡似醒:"玉娥走了。"他忽然坐起来瞪着乔蕊,问:"我说什么了?"乔蕊平静地说:"你说玉娥走了。"立国说:"什么玉娥,我不认识。"乔蕊从枕边捏起两根一尺多长的头发,说:"我是短发头!"

　　乔蕊与立国离了婚,乔蕊的生活又回到以前……

第十一章　黑夜地里的哭声

　　时令正值深秋，干冷的西北风猛烈地呼啸着，后崔庄收割后的土地上弯弯曲曲地裂开了手指般粗的缝隙，缝隙里不时蹦出跳进几只蚂蚱和蝈蝈，这些土块像一张张黝黑枯皱的脸庞，乞求天公降下甘露。麦播的时令已经过了十来天，由于干旱缺水，麦种不能入土，村民们心急如焚。一口水井坐落在庄西地的一棵大柿树底下，水井上盖有一间薄瓦房，瓦房里一台4.5千瓦的马达牵引着皮带上的水泵抽出哗哗的清水，清水蜿蜒地穿过干枯的田野，被沟渠两旁的热土吸得吱吱响。旱天浇地的时候，每家每户白天轮流抽水灌溉田地。

　　春花当上了后崔庄的村主任。这个姑娘中等个子，胖瘦均匀，面色红润，乌黑的短发齐肩闪亮。春花走到一座门楼下，看到王九正靠着门框嗑瓜子，地上被他吐满了苍蝇似的瓜子皮。春花讽刺道："王九，你嗑瓜子真熟练。"王九机灵的眼睛闪了闪，说："女村主任不会白夸我，你一定有活要派给我。"春花说："我的大兄弟脑袋瓜子就是灵，村委会还真有一件事需要你做。"王九说："我透过现象看到你的本质了吧。"

　　春花说："别瞎咧咧了。不少人说城市乱，如今咱乡村也出

198

现了不少偷鸡摸狗的人,这些二流子尽在夜里闹事。你也知道西地机井房里的马达和水泵是全庄人的命根子,容不得闪失。你是咱庄里的民兵小队长,今天夜里带上被子去西地机井房值班,看护好马达和水泵,明天轮到乔蕊家浇地了。"王九问:"村主任让我在机井房睡几夜?"春花说:"不是让你去睡觉,是让你提高警惕,提防坏人。十几天吧,这茬旱地浇完我就派人把马达和水泵拉回村仓库里。"王九说:"要我在野地里住十几个黑夜,不好熬呀。"春花说:"不好熬你也得顶着,民兵小队长不是让你白当的。咱庄有一千两百亩地,一个白天浇一百亩,紧赶慢赶也需要十二天。"

王九没有心情嗑瓜子了,他把手里的瓜子装进口袋里,说:"我和俺媳妇要当天上的牛郎和织女了。"春花说:"看你那没出息的样儿,天一明你就可以回家了。"王九斜了她一眼,说:"当着你大闺女的面,我说句不该说的话,夜里的事白天不能做,没情绪。"春花的脸上泛出一大片红,她厉声说道:"你少放屁!民兵小队长要起模范带头作用,保护好抗旱机械是当前的头等大事,这是村委会给你的任务。"

王九顿时软了,他用乞求的眼神看着春花,说:"漫天野地,月黑风高,那个小机井房就像一个鬼屋,在那里过十二个黑夜,不吓死也得吓疯,每夜村委会给我几个子?"春花狠狠地瞪着他说:"你这个民兵小队长的思想觉悟哪里去了?不长后心只长前(钱)心,前阵子你还去乡文化站听乔蕊婶讲写作课呢,你想当一名文学家,首先要有为人民服务的思想。"

王九挠挠头皮,眨眨两只单眼皮的小眼睛,说:"村主任,当下是市场经济，我要在夜里受冷保护后崔庄的财产，申请三两瓜子钱不过分吧？你别把我扯到什么文学不文学上边。"春花想了一会儿，说："你真市井，白给你这民兵小队长当了。一晚上村委会给你补助三块钱。"王九说："意思意思就中，我倒没啥，咋说我也是一个民兵队长，高低也是个干部，主要是媳妇是头发长见识短，有点儿补助好堵住我孩儿她妈的嘴。春花村主任，我要是向你伸这个手，我这个民兵队长不是白当了，乔蕊老师讲的课我不是白听了嘛！"春花说："你少得了便宜又卖乖，自己想要钱，拿媳妇遮你脸上的臊！"王九说："你这大闺女的嘴像小刀！"

春花说："我以村主任的名义警告你，夜里你必须寸步不离机井房，保护好马达和水泵。"王九说："村主任放心，出不了啥事。县文化馆赵永波官不小吧，我照样挖苦他。我王九在少林寺学过功夫，在这十里八村怕过谁？夜里如果真的有蟊贼吃了豹子胆偷井机房里的东西，我保管叫他竖着进来，横着出门！"春花说："你别吹大话，你只要夜里不离开机井房，就安全。"王九忽然问："村主任，马达和水泵在农闲的时候谁保管？"春花斜了他一眼，说："从今夜开始，你保护好机井房里的马达和水泵，别咸吃萝卜淡操心。"王九嘟囔道："我关心关心集体财产咋了？"春花说："难得你有这份心，这也不是啥军事机密，我们的老师乔蕊婶是村里农机具的义务保管员。"王九小声嘀咕："一个女人咋保管这些硬邦邦、冷冰冰的铁疙瘩？"春花问："你又嘟囔啥子？"王九说："我说我一定保护好抗旱机械，保证不出事故。"春花说："那就好！"她转身走了。

　　夜里。天地间一片漆黑，嗖嗖的冷风一阵一阵地刮着，时不时传来几声令人毛骨悚然的哨声，王九躺在机井房的被窝里，他看看身边的马达，又看看架在井口上的水泵，再瞅瞅水泵下的深水井，身体不禁颤抖起来，他壮着胆唱起了电影《英雄儿女》里的插曲："风烟滚滚唱英雄，四面青山侧耳听……"一曲唱罢，他自言自语："妈的，我就是英雄，英雄怕个鬼……"过了一会儿，他仿佛听见乔蕊在乡文化站的发言："小豹死了，到死他也没娶上个媳妇……"他又自言自语道："小豹亏大了。"

　　咚咚咚，房门响了三声，王九毛发倒竖，他从地铺上跳起来，披上棉袄，战战兢兢地问："谁？""是我，你乔蕊婶。"门口处传来熟悉的声音。王九开了门，看着乔蕊冒着细汗的脸颊，惊疑地问："乔蕊婶，你手脚不得劲，田里坑坑洼洼的你咋摸黑来了？看你脸上都冒汗了。"乔蕊说："我是咱后崔庄农机具的义务保管员，喝汤的时候（方言，指吃晚饭的时候），春花跟我说你夜里在机井房看护马达和水泵，这几年，咱们这儿老不太平，没啥情况吧？"王九说："婶儿，啥事也没有，你放心回家睡觉吧。"

　　乔蕊弯下腰摸了摸水泵，又摸摸马达，说："你要是真困了，睡觉的时候也要睁一只眼睛，机灵点。"王九说："婶儿，我身上有功夫，真有三两个不要命的来了，我肯定能撂倒他们。"乔蕊说："我知道你会铁砂掌，如果真有蟊贼来袭，你将他们赶跑就是了，别动真格的，闹出人命。"王九说："要是真有贼来偷东西，我揍得他们龇牙咧嘴、鼻青脸肿、歪胳膊瘸腿！放心，不会要他们的命的。婶儿，你啥时候再给后崔庄的年轻人讲文学创作?"

乔蕊想了一会儿说:"忙过抗旱麦播这阵子。不只是后崔庄,十里八村的年轻人只要愿意听我讲,我就对他们竹筒倒豆子。我走了。"王九说:"听君一席话,胜读十年书。"乔蕊说:"你别把我夸得没边了,我没那么大的能耐。"

王九从被窝里拿出一把手电筒递给乔蕊,她连连摆手,说:"王九,我不用那个,你别看黑天黑地,这些路我都走了几十年了,闭上眼睛我也知道哪儿宽,哪儿窄,哪儿深,哪儿浅。"她歪歪扭扭地走出机井房,理了理纷飞的头发,迎着冷风向庄里走去。

又钻进被窝里的王九嘀咕:"乔蕊老师要是年轻漂亮的美女该有多好,那可是后崔庄的尖子啦!"忽然他听见屋外不远处传来女人的哭泣声,像一个冤魂的倾诉声。王九骂骂咧咧:"妈的,人走了,鬼来了。今夜老天爷是不让我睡了。"他有一个毛病,夜里睡觉但凡有一点儿动静,他整夜都睡不着,心里像猫抓似的,脑子里像被丝线揪扯似的疼。他又一次穿上棉袄,走出机井房,不远处断断续续的抽泣声像一根绳子一样牵引着他的脚步。机井房里的马灯亮着暗黄色的光,这时候,一个拿着螺丝刀和扳手的黑影火箭般蹿进机井房。

王九辨认出坐在地上模模糊糊的人影是李珍,她不停地抹着脸上的泪珠,冷风吹得她身子瑟瑟发抖,王九把拿在手里的短木棍夹在腋下,问:"这不是李珍姐吗?大半夜的,你跑这荒野地哭啥哩?"李珍抽泣着说:"王九兄弟,我不能活了。"

乔蕊也走了过来。王九问:"婶儿,你没有回村里?"乔蕊说："我听见了哭声，觉得声音耳熟，过来看看是不是后崔庄的姐妹遇到啥扎心事了。"她弯腰一看是李珍，惊疑地问："这不是李珍大妹子吗？谁欺负你了？"李珍看看乔蕊又看看王九，说："立国不是东西，今晚喝汤的时候，他又溜进我屋里，死皮赖脸地要占我的便宜，我不从他，他就扯我的衣裳。我咬了他的手，逃了出来，他在床上嚷嚷着要让十里八乡的小伙子都知道我跟他睡过觉。乔蕊婶，王九兄弟，我以后咋嫁人呀？"王九咬牙切齿地说："立国真是个杂种！"乔蕊说："他就是个小偷加流氓！"王九忽然鄙视地看着李珍，说："李珍姐，不是我王九说你，苍蝇不叮无缝的蛋，你俩以前就不干净，后崔庄的人谁不知道。这会儿你想甩他，他会依你？今天到这地步是你自找的，我不管你俩的破事！"他夹着短棍准备回机井房。李珍忽然揪住他的裤角，声泪俱下地说："王九兄弟，你是庄里民兵小队长，看见坏人不抓，任凭他欺负良民呀？你现在去把立国抓起来，他还躺在我床上撒泼呢！"

乔蕊忽然瞪着王九问："王九，你为什么离开机井房？赶紧回到机井房里！李珍的事，我来处理。"王九挣脱了李珍的手，转身向机井房走去。李珍说："乔蕊婶，你手脚残疾，打不过立国，还是叫王九去捉他吧。"王九边走边回头，对李珍说："李珍，你放心，乔蕊老师一定会帮你出气的！"他走进机井房，用手摸一摸水泵，又摸一摸马达，说："还好没丢。"

乔蕊来到李珍屋里，没有看见立国，李珍眼珠子转了转，说立国走了，让乔蕊先回家，有啥情况她会给乔蕊打电话。乔蕊感到有可怕的事情要发生，但也没有多说。

拂晓，乔蕊扛着一柄铁锹歪歪趔趔地走进机井房，她说："王九，今天轮到我家浇地了。"王九站在门口说："婶儿，小引没在家，你应该叫留根来帮你，一个女婿半拉儿，丈母娘不用白不用。"乔蕊说："我能做的活，不想招呼他。当然啦，如果吱他一声，他会脚不沾地地跑来替我。"她推上电闸，马达不转，她惊愕地问："王九，马达咋不呼隆哩？"王九弯腰轻轻扭动一下马达，他看见马达只剩一个空铁壳，乔蕊也看见马达里面最值钱的轴承和铜线没有了，她的眼前鬼使神差地浮现出李珍的哭泣和李珍阻止王九回到机井房的一幕。她气愤地对王九说："王九，昨夜你上当了！"王九哭丧着脸说："我倒大霉了。""这个贼不是一般的小偷，他一定懂得电机拆卸技术，属于心灵手巧的那种类型。想想村主任会怎样砸砍（方言，指严厉地批评）你吧！"乔蕊说。

乔蕊扛着铁锹向村里走去，径直走进李珍家。李珍正坐在椅子上打盹，她无精打采地说："乔蕊婶，你不是去浇地了吗，咋又回来了？你神仙一把抓呀，这么快就把三亩地浇完了？"乔蕊把肩上的铁锹靠放在门后，坐到软绵绵的竹椅子上，俨然一副母亲使唤女儿的口气说："小珍，今晨我嘴馋了，你去小厨房给我做一碗羊肉烩面吃吧。"李珍奇怪地看着乔蕊严肃的面容，说："乔蕊婶，没人大清早就吃羊肉烩面的，那样对胃不好。"乔蕊冷冷地说："我是钢肠铁胃，你去煮吧。"李珍说："要不你去我爹的烩面馆吃？"乔蕊说："烩面馆里人来人去嗡嗡叫，我头晕。今天早晨，我就在你家吃，你赶快去煮吧，八块钱少不了你的！""那我去煮烩面了。"李珍穿着鲜亮的红皮鞋，很不情愿地迈进院子里阴暗的厨房。

　　乔蕊急忙走进里屋，敏捷地翻箱倒柜，她掀开耷拉在床边的布单子，看见床底下放着两卷金色的铜线和闪烁着银光的马达轴承。她赶紧到前厅拨通了电话，低声说："春花，我在李珍家，你快来，别吱声，直接到里屋来。"

　　村主任春花急匆匆地赶到李珍家的里屋。乔蕊指了指床底，说："春花，你看。"春花看着轴承和铜线，她秀美的眸子里冒出愤怒的火光，说："家贼难防啊，王九是死人呀？"乔蕊说："昨夜王九上了李珍的当！"

　　李珍端着一碗香喷喷的烩面走了进来，春花指指床下的东西，厉声问："小珍，这些东西是你偷的？"李珍手里的烩面"啪"的一声掉在地上，她全身颤抖，结结巴巴地说："春花，乔蕊婶，这些东西是立国偷的，不是我偷的。"乔蕊斜他一眼，说："没有你，他也偷不成！"李珍坐在地上，哭着说："二位姑奶奶，昨夜立国逼我去野地哭！"春花拿起手机："喂，乡派出所……"乔蕊急忙说："村主任等一下，你先别给乡派出所打电话……"

　　立国不知道屋里的情况，他拿着一个麻袋匆匆地走进来，计划把东西拿去县城卖掉，没想到网已经张开，就等他钻进来。立国惊恐地站在门口，看看乔蕊，又看看春花，急忙转身欲逃走。乔蕊说："立国，站住。"春花说："天还没亮，你拿一个大麻袋来李珍家弄啥？"立国站住脚，他的心咚咚跳，脸上冒出豆粒似的汗珠，他说："我来李珍家买两碗烩面带走。"乔蕊说："打包烩面用的都是食品塑料袋，你用大麻袋装烩面？"春花低头抿嘴笑着，乔蕊看她一眼，她赶紧绷紧了脸。乔蕊说："进来坐下，村主任有话要问你。"立国看着床沿上的蓝布，两只小眼睛染上恐惧的神色。

春花问："最近工作怎么样？村委会把你安排在治安小组第三组当组员还行吧？"立国坐在小板凳上，他看看乔蕊和春花的神色，觉得她们一定没有发现什么问题，估计是凭着村主任的权势和作家的名气来李珍家吃烩面。他恐慌的心平静了许多，脸上也露出了淡淡的笑容，他声声慷慨激昂，句句冠冕堂皇："村主任同志，作家同志，我自从不当副县长回到庄里，一直本本分分。感谢村主任不埋没我的特长，让我当上了庄里的治安小组第三组组员。我一定尽职尽责，严防窃贼，保护好后崔庄的集体财产。"李珍斜了他一眼，透露出无奈与悲哀的神色。

立国见撒在地上的烩面，打着官腔说："李珍同志，你真没材料，快去厨房再煮两碗烩面，请村主任和作家尝尝鲜。"他一边说一边瞪着李珍。李珍正准备迈脚，乔蕊摆摆手，说："李珍，不用了。"李珍惊恐地缩回身子。乔蕊走到床前，掀起床单，立国迫不及待地说："这不是村委会马达里的轴承和铜线吗？这些金贵的集体财产一定是李珍偷的。"他转身瞪着李珍，大声嚷嚷："你这个婊子偷男人不说，还当贼，你老实交代，啥时候作的案，我这个治保小组组员咋一点儿也不知道？你当着我们仨的面，老实交代，坦白从宽，抗拒从严，悬崖勒马尚未迟，断头台上饶命晚。""你……"李珍气急，指着立国的脸。乔蕊说："抗旱如救火。立国，你把轴承和铜线用麻袋背到机井房，安装到马达的铁壳里，我急着浇地哩。""我义不容辞。"立国像狗似的钻到床底，把轴承和铜线装进了麻袋，他在心里骂着：美女是祸水，我嫖李珍倒八辈子霉了。春花说："立国，你去机井房装上后，赶紧回到这里，我和乔蕊在这等着你。"立国点点头，背着麻袋走了。一会儿，他垂着头，无精打采地回来了，刚一到屋他就一屁股坐到椅子上。"张立国，你给我站起来！"春花一声雷吼。立国浑身筛糠般站起来。春花说："你一会儿回家准备几件换洗衣服和一床被褥，跟我去乡派出所报到吧。"立国"扑通"一声跪在春花面前，声泪俱下："村主任大人开恩呀，我以前是副乡长，要是去乡里蹲号子，我咋有脸见我以前的勤务员和秘书们啊？"他用双膝挪到乔蕊跟前，说："乔蕊大作家，看在咱俩以前……""呸，别提那档子事！"乔蕊啐了他一口。立国抽泣着："乔蕊啊，村主任听你的，你帮我求求情，别让我进去！我以后再当三只手就……"他站起来拿起一把小刀在他的小拇指上拉了一下，小拇指上只泛起一条红痕，没有流血。他瞪着李珍，厉声道："死人，快到抽屉里给我找个创可贴！"

乔蕊忍着笑，与春花耳语一阵。春花看着立国，冷冷地说："张立国，今天下午之前，你写一份深刻的检查交到村委会，不但要写清楚你盗窃的全过程，还要写清楚你怎样逼着李珍助纣为虐的，作案以后为什么把赃物放在李珍家，有没有陷害她的动机，更要写明你今后准备怎样做人。"立国从地上站起来，长吁一口气，说："中中中，检查我一定写得深刻，比河水还要深，保证触及灵魂！"

乔蕊和春花离开李珍家，走到大街上，春花说："乔蕊婶，你看立国阴阳怪气，一点儿也没把犯案当回事，你就是心太软。"乔蕊说："我没有让你给派出所打电话，是想给他一个改正错误的机会。"

李珍屋里。立国坐在床沿上，李珍坐在一旁的小马扎上，二人的脑袋像霜打的茄子一样垂在胸前。一会儿，立国沮丧地抬起头，两只玉米粒似的眼睛瞪着李珍，问："乔蕊和春花谁先来的？"李珍像老鼠见了猫似的全身颤抖，她垂着头说："乔蕊先来咱家的，她要吃我做的烩面，我就去厨房了。我在厨房好像听见乔蕊在大屋里说话，不大一会儿，春花就来了。又停一小会儿，你也来了。""啪！"立国重重地打了李珍一巴掌，骂道："臭婊子，谁跟你'咱'！我琢磨着你昨夜在地里哭的时候乔蕊就起疑了。"李珍捂着发麻的半边脸，忍不住呜呜地哭起来。立国又骂："你他妈的还没哭够呀。"李珍害怕得止住了哭泣。立国的手握成拳头，牙齿咬得咯吱咯吱响，他咬牙切齿地说道："乔蕊呀乔蕊，算你狠！咱们骑驴看唱本——走着瞧！"

傍晚。月牙高悬，凉风习习，乔蕊卷起两条沾满泥水的裤腿，扛着铁锹走出自家的田地。她靠着路边的白杨树，看着洇湿的土地，笑眯眯地说："等到不沾脚了就能下种了。麦籽喝饱了水，明年夏天又是粮满仓。"季景明教授走过来，问："粮满仓了，你闺女也出嫁了，打恁多粮食，你和公婆三人吃得完吗？"乔蕊说："吃不完能卖钱呀。"季景明说："你一不盖房，二不买车，三呢就算有个小灾小病还有新农合，要这么多钱干啥？"乔蕊说："恐怕卖粮食的钱还远远不够哩，我有一个大项目需要用钱。"季景明说："三个月前我出版了一本书，啥时候帮我雅正雅正？"乔蕊的眼睛里忽然闪烁着亮丽的光芒，说："有机会我一定拜读。"

第十二章　胸怀

　　乔蕊虽然是一个残疾人，在后崔庄却是村主任的好助手——既是村委会农机具的义务保管员，又是民事调解员（原来的民事调解员王大娘年迈体弱已经退休）。

　　中午，海生躺在村后边的红薯旁默默流泪。彩铃提着一篮面条菜从红薯地经过，她斜眼看着海生灰冬瓜似的脸，想说什么却没开口，继续向前走。忽然，她的心里涌起一股酸涩，不由自主地转身走到海生身边，阴沉着脸，问："老驴头，日头照到头顶了，你咋不回家吃晌午饭？"

　　海生坐起来，冷冰冰地看着她说："论岁数，我能当你爷，你连骂带数落，少条失教的，咋教育学生哩？"彩铃的脸上泛起一片红："我早就不当民办教师了。你光长年龄不长德行，后崔庄的老老少少谁不把你当一只猴耍？你哭啥哩？"海生凶巴巴地说："谁哭了？风沙迷了我的眼睛，碍你屁事！"彩铃看着远方，将手臂展开，说："我的衣袖一动不动，一丝风也没有。我知道前几天你儿子小楼去县城做木匠活，你老不正经地又溜进你儿媳妇屋里想扒灰，被她一脚蹬出来了，所以你伤心掉泪。"海生有气无力地说："彩铃，你少恶心我，我早不干这猪狗事了，狂牙话

209

（方言，指讽刺人的话）你少说。"

海生看着头顶的太阳，沮丧地说："晌午了，我肚子早就饿得像赶大车，这会儿头晕目眩、两腿酸困，但是俺家锅里没有我的饭啊。我老伴上个月走了，剩下我一个孤老头子，唉！小光他妈只要看见我，眼里恨不得射出两把刀子。今天我办了一件没材料的事……儿子没在家，儿媳妇就是天，她不叫我吃饭。"彩铃说："不是我说的那事吧？"海生说："也就五年前小光他妈刚嫁到俺家时我干过一次。从那以后，儿媳妇就把我当马使唤，家里地里的脏活累活，我比小楼干得还多，我肠子都悔青了。"彩铃说："你就是吃草料的畜生，村里人叫你老驴头不亏，这些年你真的改邪归正了？"海生摸摸头，说："我早重新做人，不干那事了。""真的？"彩铃似信非信。海生说："我就是有贼心也没贼胆，有贼胆也没有贼力了。"彩铃说："老驴头，那今儿个小光他妈为啥不让你吃饭？"海生说："我饿得说不出话了，省口气暖肚子。"彩铃说："你不说，我去问小光他妈。"她提着篮子三步并作两步地往小光家走去。

彩铃在院门口看见乔蕊正和小光他妈赵月秀说着话，两个人的神色都很气愤，赵月秀的脸上微微泛红，沾着面粉的双手拉着乔蕊的左手，激动地说："真是谢谢你，今儿个要不是你把我儿子找回来，我非跳井不中！"彩铃手里的菜篮子"腾"的一声掉在地上，她连忙走上前，惊愕地问赵月秀："小光出啥事了？"赵月秀带着哭音道："彩铃，今儿个俺家的天差一点塌了。哎哟，不行了，我头疼得厉害，乔蕊婶是俺的大恩人，让她说给你听，我去里屋歇歇。"

　　乔蕊拉着彩铃走出小光家。两个人坐在路边一棵老槐树下，彩铃急切地问："乔蕊婶，小光今儿个出啥意外了？"乔蕊说："也没啥大事，还是不说了吧。"彩铃说："小光他妈刚才说天都快塌了，还不是大事？你快说。"乔蕊说："事情都过去了，大伙儿都平平安安的。彩铃，快回家做晌午饭吧。"彩铃抓住乔蕊的手不放，说："乔蕊婶，我是一个急性子人，无论啥事我只要知道一点儿苗头，不弄清楚根根梢梢，非得急出病，你忍心叫我吃药呀？"乔蕊啼笑皆非地看着彩铃，说："真拿你没办法。"她顿一下，接着说："小光的情况我知道一些，今儿个的事情是这样子的……"她把上午发生的事慢慢地告诉了彩铃……

　　后崔庄小学一年级的教室里坐着二十九个小学生，学生家长坐在过道中间的凳子上，最后一排有一个座位空着，无精打采的小光在教室外的窗户前被罚站。

　　李娟中专毕业，秀外慧中，谈吐和蔼，已经从教五年了。她站在讲台上说："李小冰家长，请上台领一下小冰的语文试卷。"王桂玲走上讲台，从李娟手里接过试卷，她看着试卷上红色的"92分"，惊喜地说："我儿子真棒。"李娟又说："请赵小英家长上台领一下试卷。"朴实憨厚的赵纪明走上讲台，他用双手恭恭敬敬地接过试卷，满面笑容地看着试卷上的"88分"，说："别看平常让我闺女说句话就像从她嘴里掏金豆子一样，小脑瓜子倒是灵通。"他拿着试卷笑眯眯地走下讲台。

　　李娟忽然厉声说："请李小光家长上台领走你儿子的试卷。"赵月秀走上讲台，看了一眼站在外面的儿子，心里有一种不祥的预感，她从李娟手里接过小光的试卷，映入眼帘的是红色的

"23分"。她满腔怒火地走出教室，拧住小光的耳朵，小光龇牙咧嘴地叫唤："妈，你轻点儿，疼死我了。"赵月秀松开手，戳一下小光的额，说："不争气的东西，回家我再收拾你！"李娟走出教室，说："李小光的家长，你儿子上课不注意听讲，还总是影响别的同学，一会儿掐掐左边同学的手背，一会儿又踩踩右边同学的鞋子，动不动还学动物叫，惹得全班学生哄堂大笑。你作为家长，要配合老师，下功夫教育小光。"赵月秀连连点头。

赵月秀拉着小光风风火火地回到家里。她把小光锁进柴草屋里，把钥匙交给了海生，生硬地说："饿那个小鳖孙两天，搂草喂羊时把门看紧，不许他出来。我出去办点事。"她气冲冲地走出了院子。海生看着赵月秀的背影敢怒不敢言，儿媳妇明里是骂小光，话里也把他这个爷爷给骂了，他吃了一个哑巴亏。他坐在草屋门口，透过窗户看见小光在草堆上打滚哭叫："爷爷，你快开门，我要出去！"海生在门外说："你妈不让我开门。"小光哇哇大叫："爷爷，你给我拿个馍，我快饿死了！"海生说："你妈把厨房门锁上了，他给我下了死命令！"小光哀号："你是她爹，凭啥听她的？"海生四下瞅瞅，低声说："孙子你不知道，爷爷有把柄握在你妈手里。"小光不停地耍着无赖："爷，我要把屎拉在干草上，咱家的羊闻见臭味就不吃了，要是把羊饿死了，我妈照样修理你。"海生说："你屙完屎赶紧回草屋。"他拿钥匙把草屋门打开了。小光闪电似的窜出草屋，向村外的大马路上跑去。

乔蕊正在马路边卖旧书，看见小光像被人追赶似的拼命往县城的方向跑，说时迟那时快，乔蕊突然截住他，抓住他的小手腕，问："小光，你去哪儿？"他一边挣扎一边说："乔蕊，你不要拽我,我去县城看电影。"乔蕊听他越说越离谱,问:"你妈知道吗?"他说:"我妈叫我去的。再说了,我爸在县城做木匠活,我看完电影可以去找他,有吃有住。"乔蕊不相信赵月秀会让一个六岁的孩子独自去二十多里外的县城,紧紧地抓住小光的手腕不放。忽然,乔蕊看见赵月秀发疯似的跑过来,抓住小光的另一个手腕,说:"谢谢乔蕊婶!"乔蕊问:"月秀,小光要去县城,你娘儿俩闹啥别扭了?"赵月秀说:"小光太淘气!"她拉着小光向家里走去。乔蕊不放心,急忙把书摊收了,一拐一拐地来到小光家。

小光家的院子里,赵月秀的声音像高音喇叭似的,她手拎着腰骂着:"你个老杀才,连个孩子都看不住,今天要不是乔蕊婶拽住小光,我儿子非出大事不可。小光今儿个要是有个三长两短,我非把你的大头割下来剁巴剁巴喂狗!"海生像一个囚犯一样双手抱头蹲在墙角,可怜巴巴地说:"小光要厕在干草上,我没办法才开了门,谁知道我一开门,他就窜得没影儿了。"赵月秀的手指头一下一下地戳着他的额头,吼道:"你还有理了,今儿个要是折了你老李家的香火,你儿子回来了,他会和你动刀子!今天中午锅里没你的饭!"海生颤巍巍地走出院门。乔蕊欲言又止。赵月秀上前拉住她的左手,感激涕零:"谢谢你,乔蕊婶。你是李家的大恩人,以后你家里有啥活,我让小楼给你干,小光长大了,也能替你干。"乔蕊说:"我在马路上卖书恰巧碰见了,没啥,你不要心太重,小光没事就好。海生也不知道会去哪儿?"赵月秀说:"不要管他,老的小的都不叫我省心。"乔蕊和她寒暄了一会儿彩铃就过来了……

槐树下边，彩铃听完了事情的经过，说："乔蕊婶，今儿个赵月秀算是为你出了一口恶气。"乔蕊如堕五里雾中，她莫名其妙地问："你把我说迷糊了，我和海生啥时候有解不开的疙瘩？"彩铃说："乔蕊婶，你可真是贵人多忘事。前一阵子，李海生这个老驴头在村里造你的谣，说你写的长篇小说是抄袭别人的，咋，刀子扎你心窝的事。还没有多久哩，就不记得了？"乔蕊说："这都过去多久的事了。再说了，海生最后也向我道歉了。"彩铃说："贼咬一口，入骨三分，事后他对你说几句不痛不痒的软话就算了？你的气不是白生了？"乔蕊问："那还能咋的？海生上了岁数，身子骨经不起饿，他这会儿能去哪儿？"彩铃说："老驴头这会儿在红薯地里饿得直哭，我刚才看见他了。"乔蕊说："彩铃，你的菜篮子呢？"彩铃恍然大悟："忘在月秀家了，可不能便宜那娘儿们，我回去讨。婶儿，赶快回家吃饭吧。"

乔蕊一拐一拐地走到红薯地，看见海生躺在红薯秧上蜷缩成一团，她说："海生叔，回家吃饭吧。"海生睁开眼睛有气无力地说："女作家，你是来看我这个糟老头子的笑话吧？我以前说过阴话损你，现在看到我这样，你心里一定比扇子扇还舒坦吧？"乔蕊说："海生叔，你这话说得不靠谱，我又不是小肚鸡肠的人。再说了，人这辈子，谁还没有个犯浑的时候，过去的事咱不提了。你起来，我扶你回家吃饭。"海生晃晃悠悠地站起来，搭着乔蕊的肩膀慢慢地向家里走去。

院子里。赵月秀说："老杀才，你找人帮腔也没用，不饿你两天你不长记性，看你以后还敢不敢违反我的命令？"她看着一旁的乔蕊，说："彩铃刚把菜篮子提走，她跟我说不饿老驴头一

214

天也得饿他一顿饭。乔蕊婶，这个老东西以前损你可不轻，你今天咋做起东郭先生了？"乔蕊严厉地说："两码事！月秀，我现在是后崔庄的民事调解员，有义务提醒你，虐待老人是要负法律责任的。"赵月秀说："乔蕊婶，你啥时候当起民事调解员了？"乔蕊说："村主任春花在一个月前任命的。"月秀的话有点儿软了，她说："乔蕊婶，今儿个我看在你的面子上……"她转身走进厨房。停了一会儿，乔蕊看见她端着一碗西红柿鸡蛋面走出来，她把碗放在石阶上，对着蹲在地上的海生说："吃吧，碗放在石阶上，你老有功！"海生端起碗，狼吞虎咽地吃了起来。

　　乔蕊的脸上浮现出欣慰的笑容，她一拐一拐地走出小光家。

第十三章　卖玉米穗

　　中午。乔蕊歪歪趔趔地走进县文化馆办公室，馆长赵永波急忙站起来，惊讶地问："乔蕊老师，县城离后崔庄足有二十多里，你是咋来的？"他从暖瓶里倒了一杯水递给乔蕊，乔蕊一边吸溜着热水一边说："我一步一步走来的，赵馆长。虽说我身体不全乎，走路歪歪趔趔不受看，可是俺农民身体皮实，走路不碍事，脚步照样迈得欢。"赵永波笑眯眯地说："那是！你是咱们县出了名的女作家，听说你亲家母读了你的小说，眼睛都哭红了？"乔蕊说："赵馆长，我也有梦想，今天来我想跟你说件事，不过……话没出口，我这心里咚咚跳。"赵永波和蔼地说："没关系，你有啥想法说出来，只要是我能办到的，一定尽量满足你。"乔蕊说："我想来县文化馆工作。"她说完这话，把头垂得低低的，好像犯了一个大错误似的。

　　乔蕊的要求让赵永波猝不及防，他沉默了一会儿，思索着怎样实现这位诚实善良、才华横溢的女农民作家的梦想。他问："你是党员吗？"乔蕊摇摇头。赵永波爱莫能助地说："人事调动的权力不在文化馆，在县人事局。"乔蕊看着赵永波为难的神色，说："赵馆长，我知道，把一个农民变成国家工作人员超出了你的权限范围。再说了，我这个年龄……这个形象……算了，赵馆长，不好意思打扰你了，当我什么都没说。"

赵永波说："乔老师，我敢说如果你来县文化馆工作，馆里的精神面貌一定焕然一新，蒸蒸日上！但人事变动真不是我说了就算，实在抱歉。其实，生活在乡村对你的文学创作更有帮助。"乔蕊说："嗯，我知道。赵馆长，你是好领导，我让你为难了，对不起。"赵永波说："说对不起的应该是我。上次后崔庄乡政府奖励你一千块钱，还惹你生了一个窝囊气。"乔蕊说："赵馆长，这事你也知道了？这是当时的副乡长立国捣的鬼，我当时心里确实有一种哑巴吃黄连的感觉，不过事情都过去了。立国那个贼娃子，贪污乡政府的钱给他情妇买东西，东窗事发后被'双开'了，又回到后崔庄当农民了。"赵永波说："乔老师，啥事想开一些，人们不是常说比陆地大的是海洋，比海洋大的是天空，比天空大的是人的心胸嘛！"乔蕊说："我天天都兴高采烈的。时候也不早了，那我就先回去了。"赵永波把乔蕊送到大门口，说："你等我一会儿。"

过了一会儿，赵永波拿着两个鸡蛋灌饼走了过来，他把鸡蛋灌饼放到乔蕊手里，说："你一定饿了。"乔蕊把鸡蛋灌饼装进口袋里，一股股油香味直扑她的鼻子，她心里说，回家给小引爷爷一个，给小引奶奶一个。乔蕊说："赵馆长，我这会儿也不饿，回去再吃吧。"赵永波指了指车棚里一辆崭新的永久牌自行车说："乔老师，你坐到车后面，我去后崔庄乡文化站检查工作，顺路把你带回去。"乔蕊说："你骗我，我走路回去。"赵永波说："经常骑自行车的人都有感觉，后座上坐个人，骑车的人会感觉很轻松，如果骑一辆空车，骑车的人感觉很沉重。我没骗你，我真是去办事的，你就帮我一个忙，让我轻轻松松地骑车吧。"乔蕊半信半疑："骑自行车还有这个窍门哩？"

马路上，赵永波不快不慢地骑着车。他扭头对乔蕊说："谭贵堂对你很有好感，他把你当成了后崔庄的宝贝。"乔蕊说："我就是一个残疾的女农民，算啥子宝贝。"赵永波说："他今年四十八岁，离婚五年了。"

乔蕊不解赵永波说这话的意思，因为这与做好文化站的工作、做好精神文明建设没有太大的关系。乔蕊奇怪地问："赵馆长，你是为了送我才骑车来后崔庄的吧？"赵永波摇摇头。乔蕊又问："那你是去找谭贵堂站长研究后崔庄的精神文明建设问题？"赵永波还是摇头，他说："我是找后崔庄的村主任春花同志。"乔蕊更加不解了："你和春花是两股道上跑的车呀。"赵永波说："前天我在县城大街上转悠，看见两个商人在卖熟玉米穗，五六个云川大学的学生都在买，他们吃得津津有味，我问了一下价格，一元五角一穗。大部分学生都喜欢吃这种煮熟的玉米穗，云川大学有两万五千名学生，如果春花动员村民们按一元两角一穗的价格把后崔庄的玉米穗卖给云川大学食堂，村民们的收入要比往常高不少，同时也让学生们有了口福。"

乔蕊说："谢谢赵馆长为后崔庄村民提供了这么好的商机。其实刚刚你把这事告诉我，我回村转达给春花就行。"赵永波一边骑车一边说："我在馆里坐久了，头昏眼花的，正好出来活动活动身体，劳逸结合嘛！"乔蕊淡淡一笑："你是常有理。"

中秋节前夕，一望无际的田野里鲜嫩的玉米穗轻轻摇曳。

云川大学学生食堂计划收购后崔庄村民种的玉米穗，一穗一元两角，打算煮熟后按一元五角一穗的价格售给学生。为了装运方便，村民们统一购买了一样的尼龙网袋。按照科长陈树明的要求，每个网袋里装一百个粗壮鲜嫩的玉米穗，并且要将卖家的姓名写在红布条上，系在袋口。

上午，云川大学校园里风和日丽，鸟语花香。上体育课的同学们生龙活虎地打篮球、扔铁饼、攀单杠，一片朝气蓬勃的景象。宽敞的食堂餐厅里，后崔庄的村民们排着一列长长的队，陈树明站在一台大磅秤旁，像一个监工头似的吆喝着："王春花玉米穗一袋。"炊事员小钢和王大姐把春花的袋子倒在地上，一根一根地数，二人飞快地查完数量，王大姐高兴地说："穗大粒饱，一根不少。"陈树明满意地点点头，又继续吆喝起来……

日头正南的时候，大部分村民卖完了玉米穗，他们数着从财务室领的钱，满面笑容。王九看着手里的十二张十元币，笑得眼睛眯成一条缝，说："不用扯皮脱籽不用晒，省力还能多卖钱，怪美气。"蜡梅说："卖一袋玉米穗，够我买两件花衣裳。"她的脸上笑成一朵花。

陈树明吆喝着："乡亲们，玉米穗是吃的东西，同学们看见放在地上就不买了。"大伙急忙把倒在地上的玉米穗又装进网袋抬到木板上。王九自己的网袋还没搬，反倒先帮蜡梅搬起了网袋。蜡梅脸色微红，说："谢谢你，王九。"王九说："小菜一碟，不用谢。"王大姐说："王九，你当着大伙儿的面向蜡梅示好，人家会不好意思的，说不定还会恶心你。小树林里、玉米地里示好，人家才喜欢。"春花说："就怕是剃头挑子一头热。"陈树明说:"蜡梅的心思在哪个男人身上还不一定哩,傻王九真的把自己当成她的相好了?现在的姑娘喜欢的不是有力气的男人,而是有钱有权的男人。"

蜡梅斜一眼陈树明,心里骂:你少说怪话,后崔庄上上下下谁不知道你是一个见了女人走不动路的老流氓、坑害就餐学生的贪污犯!还有脸在大庭广众之下说别人的不是。她把对陈树明的满腔怨气撒到王九身上,觉得就是因为王九的殷勤才让人对她指指点点,她没好气地问:"王九,我和你一不沾亲二不带故,你为啥帮我扛玉米穗?"王九惊愕地看着蜡梅由晴转阴的脸色,说:"一呢,咱俩是后崔庄的街坊;二呢,是文化站的同学;三呢……虽然我想吃天鹅肉,可我也不至于是癞蛤蟆。"他说完气呼呼地走出了食堂,食堂里爆发出一阵叽叽嘎嘎的笑声。蜡梅看着王九远去的背影,讥讽地说:"你不是癞蛤蟆,在我面前你就是一个肥皂泡。"

立国用平板车拉着一袋玉米穗向云川大学食堂走去。他经过横头街,看见乔蕊的三轮车里也放着一袋玉米穗,而且个个粗大鲜嫩。乔蕊厌烦地斜他一眼,脸上布满一层乌云。立国献媚地说:"女作家,大名人,你也去大学食堂卖玉米穗?"乔蕊说:"叫嫂子,别把作家、名人挂在你的两片嘴皮子上,叫得我全身起鸡皮疙瘩。你的检查交没交给村委会?"立国笑嘻嘻地说:"交过了。16开的稿纸我写了八张半,字字句句都触及灵魂。"乔蕊严厉地说:"你少嬉皮笑脸,偷村委会马达里的轴承和铜线是破坏农业抗旱,性质恶劣程度比一般的小偷小摸严重得多。"立国说:"这个我知道。我这个做贼的好手又被你这个捉贼的高手捉住了,我认栽了!我保证痛改前非……"乔蕊摆摆手,她一点儿也不相信他的白话,乔蕊说:"你不用红口白牙赌天大的咒,你哪次赌咒不是赌得唾沫满天飞,我耳朵都听出茧子了,你改了吗?"立国说:"对对对,你不听我言,只观我行。"

小引奶奶拄着拐棍摇摇晃晃地走过来,她抓着三轮车车帮,痛苦地说:"小引她妈,我的心一揪一揪地疼。"立国眨巴眨巴眼睛,计上心头。他急忙上前把三轮车上的玉米穗抱下来放到自己的平板车上,说:"乔蕊嫂,你赶快用三轮车驮着大娘去卫生所看病,我帮你把玉米穗拉到食堂,钱一分不少给你。"乔蕊将信将疑地看着他,又看看一旁小引奶奶痛苦的神色,牵强地说:"麻烦你了,立国。"立国把小引奶奶抱进三轮车车厢里,乔蕊慌忙骑着三轮车向村西头的卫生所驶去。立国看着乔蕊的背影,拧笑着。他拉起装着两袋玉米穗的平板车,走进一个小夹道,见四下无人,就停下车迅速解下自己网袋上的布条,和乔蕊的调换一下个儿,然后大摇大摆地继续赶路。

路上,心急如焚的乔蕊累得气喘吁吁,额头上布满了汗珠,她说:"妈,王芬医生在县医院进修过,她看老年人的病可准了,先让她看看,不行的话我再拉你去县医院做心电图。"小引奶奶说:"你慢点儿骑,小芬医生中着哩,我这老毛病不用去县医院,去村卫生所拿几片药吃就能稳住神。"

云川大学食堂里,立国将两袋玉米穗搬到木板上,陈树明笑眯眯地说:"立国,你卖两袋玉米穗?"立国抹一下脸上的汗珠,说:"我把乔蕊的一袋玉米穗也拉过来了。"陈树明讽刺道:"今天太阳从西边出来了。"立国说:"我张立国从今天开始学雷锋。"

陈树明高叫着："张立国卖玉米穗一袋。"小钢和王大姐把网袋里的玉米穗倒在木板上，仔细检查了一遍，然后满意地点点头。陈树明接着吆喝："立国替乔蕊卖玉米穗一袋。"他转头问立国："乔蕊咋没来？"立国幸灾乐祸地说："她家老母猪不吃食，她用三轮车拉老母猪去兽医站了，可能一会儿就回来。"小钢和王大姐将网袋口系着乔蕊名字的玉米穗倒在木板上，数完网袋里的玉米穗后，王大姐气愤得两只手拍得啪啪响，她吼道："这一包玉米穗只有九十一根，大穗中间夹着十二根香蕉穗（方言，指无粒或结籽很少的玉米穗）！"小钢拿起一根嫩小的玉米穗，气愤地说："一掐一股水，不见一粒籽，学生才不会买这种玉米穗呢！"

立国跳上木板，像一个演说家似的慷慨激昂地说："陈科长、炊事员同志们、后崔庄的兄弟姐妹们，大家都看见了，后崔庄女作家乔蕊竟然干出这种坑害就餐学生利益的缺德事，她平常装得人五人六的，其实就是土了吧唧的农村老娘儿们，心比天高，命比纸薄，还写书呢！我说她写的书只能放在厕所里当手纸！今天大伙儿见证了她干的一件缺德事，暗地里还不知道她干了多少恶心人的事哩！"春花说："这件事一定有蹊跷！"蜡梅说："乔蕊婶不像是这样的人呀。"彩铃说："我也不愿意相信，可是这一袋玉米穗在木板上搁着哩。"

乔蕊擦着脸上的汗珠，一拐一拐地走进食堂。王大姐冷笑着问："乔蕊，立国说你家老母猪不吃食了，找兽医看过了？"乔蕊本来是想感谢立国帮她把玉米穗拉到食堂的，但是她见大伙用冷冰冰的眼神看着自己时，心里咯噔一下，她知道肯定是发生了什么不好的事情。她瞪一眼立国，然后对王大姐说："立国俏皮，他骂我婆婆。"王九说："乔蕊婶，你今天做的事可不亮堂！"蜡梅在他身边低声说："事情没有弄清楚，你这个簸箕嘴别乱说。"彩铃说："乔蕊婶，你今天丢大人了。"陈树明的脸上像挂了一层黑云，他指着板子上大大小小的玉米穗说："乔蕊作家，你不是要全心全意为就餐学生服务吗？你服务得怪不赖！"他话里有话，含着无情的讽刺。

乔蕊惊愕地看着板子上嫩小的香蕉穗，咬牙切齿地说："这不是我的！立国，这是不是你捣的鬼？"王大姐说："小引她妈，你这袋子里有不少香蕉穗，数量也不够。"立国说："乔蕊，你不要恩将仇报，我帮你拉玉米穗还惹了一身的不是，你说我捣鬼，有啥凭证？"他举着写着乔蕊名字的红布条："大家看看，这布条上写着'乔蕊'二字。"蜡梅很想为乔蕊鸣冤叫屈，但她也没有证据。小钢也将信将疑地看着乔蕊。乔蕊说："我唾沫吐地砸个坑！我送过来的是一百根又大又粗的玉米穗，这袋有爷有孙的玉米穗不是我乔蕊的！"立国像狼一样地号叫："你赌天大的咒也没用，你平常教训别人一套一套的，自己一身白毛，就别说他人是妖怪！"乔蕊指着立国的脸颤抖地说："是你！你把布条换了！"立国说："证据呢？"他看向大伙："你们谁见我调换布条了？"大伙面面相觑。陈树明说："算了！乔蕊，看在你是残疾人的份上，食堂收下了。"他拿起手机："王英会计，一会儿乔蕊找你领钱的时候，给她五十块钱。"

乔蕊顿时觉得人生之路荆棘丛生，一条看不到头的路上布满了无数未知的陷阱。

第十四章　弄潮儿

　　留根在云川大学读研究生。八月，学校放暑假，留根挎着书包走在回家的路上，忽然他听见一阵撕心裂肺的呼救声："救命……西成，我的儿，你在哪里？"他循声望去，只见一个白发苍苍的老奶奶在大河里挣扎。留根的眼前忽然闪现出临行前乔蕊拉着他的手说："孩子，你是这个时代的弄潮儿，一定要先有德再有才。"他急忙将挎包扔在地上，纵身跳进波涛汹涌的河水里，他游到河中央，一把抓住老奶奶的胳膊，奋力向岸边游去。奈何风大水大，他渐渐体力不支，临近岸边的时候，他使出全身力气，将老奶奶往岸上一推，自己却被卷进汹涌澎湃的波涛里。

　　岸上，一个中年男人跑过来，他见老奶奶浑身湿透坐在岸上，头发上、衣角处还不停地滴着水，惊恐地问："妈，咋回事，你掉进河里了？"老奶奶说："西成，我来河边给你洗几件脏布衫，不小心脚下打滑，就掉进去了，你的布衫也被河水冲走了。"他抱住老奶奶哭着说："妈，你吓死我了，不叫你来河边帮我洗衣服，你偏不听！布衫被冲走不是个事，只要你平平安安的就好。你咋上的岸？"老奶奶说："是一个二十多岁的小伙子救了我，但是他却被大浪卷走了。"母子二人看着滚滚的河水，默默

225

流泪。老奶奶拿起不远处留根的书包，哭着说："儿啊，这是救我的那个小伙子的书包。"西成从书包里翻出了留根的身份证和学生证……

屋里，素芹坐在地板上，两腿伸直，拍着大腿呜呜地哭着："我的儿啊，娘愿意替你去死，你回家来吧。咱两家是啥命呀，你老丈人淹死在北大河，你又被河水卷走。"天旺手拿一张报纸，风尘仆仆、悲恸欲绝地跑进屋，蹲在素芹身边，泪如雨下："素芹，你一给我打电话我就往家赶，这事连广州的报纸上也登了。留根是咱俩的独子啊，这个根也没留住。"素芹泪流满面，她抬起头双眼红肿地看着天旺，问："他爹，小引知道不？"天旺说："她天天在屋里给民工做饭，很少出门，我没吱声。"素芹抽泣着："当家的，咱家天塌了。"她的拳头使劲地捶着天旺的胸口，天旺一动不动。停一会儿，天旺说："报纸上说咱留根英勇果敢，死的光荣，舍己救人的精神很是高尚。"素芹说："一个快进棺材的老太婆要了一个研究生的命，老天爷瞎眼了。儿子没了，我不想听那些不痛不痒的好话。"天旺安慰素芹："孩子他娘，话不能这样说，老奶奶也是一条命呀。"不过他说这话的时候，自己的心里也像刀割般难受。

后崔庄村委会的院子里坐满了呜咽悲泣的村民，办公室的墙上挂着留根的遗像，乡党委书记崔兆祥站在讲台上，他以无比悲痛的心情念着悼词："后崔庄的村民们，今天我代表乡政府告诉大家一个不幸的消息，我们后崔庄唯一的研究生王留根同志为救一个不慎落水的老奶奶，被巨浪卷走，不幸离世了。这种在危急关头义无反顾挺身而出的献身精神是无比高尚和光荣的，他是我们后崔庄的荣光和骄傲, 大家都要学习王留根同志无私无畏、舍己救人的精神, 为后崔庄乡的精神文明增添光彩。王留根同志永垂不朽! "人群里, 乔蕊不停地擦着脸上的泪水, 因为她一直把留根当作亲生儿子一样对待, 留根的突然离世让她深受打击, 她不知道自己和小引以后的日子该怎么过。素芹挽着她的胳膊, 同样是泪眼婆娑, 两个失落的女人谁也没说一句话。过了一会儿, 乔蕊忽然说: "素芹, 咱姊妹俩要坚强起来, 我送你回家。"

留根家里。素芹一进屋就一头倒在床上, 乔蕊四下瞅着, 问: "我听说天旺从广州回来了, 他人呢? "素芹哽咽着说: "这几天天旺不吃不喝, 不说一句话, 天天坐在屋后面的谷子地里看着大河发呆, 我估摸着他这会儿又跑去那儿了。"乔蕊说: "妹子, 你歇会儿起来吃点东西, 身子骨要紧。"她一拐一拐地向谷子地走去, 想劝天旺回家, 野地里的秋风已经很凉了。

旷野黑暗而寂静。立国坐在谷子地头的杨树下, 背靠着树干, 幸灾乐祸道: "真是老天有眼, 乔蕊那婆娘的女婿竟然死了! 哈哈, 上次卖玉米时把一泡屎扣在她头上, 这回她又得了报应! 妈的, 谁让整个后崔庄就她这个一只手敢和我叫板! "

不远处的田埂上, 双手抱头的天旺还在发愣, 他的眼里没有一滴泪水, 嘴里没有一声抽泣。忽然, 李珍扭腰晃腚地走到天旺身边, 拉住天旺的手说: "天旺哥, 事情既然出来了, 你要想得开, 别钻牛角尖, 去我家歇会儿吧。我估摸着这会儿素芹嫂也没心情做饭, 我屋里有小菜和香喷喷的羊肉烩面。人是铁饭是钢, 你不能老这样, 要是把身子骨饿坏了, 罪还是自己受, 妹子我看着也心疼!走,你去我屋喝两盅,浇浇愁。"天旺仰头看着她年轻红润的面容,感激地说:"谢谢李珍妹子,我不去你屋,这会儿我心里满满的。"李珍说:"天旺哥,满满的不是鸡鸭鱼肉,不是酒菜烩面,是气和愁,气大伤身,愁大损脑。"她又问:"你在广州当包工头,搂住不少钱吧?"天旺说:"香火都没了,搂再多的钱让谁花?有啥用?"

杨树后边的立国伸着耳朵静静地听着他们的谈话。李珍想了一小会儿,她四下瞅瞅,低声说:"天旺哥,树挪死,人挪活,素芹嫂人老珠黄,怕是没有那个本事了。这月黑风高夜,你去我屋里,吃饱饭菜喝足酒,立马变成一只虎,我保证明年给你生一个'香火'。"天旺说:"小珍,你再胡诌,我扇你耳刮子!"李珍说:"你还当真,我跟你说着玩的,走,去我屋里喝口烧酒,暖暖身子总可以吧?"秋风瑟瑟,天旺的身子被冷风吹得颤抖了几下,他说:"这还差不多。"李珍又说:"老辈人常说,不孝有三,无后为大,你要想续香火,就得做男女之事。"天旺面露为难之色,他的心里很矛盾,迷迷糊糊地跟着李珍向她家走去。天旺说:"一会儿到你家了,你一定要插紧屋门,我怕被人看见。"李珍开玩笑:"我要大开两扇门!"天旺停下脚步问:"为啥?"李珍说:"今夜后崔庄男女老少都在擦眼抹泪,鬼知道咱俩在悲中取乐!"大杨树下的立国低声说:"我就是一个鬼。"

他们来到李珍家门口,天旺恐惧地四下瞅瞅。李珍掐一下他的手,"哎哟!"天旺低声叫了一声。李珍说:"知道疼就行,我以为你吓傻了哩!不用怕,我心甘情愿地让你吃肉喝酒,就算有阿猫阿狗看见了,也不会放这个闲屁的,这年头人们都各忙各的, 等着发财哩! "天旺跟着李珍走进屋里。

乔蕊走到大杨树下, 问: "立国, 这黑天黑地的你在这儿弄啥?" 立国斜他一眼: "看蚂蚁上树。" 乔蕊说: "黑灯瞎火的你看得见吗?" 立国说: "看见看不见碍你屁事!" 乔蕊厉声道: "你少说粗话, 这会儿没有第三个人, 你老实交代, 网袋上的布条是不是你换的?" 立国想, 这会儿我就算承认了, 也没人知道。之后她要是带人来找我对质, 我再死不承认, 她也拿我没办法, 只有干生气。于是, 他说: "乔蕊, 你给我五八, 我当然要还你四十。" 乔蕊说: "这事算了, 你见没见着天旺?" 立国微笑着说: "天旺到李珍家做美事去了。" 乔蕊说: "天旺不是那样的人。" 她戳了一下他的额: "你少埋汰我亲家。" 立国说: "眼见为实, 走, 咱俩去李珍家捉奸。"

李珍屋里。天旺心烦意乱, 他拿起一杯白酒, 咕咚咕咚一饮而尽。他趴在桌子上昏昏欲睡, 李珍把他拽上床, 嘀咕道: "一会儿你不给我五百块钱, 我就满街吆喝你调戏我。"

乔蕊和立国透过门缝看见天旺躺在床上, 李珍在解他的扣子。乔蕊愣住了, 她不知道要不要告诉素芹。立国踹门而入, 大吼一声: "天旺, 你他妈的老牛吃嫩草, 敢占我的窝!" 天旺酒醒, 惊慌失措地跳窗逃跑了。立国见乔蕊也走了, 就上前拽住李珍, 说: "天旺跑了, 该我伺候你了, 反正咱俩都是老夫老妻了。""呸!" 李珍吐他一脸吐沫。

天旺又从窗户跳进屋, 他狠狠地在立国屁股上踢了一脚, 骂道: "立国孙子, 我捉奸在床!" 立国不气不恼, 揉着屁股, 说: "天旺, 咱俩到底谁捉谁的奸?""啪!" 天旺重重地打了立国一巴掌，愤然地走出屋子。立国一点儿兴致也没有了，他在李珍的屁股上踢一脚，骂道："妈的，你这个狐狸精，是爷儿们的灾星。"他转身走出屋。李珍两只手抱着头坐在床上小声哭泣。

大街上。立国赶上乔蕊，调侃道："女作家，黑夜里在大街上构思故事呢？"乔蕊愤怒地说："你滚！"立国嬉皮笑脸："滚就滚，我滚到素芹家，告诉素芹一个好消息。"乔蕊说："你别火上浇油，你还嫌她家不乱吗？"立国说："越乱越好，乱了敌人，锻炼了群众。"乔蕊说："你没有证据是诬陷！天旺和李珍没成事实。"立国说："你不用替你亲家公包揽，两个人都在床上了还不是事实，非得用502胶把两个人粘在一起才算事实？"乔蕊厉声说："我不许你去素芹家信口雌黄！"立国说："揭发坏人坏事，我怕啥？腿长在我身上，嘴长在我脸上，你看我敢不敢！"乔蕊说："明天我就让春花给乡派出所打电话，你盗窃村委会轴承和铜线的事还在悬着哩，别以为你写了一份检查就万事大吉了。"立国一震，他颤抖着说："妈的！这件事就像金箍，摘也摘不掉。乔蕊，你就是观影菩萨，只要一念咒，我的头就像撞墙似的疼！算了，今夜我什么人也没有看见，啥事也不知道，我回家睡觉去。"

天旺摇摇晃晃地回到家，忽然看见右臂上缠着纱布的留根坐在屋里，他惊恐地大叫："你是鬼还是人？"留根说："爸，我还活着！我不知道在河里漂了多久，然后被一棵倒在水里的树枝卡住了，幸得一位渔夫大爷搭救。没事，就是右胳膊擦破了点皮。"素芹抱住留根一阵哭一阵笑，她紧盯着儿子的脸庞不肯移眼。

　　乔蕊在自己的小瓦屋里坐立不安，她生怕立国这个赖种孤注一掷。她转身走出屋，一拐一拐地走过两条街，来到素芹家。她没见立国的影子，就问素芹："素芹，刚才立国来过吗？"素芹说："没有呀。"乔蕊可算放心了。留根从里屋走出来，喊道："婶儿！"乔蕊惊喜地说："孩子你……好好好，化险为夷就好！"素芹看着天旺呆呆的样子，问："你刚刚又去谷子地里想儿子啦？"天旺说："那个……明天我就回广州继续挣钱，我要把留根和小引的婚事办得风光体面。"素芹说："天旺，你别忘了乔蕊姐还有一件大事需要你来扛。"天旺说："乔蕊姐，出书的钱，我准备得八九不离十了。"乔蕊忽然说："我的书不出版了，操办俩孩子的婚事要紧。"素芹斩钉截铁地说："乔蕊姐，我读过你的书稿，那些话说到咱农民的骨头缝里了，孩子们的婚事穷办富办都一样，书必须出版。乔蕊姐，出书不是你一个人的光彩，我和天旺走在大街上也能将头抬得高高的，胸膛挺得直直的，说话的声音比高音喇叭都响亮。"

第十五章　作家与教授

　　季景明穿着崭新的中山装、闪亮的皮鞋，略显孤独地在大街上踱来踱去。

　　素芹走到他身边，笑眯眯地问："老教授，一个人遛弯呢？"季景明停下脚步，微笑着看着素芹，感动地说："素芹同志，我看报纸了，现在像留根那样舍己救人的小伙子可不多了，好在留根死里逃生，福大命大。"素芹说："我儿子打小就是实心眼，软心肠，他见到别人遭难总是拼命去帮助人家。他的胳膊拉的几道血口子还没好，又在家学习哩。"季景明啧啧道："小伙子现在是研究生，以后还要考博士，中，年轻人就应该有梦想。我听说天旺从广州回来了，他在家吗？我一个人闲得心发慌，想去和他拉拉呱。"素芹说："他前两天着急慌忙地赶回来，之后见儿子全乎地回来了，今早上又去广州盖楼房了。"季景明说："天旺是一个能人，改革开放就是让有本事的人大展宏图。"

　　素芹听到别人夸了自己的儿子又夸自己的丈夫，心里美滋滋的，嘴上却说："他算啥屁能人，一不会造飞机开火车，二不会像你一样当教授写大书，纯粹是下苦力流臭汗挣几个苦力钱。"季景明说："当教授七八年了，上个月才出一本书，还请你有空帮我雅正。"素芹说："你打我的脸呀，我文化浅得没不住脚后跟。"
季景明的脸上浮现出大学者的神气，说："那倒也是。"其实，素
芹并非看不懂书，只是此时她的心思不在看书上。

她问："季教授，你退休后国家一个月给你多少钱？"季景
明说："不多，五千四百九十八元五角三分。"他的脸上浮现出扬
扬得意的神色。素芹心里想，乖乖，一年就是六万多块钱，他一
个老头就是天天下馆子也花不完。她问："当下你还是一个人
过日子？"季景明说："十年前我老伴过世以后，我心里一直放
不下她，至今没有续娶。"素芹说："中！你是一个有情有义的男
人。不过，话又说回来，你老伴儿在天上看见你这样孤单，她肯
定也希望你找一个说话的人。"

素芹心里打着自己的小算盘，虽然她和乔蕊是亲如姐妹的
儿女亲家，但是乔蕊身体残疾，家境贫困，亲戚之间应该是帮急
不帮穷，她受连累的日子还不知道哪天是个头，如果能给乔蕊找
一个有钱的老伴儿，她肩上的十斤担子就卸下了八斤。她想到这
里，对着季景明的耳朵嘀咕一阵子，季景明惊喜的神色里带着点
遗憾，他想说些什么，素芹摆摆手："你不用急着回答我，你先
考虑两天，后天我去你屋里听你的主意。"

两天后的中午，素芹一溜小跑来到季景明家宽大明亮的堂
屋里，她四下瞅瞅，感叹道："乖乖，斯文人把这屋里摆设得像
金銮殿。"她看看坐在沙发上微笑着的季景明，说："老教授，你
这间屋比我那整个房子都大，你一个人在屋里打滚也用不完。"
季景明的脸霎时泛出一片热红，尴尬地说："你把我说成一头老
驴了。"素芹打了自己一个嘴巴，说："没文化。"

她把内屋外屋看了一个遍，说："冰箱、彩电、席梦思、组合柜……特别贵吧？"季景明说："一般的东西，不值钱。"素芹说："季老师，我说你胖你还真喘了，我说你小脚你说还没缠哩。人呀，越是有越不能卖阔，越不能自大，老辈人常说：骡大马大值钱，人大不值钱。"季景明很委屈："我没有自大，我说的是真的。"素芹说："可你心里自大。"季景明两手一摊，无可奈何地说："这我就没办法了。"

素芹笑着说："咱俩别斗嘴了，说正事。前两天我跟你说的事你咋想的？"季景明沉默了一会儿说："乔蕊老师的事迹我在电视上看到过，我和她有共同的语言和梦想，只是……"素芹急忙说："别看她少了一只手，家活地里活她干得都莽，也很熟练。电视里，残奥会上缺胳膊少腿的大闺女、小伙子做起运动比身体全乎的人都厉害。"季景明说："我这把岁数了，找老伴儿是不能太挑剔了。我这里没啥说，就不知道乔蕊肯不肯嫁给我。"素芹说："我一会儿就去给她说这事，她肯定高兴得跳起来，不，她不能跳，她的左脚两根筋扭曲了。"啪！她又打了自己一个嘴巴。季景明说："乔蕊虽然身残志坚，但要是嫁我，也算她攀高枝了。"素芹斜他一眼："你要是一棵歪脖子树，我还不当媒人哩。"

下午，后崔庄北地的小树林里，乔蕊和季景明拨枝撩叶慢慢地走着，他们讨论了一会儿形象思维，又说了一会儿哲学逻辑，季景明从口袋里掏出一朵美丽的塑料红花戴在乔蕊头上。乔蕊笑着说："你我年纪一大把了，还浪漫哩。"季景明说："浪漫也不全是年轻人的。"季景明又从大口袋里掏出一本他自己写的书递给乔蕊,他的脸上浮现出一丝不易被人察觉的骄傲。但是,机灵的乔蕊还是把他的神色看在眼睛里。

两个人走出小树林,坐在路边的石头上。乔蕊一页一页地翻阅带着墨香味的新书,她的脸上不由自主地泛出一丝轻蔑。这本书里页页都是季景明和他的领导、同事、朋友、学生们的彩色照片,照片下边有六十多个玉米粒般大小的文字,这些文字枯燥乏味,没有一点儿感染力。她想把书还给季景明,又觉得这样做不够礼貌,就把书装入自己的口袋里。

季景明说:"请你雅正。"乔蕊说:"我才疏学浅,对大教授图文并茂的著作一时半会还理解不了。"季景明的脸上现出扬扬得意的神色。乔蕊正色道:"你花多少钱出版的这本书?"季景明说:"三万元。"乔蕊又问"出多少册?"季景明说:"一千册。"乔蕊问:"市场上销售的情况如何?"季景明尴尬地说:"因为书里的文字虽少但含义深奥、逻辑严谨,能看懂的读者不多,所以打三折卖了十一本,剩下的我都送给亲戚朋友了,当然也有送给恋人的。"乔蕊勾了勾嘴角,心里说谁是你的恋人。

乔蕊说:"你的三万元白扔了。"季景明说:"花钱买一个精神文明,这是我的成果。我原来是讲师,出了这本书后,退休前夕我评上了副教授,工资每个月多一百二十块钱哩。再说了,我在大学从教三十多年,也攒了不少钱,三万块钱不算个啥。"乔蕊从地里刨出一个红薯,在襟上蹭两下,嘎巴嘎巴地吃起来。季景明看她吃得香甜,愁眉苦脸地说:"一没洗净土,二没削去皮,三没在锅里煮熟,这样吃太不卫生了。"乔蕊一边吃着生红薯一边笑着说:"俺庄户人没恁多讲究,不干不净吃了没病。"

停了一会儿，季景明问："咱们俩的事素芹跟你说了吧？你嫁给我衣食住行马上变个样。"乔蕊说："我如果嫁给你，一步登天了。"季景明说："去掉如果，我娶你，也算是扶贫吧。"乔蕊说："谢谢你这个大富翁，我以后不会受穷了。走，你去看看我那个穷家。"

俩人来到乔蕊的小瓦屋里。季景明惊喜地看见一张方桌上放着一碗木耳牛肉汤、一盘西红柿炒鸡蛋、一盘鲜辣椒炒肉片以及一盘糖醋鲤鱼。季景明问："乔老师，这些美味佳肴是你做的？"乔蕊说："不管谁做的，季教授今日大喜，就应该吃香的喝辣的。"

素芹走进屋里，高兴地看着桌子上丰盛的菜肴，啧啧道："乔蕊姐，你我街坊二十多年，我只知道你会拿笔杆，没想到你掂锅铲也有两下子。"乔蕊笑着说："素芹，一会儿你这个大媒人也过过嘴瘾。"

这时候，李春玉从里屋走出来，季景明愤怒地瞪着她，狠声说："你怎么在我对象家里？"乔蕊说："季教授，春玉是我的中学同学，她也愿意照顾你后半生的衣食起居，做你的老伴儿，我觉得你们二人一个锅里搅稀稠更合适。"素芹的脸上浮上一层阴云。乔蕊继续说："一呢，春玉人长得漂亮，手脚全乎，做家务比我强得多，桌子上的四盘菜就是她做的。二呢，也是最重要的，她虽然过去有一些劣迹，但是如今她浪子回头了。三呢，你们二人以前也有一段缘分，今日旧情继续不是更好吗？"

季景明咬牙切齿地说："我不娶这个女贼！"素芹忍不住说："乔蕊姐，你自己饥肠辘辘倒把嘴边的大肉饼推给别人，你唱的哪一出呀?"乔蕊没理素芹, 她朝季景明怒吼着:"季景明, 我不允许你侮辱我的同学, 李春玉现在是清清白白、堂堂正正的好女子, 你别把自己看得太高了! 你是大知识分子, 不要思想狭隘, 要用发展的眼光看待春玉。"

李春玉落落大方地说:"季教授, 我以前是有对不住你的地方, 可我现在学好了, 你不娶我可以, 但是打人不打脸, 骂人不揭短嘛。"季景明泄了一半的气, 他看了看李春玉, 觉得她面色红润, 比乔蕊漂亮许多。

乔蕊看着李春玉, 说:"老同学, 你也要用实际行动让季教授改变对你的看法, 让他接纳你, 喜欢你。"李春玉说:"我会的。"乔蕊又对季景明说:"季教授, 你现在精神空虚, 日子过得孤单, 我把春玉介绍给你, 就算扶贫吧。"季景明的脸上泛起一片臊红。乔蕊淡淡一笑, 说:"季教授, 你赶紧拉着春玉回家过日子吧。"季景明犹犹豫豫地说:"素芹给我介绍的老伴是你呀。"乔蕊很想说咱俩一开始就没戏, 但是她还是巧妙地说:"你别得了便宜又卖乖, 窝窝头换一个大白馍, 你赚大发了。"她给李春玉递过去一个眼色, 李春玉拉住季景明的手, 柔声细语地说:"季教授, 咱们回家过日子。""回家就回家, 谁怕谁?"李春玉抿嘴一笑。季景明拉着李春玉柔软细腻的手走出乔蕊家。

乔蕊屋里。素芹说:"乔蕊姐, 我磨破嘴皮子, 把八股套绳都拉断了, 图个啥? 不就是想让你过上好日子嘛, 没想到让不相干的李春玉捡了便宜。你这后半辈子就打算白天对墙说话, 夜里与灯做伴?"乔蕊说:"我的命, 天注定, 我不想给一个男人当累赘。"她神色悲泣地走出屋，拿起一把馒头放在三轮车上。素芹也走出屋，将门环锁上，冷冰冰地问："你去干啥？"乔蕊说："我家地里的红薯长大了，我去刨，你去帮我割秧子吧？""我不去，累死你活该！"素芹气哼哼地回家了。

乔蕊骑上三轮车，苦笑道："亲家母真生我的气了。"三轮车在后崔庄的街上缓缓地驶着，乔蕊见四下无人，长吁短叹，喃喃自语："季景明教授，我后半辈子也想和你在一个锅里搅稀稠，可是我不能那么做啊。"

她骑车来到红薯地旁，意外地看见谭贵堂、王九、春花、蜡梅抡着馒头刨她家地里的红薯，一个戴着草帽遮着脸的老头手拿镰刀割着红薯秧。

乔蕊把三轮车停在一旁，走到老头身边，轻轻掀起他的草帽，惊喜地说："赵馆长，你怎么在我家的田里干活？"原来这个老头是赵永波，他一只手拿着镰刀，一只手抹着额上的汗，说："乔蕊老师，那件事我没有能力帮你解决，帮你干点活我还是能做到的。"乔蕊说："赵馆长，我确实不该向你提出那样的要求，说完我就后悔了，你不必有什么愧疚。你这么大岁数了，还来帮我干活，寒意浓了，我真怕你的身体……"赵永波说："我也是农民出身……"

谭贵堂放下手里的馒头，走到赵永波身边说："乔蕊同志、赵馆长，人到齐了，会议开始吧？"乔蕊有点儿丈二和尚摸不着头脑："天快黑了，在荒郊野外开啥会？"春花和蜡梅扛着馒头从红薯地的另一头走过来，春花说："乔蕊婶，你田里的红薯刨完了，一会儿装上三轮车，我们帮你拉回家去。"乔蕊的脸上笑成一朵花："谢谢你们这两个疯丫头。"王九拿着一截红薯，嘎巴嘎巴地边吃边走，他说："乔蕊婶，你还得谢谢我哩。"乔蕊摸着王九的光头，开心地说："我没看见那边有一个大小伙子。"

赵永波说："同志们，我代表县文化馆向后崔庄乡文化站表示祝贺，春花创作的短篇小说《抗旱》和蜡梅创作的抒情诗《后崔庄的谷穗像狼尾巴》荣获我们县精神文明建设文化成果奖。"乔蕊惊喜地拍拍春花的肩膀，又摸摸蜡梅的脸庞，说："我知道你俩有进步，不知道进步得这么快。"谭贵堂看一眼王九，他说："王九写的散文《秋风》也获得了学员们的好评。"他从口袋里掏出两朵塑料牡丹花，放到春花和蜡梅的手里。春花说："谢谢站长。"蜡梅说："牡丹花是高贵的象征。"

乔蕊到路边摘下两朵盛开的小蓝花，将它们分别插在蜡梅和春花的头发上。赵永波问："你们说，乔蕊老师是什么意思？"四人面面相觑，不知所以。赵永波说："生长在土壤里的小蓝花，几经风雨，依然生机勃勃，它虽然没有牡丹华贵，却洋溢着田园泥土的芳香。"

第十六章　买书

　　今天是后崔庄的庙会，奇怪的是会址不在街里头而是在庄北的河堤上。赶会的人群熙熙攘攘，摩肩接踵，几个小孩穿着新衣新鞋，在人群里窜来窜去。此起彼伏的叫卖声、杂乱移动的倒影惊扰了河里的鱼儿，它们藏于水底不敢探头。两三个拎着竹篮的老太太凑在一起说说笑笑，一派祥和的景象。两个穿着粉色小西装的闺女，用发放传单挣来的五十块钱，各买了一个咖啡色的小皮包挂在肩膀上，这些妙龄少女只管随心所欲地装扮她们的行头，至于家里柴米油盐的开销，她们是不管的，反正一日三餐桌子上都有她们的碗筷。

　　乔蕊在屋里觉得气闷，决定去庙会上散散心，顺便买几本好看的书。一个小伙子蹲在地上，面前的竹篮里放着一串串紫红的大葡萄，他吆喝的声音粗鲁而响亮："叔叔大爷们，伯伯婶婶们，哥哥姐姐们，弟弟妹妹们，大伙儿快来买我的葡萄吃，刚从新疆用直升机运过来的新鲜葡萄，吃一串胃大开，胃大开能多吃饭，多吃饭身体棒实，身体棒实干活有劲儿，干活有劲儿能多打粮食，多打粮食能多卖钱……"一个老头来到他面前，小伙子赶紧说："地地道道的新疆葡萄。"老头说："这上面也没写新疆两个字呀。"他边走边说："明明是本地葡萄，偏要打肿脸充胖子，我是火眼金睛。"

烦闷的乔蕊被小伙子的吆喝声逗乐了，她走到他身边淡淡一笑："这位小兄弟，好口才呀，转了一大圈又转到你篮子前了。"小伙子说："老大婶，我篮里的葡萄真好吃，买几串尝尝鲜吧。"乔蕊看着竹篮里鲜亮的葡萄，咽了一口唾沫，说："水灵灵的葡萄就是馋人，多少钱一斤？"小伙子看着她憔悴的容颜和残缺的身体，怜悯地说："老大婶，我看你不容易，那就优惠价里再优惠——我卖给别人十块钱一斤，卖给你三块钱一斤。"乔蕊捏了捏口袋里的零钱，说："谢谢大兄弟，我不喜欢吃这酸不溜丢的东西。"

乔蕊走到庙会西头，看见立国蹲在地上，他的左边放着三根黄瓜、四个白萝卜和五个西红柿，右边放着几本书。一位穿着中山装、戴着墨镜的老翁走到立国跟前，好奇地问："小子，又卖书又卖菜呀？"立国用手遮住刺眼的阳光，说："老头儿，我不卖菜也不卖书。"老翁说："你是展览哩？"立国说："我卖的是物质文明和精神文明，这些健康的蔬菜能强身健体，这些丰富的书籍能增长知识。老头儿，别看我卖的仅仅是几斤蔬菜、几本书，它们的意义深远着哩。"老翁沉思了一会儿说："关键出售两个文明的人要文明，人们要是买你的东西肯定要学坏，因为不论什么东西一经你的手都有一股贼腥味。"立国从地上跳起来，骂道："你这个老不死的东西，今儿个小爷非给你松松筋骨不中，你敢羞辱我！"他举起拳欲打老翁。

老翁摘下墨镜，立国急忙作揖，说："李叔呀，我刚才没认出是您老人家，我吃了熊心豹子胆了，您别和我一般见识。"后崔庄村支书李连兴说："别在庙会上丢人！还卖两个文明呢，啥时候你能言行如一呢？"李连兴哼了一声走开了。

乔蕊走到立国身边，问："张副乡长也做起小本生意了？"立国把头扭向一边不看乔蕊，不吱声。

一个衣衫褴褛的中年妇女牵着一个六七岁的男孩子走到立国身边，问："大兄弟，你卖的有一年级语文读物没有？"立国拿一本读物递给她，故作惊讶："大嫂，你可真有眼光，这种书在新华书店五元一本，在我这儿两元五角你拿走，真是便宜他娘哭便宜——便宜死了。"中年妇女说："这是旧书，当然不能与书店的新书一个价，还能不能再便宜五角钱？"立国说："我已经打了五折，跳楼价，你别得寸进尺。这书可是八成新，是我邻居张二爷家孙子的，他用时可爱惜了。"

中年妇女欲掏钱，小男孩肉乎乎的小手摇着她的胳膊，跺着两只脚哭叫着："妈，我不要旧书，你去新华书店给我买新的，我同学他们都是刺啦啦的新书。"中年妇女悲伤地说："咱不能和别的孩子比阔气，你爹在家懒得油瓶倒了也不扶，咱三口人的日子全凭妈妈一人操持，我腰肌劳损，挣一毛钱抽筋似的……"她翻动着手上的读物，说："字不少一个，和新书一样。"

"哇……"小男孩躺在地上打滚，"你买旧书我撕了！"中年妇女看着顽皮的儿子无可奈何地摇摇头。她叹了一口气："唉！儿子就是冤家！如今的孩子都成爹妈的小皇帝了！我上小学的时候问你姥爷要两分钱买了一瓶墨水，加点水稀释稀释后足足用了一年，读的都是姐姐们的旧书。"她把书还给立国，说："大兄弟，这娃死犟，非要买新书。"中年妇女拉着石头的手，说："小祖宗，穷娘带你去新华书店买新书。"石头挂满泪珠的脸上露出了笑容。

坐在一旁的乔蕊看着中年妇女的背影，哀叹道："当妈的真难！"立国朝小男孩的背影努努嘴："小东西，买新书你也学不好。"

一个五十多岁的老汉拉着一个扎着两个小辫儿的闺女走到立国身边，小闺女忽闪着明亮的大眼睛说："爷爷，你给我买一本英语字典吧。"老汉说："小玲，你昨天三门功课都考了一百分，爷爷奖励你一本新词典，咱不买庙会上的二手书。"小玲说："爷爷，二手书比新书便宜多了，奶奶的咳嗽老不好，天天得抓草药喝，咱能省一毛钱是一毛钱。再说了，新书和旧书上的内容都一样。"

乔蕊被小玲的懂事深深打动，小声说："小玲这闺女长大了不得了。"

老汉拿起一本英语词典翻了几页，说："这本书也不算太旧。"他问："这本英语词典多少钱？"立国说："看在你这个懂事的小孙女分上，六块钱你拿走。"小玲从爷爷手里拿过词典，看见定价是八元，她说："叔叔，我刚才在旁边听你说旧书打五折。"立国笑嘻嘻地说："小闺女，我记错价了，那就四块钱吧。"老汉付完钱后拉着小玲的手走下河堤，忽然，小玲停下脚步，回头向立国招招手，喊道："谢谢叔叔。"然后跟着爷爷离开了。

乔蕊感叹不已，自言自语："这就叫大千世界。"

陈树明走过来，忽闪着满是心计的小眼睛，说："你初中都没有毕业，哪来这么多课本？"立国挠挠脖子，不好意思地说："李珍兄弟的旧书，堆在家里纸都泛黄了，李珍让我帮她卖了。"陈树明说："你狗改不了吃屎！他们家人在家插蜡哩？"立国说："李高忙着烩面馆的生意，针扎的空也没有；李珍是个娇小姐，怕晒；大夯、二夯、三夯仨小子是三个砖头支不稳的货，在一个地方站着没三分钟就要跑，而且仨小子都是榆木疙瘩脑袋，估计卖书的钱还没有把书当废纸卖得多呢！"陈树明说："你这个白送的姐夫就帮三个夯舅子卖书吧，你比他们都聪明。"立国没听出陈树明是在讽刺他，得意地说："那是，那是。"

乔蕊歇够了，又走到立国的书摊前。她突然看到巴金的长篇小说《寒夜》，这本书像吸铁石一样让她挪不开眼，她小心翼翼地拿起《寒夜》，问："这本书多少钱？"

立国和陈树明正在谈李珍，只见立国眉飞色舞地说："牡丹花下死，做鬼也风流。"立国转脸看一眼乔蕊，气不打一处来："不卖！把书给我放下来！"陈树明说："立国，你傻呀，你和人置气，不能和钱置气。你不卖拿回家还不是当手纸！"立国猛一下从乔蕊手里夺过《寒夜》，他看了看定价，说："十五元你拿走！"乔蕊知道书的定价是十五元，她问："打几折？"立国说："不打折，嫌贵，走人！我和陈科长还有话说。"

乔蕊本想把书扔进篮里走人的，但是她真的特别想拜读这部作品，就掏出二十块钱递给立国，说："找我五元。"立国从口袋里掏出一张纸币，看也没看一眼，就连着书一起塞给了乔蕊。乔蕊抚摸着《寒夜》的封皮，如痴如醉。陈树明问："女作家，你写的长篇小说《草根女人》快出版了吧？"乔蕊听出他话里讽刺的意味，眼睛看着远方说："快了，说不定还能拍成电视剧哩。"陈树明一惊，说："鱼跳龙门，跳过去是龙，跳不过去还是饭桌上的一盘菜。"立国扯扯他的襟角，着急地说："陈科长，你别老和她喷空（方言，指聊天）呀，三夯去你们食堂当炊事员行不行？"乔蕊默默地走开了。

陈树明问："李珍的三兄弟？"立国点点头，说："树明哥，三夯不会社交，嘴笨得像棉裤腰似的，初中毕业后也没有工作，他天天缠着我，让我给他找事做，我哪有那本事。有时候他和李珍一起来我家，缠磨到夜里两点还不走，这个三夯就像狗皮膏药一样贴在我身上了，揭也揭不下来。老哥呀，三夯去你们食堂当炊事员中不中？临时工也行。"陈树明看了他一眼，没有吱声，立国焦急地说："陈科长，你就给他安排一个去处吧，省得他天天在我屋里晃悠。"陈树明思忖了一会儿，说："当炊事员很辛苦，起五更打黄昏，三夯能吃得消？"

乔蕊看见一个小姑娘在堤上卖白菜，就想买一棵回去炒炒吃。她右臂夹着书，左手从口袋里掏立国找的零钱，谁知道竟然掏出一张五十元币。刚刚立国的注意力在陈树明身上，乔蕊的注意力在《寒夜》身上，两个人都没注意到多找了四十五块钱。乔蕊顾不上买白菜了，她心里很犹豫，不知道要不要还给立国，她转念一想：立国不愿多看我一眼，不愿和我多说一句话，我何必自找没趣把钱还给他呢，还不如不声不响地回家去，就当今天发了个小财。可是她双腿沉重如石，迈不开步子，她低声自责："乔蕊呀乔蕊，你写书是为了教育大家诚实守信，你怎能占别人的便宜呢? 这多出来的四十五元是衡量你思想境界和道德品质的试金石。"

乔蕊又回到立国的摊前, 和和气气地说:"立国, 你多找我钱了。"立国正对着陈树明说:"吃得消吃得消! 他吃不消也得吃得消。"陈树明说:"是临时工。"立国说:"临时工也行, 有事做他就不会天天在家里闲转悠, 看见我就不会像苍蝇看见屎一样往我身上扑。"乔蕊又大声说:"立国, 你真的多找给我四十五块钱。"立国摆摆手, 吼道:"滚, 我多找给孙子钱也不会多找给你钱。"乔蕊再也无法保持理智了, 她眼里含着泪水, 打自己一巴掌:"我就是贱, 送钱找骂!"

忽然, 她脑子里有两个小人在打架, 一个人说:"乔蕊大嫂, 你好心好意想还立国钱, 他不感谢你也罢了, 还狗咬吕洞宾, 冷言恶语伤你心。这四十五块钱够你买一篮子菜, 你别再搭理那个不知好歹的东西, 回家去吧。"另一个人说:"乔蕊大嫂, 我不敢在你面前说哲理, 你著书立说比我懂美丑。立国卖一天旧书也挣不了多少钱, 他一时分神多找给你四十五元, 如果你不把钱还给他, 之后他发现自己的钱少了, 一定会怀疑是你占了他的便宜, 他会四处宣扬你的恶行, 你的声誉可就毁了。"

乔蕊彷徨一会儿, 她再一次走到立国身边, 这时候, 陈树明双手捂住耳朵向人群里走去。立国看着远处陈树明的背影, 低声骂:"妈的, 求爷爷告奶奶白在你面前当孙子, 你捂着耳朵走, 三夯当临时工的事怕是没戏了。"乔蕊把五十元币递给立国, 说:"你找我五元就够了。"他见乔蕊的面容平静又温柔, 心想: 我刚才估计真的把五十元当成五元找给她了, 要是我, 我肯定会偷着乐三天，才不当这个傻蛋呢。他从口袋里找了张五元的纸币递给乔蕊，乔蕊接过钱，转身一拐一拐地向庄里走去。立国看着乔蕊渐渐走远的身影，忽然觉得这个身影高大了许多，他忽然说了一句连他自己都觉得不可思议的话："乔蕊是一个健全的人，我是一个残疾人。"

绚丽彩虹架长空，血色夕阳衔苍山。乔蕊在横头街碰见了天亮和和云，两个小伙子津津有味地啃着手里的梨和苹果。

和云神色冷淡地看一眼乔蕊，一边抹着嘴角流出的梨汁一边低声说："守财奴、小气鬼。"天亮吃着手里的苹果，问："乔蕊，那次你从银行走出来，我看见你眼睛湿湿的，为啥呀？"

乔蕊说："那天我想买老汉的苹果，他找不开零钱，我就拿着那张百元币去银行换零钱，结果验钞机验的时候叽叽叽直叫唤，营业员说是假币，在那张钱上盖上个方块红章，一分钱也没有给我就收走了。"

天亮愤愤不平道："啊……陈树明真不是东西！"和云说："陈树明用一张假币奖励乔蕊，这是给她一张油饼画！"

尾声　嫁妆

　　屋里。乔蕊抚摸着小引黑亮的头发、白里透红的脸庞，泪水划过她沧桑的容颜，浸湿了一小片前襟。

　　小引说："妈，我现在告诉你，我离开县城的售楼广告公司后，去广州给一家饭店洗盘子。有一天，天旺叔去那家饭店吃饭，看见我打杂很辛苦，就叫我去他承包的建筑队给民工们做饭，工资比我在饭店干活多了不止一倍。"乔蕊叹了一口气："天旺是个好人呀。你去广州没有带我的书稿，咋出版的《草根女人》？"小引说："今年春天的一个中午，我趁你睡着的时候把书稿带到打印店扫描，存到了U盘里，然后又悄悄地把书稿放回原处。我把U盘带去了广州。"乔蕊又问："你个小闺女打了三个月的工能挣两万块钱？"小引说："给你出书的时候我手里有六千块钱，天旺叔凑了一万四，《草根女人》就漂漂亮亮地出版了。"

　　乔蕊说："你天旺叔给你的一万四千元是彩礼钱，你给妈出版了书，妈没钱给你买嫁妆。"小引说："妈，留根是要我这个人，不是嫁妆。再说了，我已经给自己准备好了嫁妆。"乔蕊问："你准备了啥嫁妆？"小引说："不告诉你。我去找春花耍了。"乔蕊笑着说："去疯吧，家里凳子上有钉子。"

　　小引像一只燕子一样欢快地飞出屋门。小引的爷爷和奶奶走进乔蕊的屋里，乔蕊拍拍床沿说："爹，妈，你们二老坐床上，床上软和。"小引爷爷奶奶点点头，坐了过去。小引爷爷从口袋里掏出一个精巧的黄铜水烟袋放到乔蕊的左手上，说："小引她娘，我孙女后天就出阁了。现下小伙子都好吸烟，这个铜烟袋里装有水，烟经过水才能吸进嘴里，用这种水烟袋抽烟润喉、没火气，让小引带给留根吧。"小引奶奶说："穷爷爷穷奶奶也没啥值钱东西陪送孙女，就这把铜烟袋了。"

　　乔蕊把铜烟袋装进小引爷爷的口袋里，说："你们的好意我心领了。爹，这个水烟袋是咱家的传家宝，你收好了，留根也不吸烟。"乔蕊从口袋里掏出假牙递给小引爷爷，说："爹，把口假牙安在嘴里，苹果、蔬菜都能咬，饭后取下来洗净再放进口里。"小引爷爷抚摸着假牙，热泪盈眶。小引奶奶问："小引哩？"乔蕊说："她去春花家疯了。"小引奶奶说："没两天就上花轿了，还不在家打扮打扮，如今的闺女们，出阁就像去地里干活一样。"乔蕊笑着说："妈，我说她，她不听我的呀……"

　　三天后的上午，乔蕊家院门前声乐齐鸣，小引抱着一个鲜亮的小皮箱走进彩车。迎亲和欢送的人们欢声笑语。彩车缓缓地行驶在后崔庄的街上。不一会儿，披红挂绸的汽车停在留根的家门口，小引抱着小皮箱走出车厢。她穿着鲜艳的衣服，红色的皮鞋，红润的瓜子脸上荡漾着幸福的笑容。全身新装的留根给她鞠了三个躬。

　　春花从喧闹的人群里走出来，问："小引，你妈就你一个宝贝闺女，给你陪的什么好嫁妆？"小引笑着说："是一箱金元宝。"春花将皮箱打开，里面整整齐齐地放着两本新出版的长篇小说《草根女人》。大伙儿面面相觑，唏嘘不已。天亮说："这份嫁妆比金元宝值钱多了。"和云看着皮箱里的新书，眼前闪现出乔蕊从银行出来后泪珠在眸子里滚动的情景……

　　碧空万里无云，太阳放射出灿烂的光辉。贺喜的人们渐渐散去，小引和留根在新房里相依相偎。屋里，乔蕊抱着一本《草根女人》睡着了……

　　夜色深沉，万籁俱寂，后崔庄的一切是那么安详、和谐。豫北平原上这个普通的小村子仍在上演着精彩的故事……

2016年7月9日定稿

后记

（一）

《她的名字叫乔蕊》是笔者创作的第五部长篇小说。主人公乔蕊的忠诚与担当、才华与执着、朴实与坚韧，深深打动着笔者，赋诗一首，以示对她的崇敬之情。

你是小草风中颤，摇摇曳曳泛青艳。
根须扎进暖沃土，茎叶何惧浸冰寒。

你是皓月雾里昏，无边迷茫遮光焰。
长空总有朗朗夜，银辉尽洒丽山川。

（二）

我每天晚上坚持写三千字，写作时文思泉涌，不少章节都是奋笔疾书，一气呵成的。杀青后，我长长地喘了一口气，感慨颇多。

挥毫泼墨六夏冬，三易书稿已杀青。

滴滴汗珠透纸背，绘出妙语如攀峰。

情节起伏似海潮，内容前后有照应。

字句溢出泥土香，人物喊的肺腑声。

吾视此书如吾子，以飨读者是使命。

2017年7月14日

图书在版编目（CIP）数据

她的名字叫乔蕊/郭礼兴著. —郑州：河南文艺出版社，2018.5（2019.9 重印）

ISBN 978-7-5559-0688-9

Ⅰ.①她…　Ⅱ.①郭…　Ⅲ.①长篇小说–中国–当代　Ⅳ.①I247.5

中国版本图书馆 CIP 数据核字（2018）第 099631 号

ta de mingzi jiao Qiao Rui

出版发行	河南文艺出版社
本社地址	郑州市郑东新区祥盛街 27 号 C 座 5 楼
邮政编码	450018
承印单位	三河市兴国印务有限公司
经销单位	新华书店
纸张规格	890 毫米×1240 毫米　1/32
印　　张	8
字　　数	165 000
版　　次	2018 年 5 月第 1 版
印　　次	2019 年 9 月第 2 次印刷
定　　价	38.00 元